STS

山田社

STS

山田社

STS

山田社

新制日檢
絕對合格

N3・N4・N5

必背 比較文法大全

吉松由美・田中陽子・西村惠子
千田晴夫・大山和佳子
山田社日檢題庫小組　◎合著

山田社

分類記憶學習法，破解考試最容易混淆的文法盲點！
讓您擺脫課本文法，練就文法直覺力！
N3,N4,N5 共 402 項文法，每項都有「文法比較」，
關鍵字再加持，
提供記憶線索，讓「字」帶「句」，「句」帶「文」，
瞬間回憶整段話！

關鍵字＋文法比較記憶→專注力強，可以濃縮龐雜資料成「直覺」記憶，
關鍵字＋文法比較記憶→爆發力強，可以臨場發揮驚人的記憶力，
關鍵字＋文法比較記憶→穩定力強，可以持續且堅實地讓記憶長期印入腦海中！

　　日語文法中有像「さいちゅうに」（正在…）、「さい」（在…時）意思相近的文法項目：

さいちゅうに（正在…）		さい（在…時）
關鍵字 **進行中** 　著重「正在做某件事情的時候，突然發生了其他事情」。	v.s.	關鍵字 **時候** 　著重「面臨某一特殊情況或時刻」。

　　「さいちゅうに」跟「さい」之間的用法差異，配合文字點破跟關鍵字加持，可以幫助快速理解、確實釐清和比較，同時在腦中建立它們之間的關係，讓您學一個，馬上會兩個！

　　除此之外，類似文法之間的錯綜複雜關係，「接續方式」及「用法」，經常跟哪些詞前後呼應，是褒意、還是貶意，以及使用時該注意的地方等等，都是學習文法必過的關卡。為此，本書將一一為您破解。

■ 關鍵字膠囊式速效魔法，濃縮學習時間！

本書精選 N3,N4,N5 程度共 402 項初中階文法，每項文法都有關鍵字加持，關鍵字是以最少的字來濃縮龐大的資料，它像一把打開記憶資料庫的鑰匙，可以瞬間回憶文法整個意思。也就是，以更少的時間，得到更大的效果，不用大腦受苦，還可以讓信心爆棚，輕鬆掌握。

■ 文法比較記憶連線，讓文法規則也能變成直覺！

為了擺脫課本文法，練就您的文法直覺力，每項文法都精選一個日檢考官最愛出，最難分難解、刁鑽易混淆的類義文法，讓您迅速理解之間的差異，大呼「文法不用背啦」！除此之外，透過書中幫您整理出的比較點，讓相似文法在腦中分類、重組，文法學一次就會兩個，學習效果加倍神速！

■ 重點文字點破意思，不囉唆越看越上癮！

為了紮實對文法的記憶根底，務求對每一文法項目意義明確、清晰掌握。書中還按照時間、目的、可能、程度、條件、授受、助詞、動詞…等不同機能，並以簡要重點文字點破每一文法項目的意義、用法、語感…等的微妙差異，讓您學習不必再「左右為難」，內容扎實卻不艱深，一看就能掌握重點！讓您考試不再「一知半解」，一看題目就能迅速找到答案，一舉拿下高分！

■ 最適合大腦記憶的分類學習法，快速記憶又持久！

我們幫您把每一項文法都按照不同機能分類，每學一項文法都能同時學習到相似文法之間的用法差異，這是最適合大腦記憶的分類學習法！如此觸類旁通，舉一反三，讓文法規則徹底融入您的腦細胞，不只在考試中看到題目就能迅速反應，即便是必須臨場反應說日文的情況，只要一啟動記憶連鎖，好幾種文法就自動在腦中浮現！好像日語就是您的母語一樣！

本書廣泛地適用於一般的日語初學者，大學生，碩博士生、參加日本語能力考試的考生，以及赴日旅遊、生活、研究、進修人員，也可以作為日語翻譯、日語教師的參考書。

書中還附有日籍老師精心錄製的MP3光碟，提供您學習時能更加熟悉日語的標準發音，累積堅強的聽力基礎。扎實內容，您需要的，通通都幫您設想到了！本書提供您最完善、最全方位的日語學習，絕對讓您的日語實力突飛猛進！

目次 もくじ

N3

JLPT N5

格助詞の使用（一）

格助詞的使用（一）

001　　　　　　　　　　　　　　　　　　　　　　　　　　　　Track N5-001

が

（接　續）　{名詞}＋が

（意思1）　**【主語】** 用於表示動作的主語，「が」前接眼睛看得到的、耳朵聽得到的事情等。

（例　文）　庭に　花が　咲いて　います。
庭院裡開著花。

（意思2）　**【對象】**「が」前接對象，表示好惡、需要及想要得到的對象，還有能夠做的事情、明白瞭解的事物，以及擁有的物品。

（例　文）　私は　日本語が　わかります。
我懂日語。

[比　較]　**目的語＋を**

（接　續）　{名詞}＋を

（說　明）　這裡的「が」表示對象，也就是愛憎、優劣、巧拙、願望及能力等的對象，後面常接「好き（喜歡）、いい（好）、ほしい（想要）」、「上手（擅長）」及「分かります（理解）」等詞；「目的語＋を＋他動詞」中的「を」也表示對象，也就是他動詞的動作作用的對象。

（例　文）　顔を　洗います。
洗臉。

場所＋に

在…、有…；在…嗎、有…嗎；有…

接續　{名詞}＋に

意思　【場所】「に」表示存在的場所。表示存在的動詞有「います（在）、あ
　　　ります（有）」,「います」用在自己可以動的有生命物體的人或動物的
　　　名詞。中文意思是:「在…、有…」。

例文　教室に　学生が　います。
　　　教室裡有學生。

注意1　〖いますか〗「います＋か」表示疑問,是「有嗎?」、「在嗎?」的意
　　　思。中文意思是:「在…嗎、有…嗎」。

例文　学校に　日本人の　先生は　いますか。
　　　學校裡有日籍教師嗎?

注意2　〖無生命－あります〗自己無法動的無生命物體名詞用「あります」,
　　　但例外的是植物雖然是有生命,但無法動,所以也用「あります」。中
　　　文意思是:「有…」。

例文　机の　上に　カメラが　あります。
　　　桌上擺著相機。

比較　**場所＋で**

在…

接續　{名詞}＋で

說明　「に」表場所,表示存在的場所。後面會接表示存在的動詞「います／
　　　あります」;「で」也表場所,表示動作發生的場所。後面能接的動詞多,
　　　只要是執行某個行為的動詞都可以。

例文　家で　テレビを　見ます。
　　　在家看電視。

到達點＋に
到…、在…

（接續）　{名詞}＋に

（意思）　【到達點】表示動作移動的到達點。中文意思是：「到…、在…」。

（例文）　飛行機に　乗ります。
　　　　　搭乘飛機。

比較　**離開點＋を**
…從

（接續）　{名詞}＋を

說明　「に」表到達點，表示動作移動的到達點；「を」用法相反，表離開點，
　　　是表示動作的離開點，後面常接「出ます（出去；出來）、降ります（下
　　　〔交通工具〕）」等動詞。

（例文）　7時に　家を　出ます。
　　　　　七點出門。

時間＋に
在…

（接續）　{時間詞}＋に

（意思）　【時間】寒暑假、幾點、星期幾、幾月幾號做什麼事等。表示動作、作
　　　用的時間就用「に」。中文意思是：「在…」。

（例文）　朝　7時に　起きます。
　　　　　早上七點起床。

比較　**までに**
在…之前、到…時候為止

（接續）　{名詞；動詞辭書形}＋までに

（説　明）「に」表示時間。表示某個時間點；而「までに」則表示期限，指的是「到某個時間點為止或在那之前」。

（例　文）この車、金曜日までに　直りますか。
請問這輛車在星期五之前可以修好嗎？

005

時間＋に＋次數

…之中、…內

（接　續）{時間詞}＋に＋{數量詞}

（意　思）【範圍內次數】表示某一範圍內的數量或次數，「に」前接某時間範圍，後面則為數量或次數。中文意思是：「…之中、…內」。

（例　文）一日に　5杯、コーヒーを　飲みます。
一天喝五杯咖啡。

比　較 **數量＋で＋數量**

共…

（接　續）{數量詞}＋で＋{數量詞}

（説　明）兩個文法的格助詞「に」跟「で」前後都會接數字，但「時間＋に＋次數」前面是某段時間，後面通常用「回／次」，表示範圍內的次數；「數量＋で＋數量」是表示數量總和。

（例　文）卵は　6個で　300円です。
雞蛋六個 300 日圓。

006

目的＋に

去…、到…

（接　續）{動詞ます形；する動詞詞幹}＋に

（意　思）【目的】表示動作、作用的目的、目標。中文意思是：「去…、到…」。

（例　文）台湾へ　旅行に　行きました。
去了台灣旅行。

| 比　較 | **目的語＋を** |

| 接　續 | ｛名詞｝＋を |

| 說　明 | 「に」前面接動詞ます形或サ行變格動詞詞幹，後接「來、去、回」等移動性動詞，表示動作、作用的目的或對象，語含「為了」之意；「を」前面接名詞，後面接他動詞，表示他動詞的目的語，也就是他動詞動作直接涉及的對象。 |

| 例　文 | パンを　食べます。
吃麵包。 |

對象（人）＋に

給…、跟…

| 接　續 | ｛名詞｝＋に |

| 意　思 | 【對象－人】表示動作、作用的對象。中文意思是：「給…、跟…」。 |

| 例　文 | 家族に　会いたいです。
想念家人。 |

| 比　較 | **起點（人）＋から** |

從…、由…

| 接　續 | ｛名詞｝＋から |

| 說　明 | 「對象（人）＋に」時，「に」前面是動作的接受者，也就是得到東西的人；「起點（人）＋から」時，「から」前面是動作的施予者，也就是給東西的人。但是，用句型「をもらいます（得到…）」時，表示給東西的人，用「から」或「に」都可以，這時候「に」表示動作的來源，要特別記下來喔！ |

| 例　文 | 山田さんから　時計を　借りました。
我向山田先生借了手錶。 |

對象（物・場所）＋に

…到、對…、在…、給…

接 續　{名詞}＋に

意 思　【對象－物・場所】「に」的前面接物品或場所，表示施加動作的對象，或是施加動作的場所、地點。中文意思是：「…到、對…、在…、給…」。

例 文　花に　水を　やります。
花に（はな）水（みず）
澆花。

比 較　## 場所＋まで

…到

接 續　{名詞}＋まで

說 明　「に」前接物品或場所，表示動作接受的物品或場所；「まで」前接場所，表示動作到達的場所，也表示結束的場所。

例 文　学校まで、うちから　歩いて　３０分です
学校（がっこう）歩（ある）いて　３０分（さんじゅっぷん）
從我家走到學校是三十分鐘。

目的語＋を

接 續　{名詞}＋を

意 思　【目的】「を」用在他動詞（人為而施加變化的動詞）的前面，表示動作的目的或對象。「を」前面的名詞，是動作所涉及的對象。

例 文　シャワーを　浴びます。
浴（あ）びます。
沖澡。

比 較　## 對象（人）＋に

給…、跟…

接 續　{名詞}＋に

（説明）「を」表目的，前接目的語，表示他動詞的目的語，也就是他動詞直接
涉及的對象；「に」表對象，前接對象（人），則表示動作的接受方，也
就是A方單方面，對授予動作對象的B方（人物、團體、動植物等），
做了什麼事。

（例文）弟に　メールを　出しました。
寄電子郵件給弟弟了。

［通過・移動］＋を＋自動詞

（接續）{名詞}＋を＋{自動詞}

（意思1）【移動】表示移動的場所。接表示移動的自動詞，像是「歩く（走）、
飛ぶ（飛）、走る（跑）」等。

（例文）毎朝　公園を　散歩します。
每天早上都去公園散步。

（意思2）【通過】用助詞「を」表示通過的場所，而且「を」後面常接表示通過
場所的自動詞，像是「渡る（越過）、曲がる（轉彎）、通る（經過）」等。

（例文）交差点を　右に　曲がります。
在路口向右轉。

比較 到達點＋に
到…、在…

（接續）{名詞}＋に

（説明）「を」表通過，表示通過的場所，不會停留在那個場所；「に」表到達點。
表示動作移動的到達點，所以會停留在那裡一段時間，後面常接「着き
ます（到達）、入ります（進入）、乗ります（搭乘）」等動詞。

（例文）お風呂に　入ります。
去洗澡。

離開點＋を

（接　續）{名詞}＋を

（意　思）【起點】動作離開的場所用「を」。例如，從家裡出來，學校畢業或從車、船及飛機等交通工具下來。

（例　文）毎朝 8時に 家を 出ます。

每天早上八點出門。

比　較 場所＋から

從…

（接　續）{名詞}＋から

（說　明）「を」表起點，表示離開某個具體的場所、交通工具，後面常接「出ます（出去；出來）、降ります（下〔交通工具〕）」等動詞；「から」也表起點，但強調從某個場所或時間點開始做某個動作。

（例　文）東京から 仙台まで、新幹線は 1万円くらい かかります。

從東京到仙台，搭新幹線列車約需花費一萬日圓。

2 格助詞の使用（二）

格助詞的使用（二）

001 Track N5-012

場所＋で

在…

（接 續） {名詞}＋で

（意 思） 【場所】動作進行或發生的場所，是有意識地在某處做某事。「で」的前項為後項動作進行的場所。不同於「を」表示動作所經過的場所，「で」表示所有的動作都在那一場所進行。中文意思是：「在…」。

（例 文） 海で 泳ぎます。
在海裡游泳。

（比 較） **通過＋を＋自動詞**

（接 續） {名詞}＋を＋{自動詞}

（說 明） 「で」表場所，表示所有的動作都在那個場所進行；「を」表通過，只表示動作所經過的場所，後面常接「渡ります（越過）、曲がります（轉彎）、歩きます（走路）、走ります（跑步）、飛びます（飛）」等自動詞。

（例 文） この バスは 映画館の 前を 通りますか。
請問這輛巴士會經過電影院門口嗎？

［方法・手段］＋で
(1) 乘坐…；(2) 用…

接續 {名詞}＋で

意思1 【交通工具】 是使用的交通運輸工具。中文意思是：「乘坐…」。

例文 自転車で 図書館へ 行きます。
騎腳踏車去圖書館。

意思2 【手段】 表示動作的方法、手段，也就是利用某種工具去做某事。中文意思是：「用…」。

例文 スマートフォンで 動画を 見ます。
用智慧型手機看影片。

比較 **對象（物・場所）＋に**
…到、對…、在…、給…

接續 {名詞}＋に

說明 「で」表手段。表示動作的方法、手段；「に」表對象（物、場所）。表示施加動作的對象或地點。

例文 家に 電話を かけます。
打電話回家。

材料＋で
用…；用什麼

接續 {名詞}＋で

意思 【材料】 製作什麼東西時，使用的材料。中文意思是：「用…」。

例文 日本の お酒は 米で できて います。
日本的酒是用米釀製而成的。

注意	〖詢問－何で〗 詢問製作的材料時，前接疑問詞「何＋で」。中文意思是：「用什麼」。

例文	「これは 何で 作った お菓子ですか。」「りんごで 作った お菓子です。」 「這是用什麼食材製作的甜點呢？」「這是用蘋果做成的甜點。」

比較	**目的＋に** 去…、到…

接續	{動詞ます形；する動詞詞幹}＋に

說明	「で」表材料，表示製作東西所使用的材料；「に」表目的，表示動作的目的。請注意，「に」前面接的動詞連用形，只要將「動詞ます」的「ます」拿掉就是了。

例文	海へ 泳ぎに 行きます。 去海邊游泳。

理由＋で
因為…

接續	{名詞}＋で

意思	【原因】「で」的前項為後項結果的原因、理由，是造成某結果的客觀、直接原因。中文意思是：「因為…」。

例文	風邪で 学校を 休みました。 由於感冒而向學校請假了。

比較	**動詞＋て** 因為

接續	{動詞て形}＋て

說明	「理由＋で」、「動詞＋て」都可以表示原因。「で」用在簡單明白地敘述原因，因果關係比較單純的情況，前面要接名詞，例如「風邪（感冒）、地震（地震）」等；「動詞＋て」可以用在因果關係比較複雜的情況，但意思比較曖昧，前後關聯性也不夠直接。

22

（例 文）宿題を　家に　忘れて、困りました。
忘記帶作業來了，不知道該怎麼辦才好。

005

数量＋で＋数量

共…

（接　續）｛數量詞｝＋で＋｛數量詞｝

（意　思）【數量總和】「で」的前後可接數量、金額、時間單位等表示數量的合計、總計或總和。中文意思是：「共…」。

（例 文）一人で　全部　食べて　しまいました。
獨自一人全部吃光了。

（比　較）**数量＋も**

竟…、也

（接　續）｛數量詞｝＋も

（說　明）「で」表示數量總和。前後接數量、金額、時間單位等，表示數量總額的統計；「も」表示強調數量。前面接數量詞，後接動詞肯定時，表示數量之多超出預料。前面接數量詞，後接動詞否定時，表示數量之少超出預料。有強調的作用。

（例 文）ご飯を　3杯も　食べました。
飯吃了3碗之多。

006

［狀態・情況］＋で

在…、以…

（接　續）｛名詞｝＋で

（意　思）【狀態】表示動作主體在某種狀態、情況下做後項的事情。中文意思是：「在…、以…」。

（例 文）この　部屋に　靴で　入らないで　ください。
請不要穿著鞋子進入這個房間。

〔**數量**〕也表示動作、行為主體在多少數量的狀態下。

例 文 ４０歳で　社長に　なりました。
よんじゅっ さい　　しゃちょう

四十歳時當上了社長。

比 較 **が**

接 續 ｛名詞｝＋が

說 明 「で」表示狀態，表示以某種狀態做某事，前面可以接人物相關的單字，
例如接「家族（家人）、みんな（大家）、自分（自己）、一人（一個人）」
時，意思是「…一起（做某事）」、「靠…（做某事）」；「が」表示主語，
前面接人時，是用來強調這個人是實行動作的主語。

例 文 風が　吹いて　います。
かぜ　　 ふ

風正在吹。

007

［場所・方向］＋へ／に

往…、去…

接 續 ｛名詞｝＋へ／に

意 思 【**方向**】前接跟地方、方位等有關的名詞，表示動作、行為的方向，也
指行為的目的地。中文意思是：「往…、去…」。

例 文 先週、大阪へ　行きました。
せんしゅう　おおさか　 い

上星期去了大阪。

注 意 〔**可跟に互換**〕跟「に」的用法相同。

例 文 先月、日本に　来ました。
せんげつ　にほん　 き

在上個月來到了日本。

比 較 **場所＋で**

在…

接 續 ｛名詞｝＋で

| 説 明 | 「へ／に」表示方向。表示動作的方向或目的地，後面常接「行きます（去）、来ます（來）」等動詞；「で」表場所。表示動作發生、進行的場所。 |

例 文 玄関で　靴を　脱ぎました。
在玄關脫了鞋子。

008

場所＋へ／に＋目的＋に
到…（做某事）

接 續 {名詞}＋へ／に＋{動詞ます形；する動詞詞幹}＋に

意 思 【目的】表示移動的場所用助詞「へ／に」，表示移動的目的用助詞「に」。「に」的前面要用動詞ます形。中文意思是：「到…（做某事）」。

例 文 京都へ　桜を　見に　行きませんか。
要不要去京都賞櫻呢？

注 意 〚サ変→語幹〛遇到サ行變格動詞（如：散歩します），除了用動詞ます形，也常把「します」拿掉，只用語幹。

例 文 アメリカへ　絵の　勉強に　行きます。
要去美國學習繪畫。

比 較 **ため（に）**
以…為目的，做…、為了…

接 續 {名詞の；動詞辭書形}＋ため（に）

說 明 「に」跟「ため（に）」都表目的，前面也都接目的語，但「に」要接動詞ます形，「ため（に）」接動詞辭書形或「名詞＋の」。另外，句型「場所＋へ／に＋目的＋に」表示移動的目的，所以後面常接「行きます（去）、来ます（來）」等移動動詞；「ため（に）」後面主要接做某事。

例 文 世界を　知る　ために、たくさん　旅行を　した。
為了了解世界，到各地去旅行。

や
…和…

接續 {名詞}＋や＋{名詞}

意思 【列舉】表示在幾個事物中，列舉出二、三個來做為代表，其他的事物就被省略下來，沒有全部說完。中文意思是：「…和…」。

例文 財布には お金や カードが 入って います。
錢包裡裝著錢和信用卡。

比較 ## 名詞＋と＋名詞
…和…、…與…

接續 {名詞}＋と＋{名詞}

說明 「や」和「名詞＋と＋名詞」意思都是「…和…」，「や」暗示除了舉出的二、三個，還有其他的；「と」則會舉出所有事物來。

例文 公園に 猫と 犬が います。
公園裡有貓有狗。

や〜など
和…等

接續 {名詞}＋や＋{名詞}＋など

意思 【列舉】這也是表示舉出幾項，但是沒有全部說完。這些沒有全部說完的部分用副助詞「など（等等）」來加以強調。「など」常跟「や」前後呼應使用。這裡雖然多加了「など」，但意思跟「や」基本上是一樣的。中文意思是：「和…等」。

例文 りんごや みかんなどの 果物が 好きです。
我喜歡蘋果和橘子之類的水果。

| 比較 | **も** |

也…也…、都是…

| 接續 | {名詞}＋も＋{名詞}＋も |

| 說明 | 「や～など」表示列舉，是列舉出部分的項目來，接在名詞後面；「も」表示並列之外，還有累加、重複之意。除了接在名詞後面，也有接在「名詞＋助詞」之後的用法。 |

| 例文 | 猫<ruby>猫<rt>ねこ</rt></ruby>も　犬<ruby>犬<rt>いぬ</rt></ruby>も　黒<ruby>黒<rt>くろ</rt></ruby>いです。 |

貓跟狗都是黑色的。

MEMO

3 格助詞の使用（三）

格助詞的使用（三）

---

001   Track N5-022

名詞＋と＋名詞

…和…、…與…

接 續　{名詞}＋と＋{名詞}

意 思　【並列】表示幾個事物的並列。想要敘述的主要東西，全部都明確地列
舉出來。「と」大多與名詞相接。中文意思是：「…和…、…與…」。

例 文　卵と　牛乳を　買います。
要去買雞蛋和牛奶。

比 較　**名詞／動詞辭書形＋か**

…或…

接 續　{名詞・動詞辭書形}＋か

説 明　「名詞＋と＋名詞」表示並列。並列人物或事物等；「名詞／動詞辭書形＋
か」表示選擇。用在並列兩個（或兩個以上）的例子，從中選擇一個。

例 文　ビールか　お酒を　飲みます。
喝啤酒或是清酒。

名詞＋と＋おなじ

和…一樣的、和…相同的；…和…相同

(接　續)　{名詞}＋と＋おなじ

(意　思)　【同樣】表示後項和前項是同樣的人事物。中文意思是：「和…一樣的、
和…相同的」。

(例　文)　あの　人と　同じものが　食べたいです。
我想和那個人吃相同的東西。

(注　意)　〖ＮとＮは同じ〗也可以用「名詞＋と＋名詞＋は＋同じ」的形式。
中文意思是：「…和…相同」。

(例　文)　私と　美和さんは　同じ　中学です。
我跟美和同學就讀同一所中學。

(比　較)　**と一緒に**

跟…一起

(接　續)　{句子}＋と一緒に

(說　明)　「とおなじ」表同樣，用在比較兩個人事物；「と一緒に」表共同，用在
跟某些人一起做同樣事情的意思。

(例　文)　山田さんは「家内と　一緒に　行きました。」と　言いました。
山田先生說：「我跟太太一起去過了。」

003   Track N5-024

對象＋と

跟…一起；跟…（一起）；跟…

(接　續)　{名詞}＋と

(意　思)　【對象】「と」前接一起去做某事的對象時，常跟「一緒に」一同使用。
中文意思是：「跟…一起」。

(例　文)　妹と　いっしょに　学校へ　行きます。
和妹妹一起上學。

注意 1 〖可省略一緒に〗這個用法的「一緒に」也可省略。中文意思是：「跟…（一起）」。

例 文 友達と　図書館で　勉強します。
要和朋友到圖書館用功。

注意 2 〖對象＋と＋一人不能完成的動作〗「と」前接表示互相進行某動作的對象，後面要接一個人不能完成的動作，如結婚、吵架、或偶然在哪裡碰面等等。中文意思是：「跟…」。

例 文 大学で　李さんと　会いました。
在大學遇到了李小姐。

比 較 **對象（人）＋に**
給…、跟…

接 續 {名詞}＋に

說 明 前面接人的時候，「と」表對象，表示雙方一起做某事；「に」也表對象，但表示單方面對另一方實行某動作。譬如，「会います（見面）」前面接「と」的話，表示是在約定好，雙方都有準備要見面的情況下，但如果接「に」的話，表示單方面有事想見某人，或是和某人碰巧遇到。

例 文 友達に　電話を　かけます。
打電話給朋友。

引用內容＋と
說…、寫著…

接 續 {句子}＋と

意 思 【引用內容】用於直接引用。「と」接在某人說的話，或寫的事物後面，表示說了什麼、寫了什麼。中文意思是：「說…、寫著…」。

例 文 先生が「明日　テストを　します」と　言いました。
老師宣布了「明天要考試」。

| 比 較 | **という＋名詞** |

叫做…

| 接 續 | {名詞}＋という＋{名詞} |

| 說 明 | 「と」用在引用一段話或句子；「という」用在提示出某個名稱。 |

| 例 文 | その 店は 何と いう 名前ですか。 |

那家店叫什麼名字？

から～まで、まで～から

(1) 從…到…；到…從…；(2) 從…到…；到…從…

| 接 續 | {名詞}＋から＋{名詞}＋まで；{名詞}＋まで＋{名詞}＋から |

| 意思1 | **【時間範圍】** 表示時間的範圍，也就是某動作發生在某期間，「から」前面的名詞是開始的時間，「まで」前面的名詞是結束的時間。中文意思是：「從…到…」。 |

| 例 文 | 仕事は 9時から 3時までです。 |

工作時間是從九點到三點。

| 注 意 | 〖まで～から〗 表示時間的範圍，也可用「まで～から」。中文意思是：「到…從…」。 |

| 例 文 | 試験の 日まで、今日から 頑張ります。 |

從今天開始努力用功到考試那天為止。

| 意思2 | **【距離範圍】** 表示移動的範圍，「から」前面的名詞是起點，「まで」前面的名詞是終點。中文意思是：「從…到…」。 |

| 例 文 | うちから 駅まで 歩きます。 |

從家裡走到車站。

| 注 意 | 〖まで～から〗 表示距離的範圍，也可用「まで～から」。中文意思是：「到…從…」。 |

| 例 文 | 台湾まで、東京から 飛行機で 4時間くらいです。 |

從東京搭乘飛機到台灣大約需要四個小時。

比 較	や〜など
	和…等

接 續	{名詞}＋や＋{名詞}＋など
說 明	「から〜まで」表示距離範圍，是「從…到…」的意思；「や〜など」則是列舉出部分的項目，是「…和…等」的意思。
例 文	机に ペンや ノートなどが あります。
	書桌上有筆和筆記本等等。

起點（人）＋から

從…、由…

接 續	{名詞}＋から
意 思	【起點】表示從某對象借東西、從某對象聽來的消息，或從某對象得到東西等。「から」前面就是這某對象。中文意思是：「從…、由…」。
例 文	父から 時計を もらいました。
	爸爸送了手錶給我。

比 較	離開點＋を
	從…

接 續	{名詞}＋を
說 明	「から」表示起點，前面接人，表示物品、信息等的起點（提供方或來源方），也就是動作的施予者；「を」表示離開點，後面接帶有離開或出發意思的動詞，表示離開某個具體的場所、交通工具、出發地點。
例 文	学校を 卒業します。
	從學校畢業。

名詞＋の＋名詞
…的…

(接續)　{名詞}＋の＋{名詞}

(意思)　【所屬】用於修飾名詞，表示該名詞的所有者、內容說明、作成者、數量、材料、時間及位置等等。中文意思是：「…的…」。

(例文)　母の　料理は　おいしいです。
媽媽做的菜很好吃。

比較　# 名詞＋の
…的…

(接續)　{名詞}＋の

(說明)　「名詞＋の＋名詞」表示所屬，在兩個名詞中間，做連體修飾語，表示所屬、內容說明、作成者、數量、同位語及位置基準等等；「名詞＋の」表名詞修飾主詞，表示句中的小主語。和「が」同義。也就是「の」所連接的詞語具有小主語的功能。例如：「あの髪の（＝が）長い女の子は誰ですか／那個長頭髮的女孩是誰？」

(例文)　姉の　作った　料理です。
這是姊姊做的料理。

名詞＋の
…的

(接續)　{名詞}＋の

(意思)　【省略名詞】準體助詞「の」後面可省略前面出現過，或無須說明大家都能理解的名詞，不需要再重複，或替代該名詞。中文意思是：「…的」。

(例文)　この　パソコンは　会社のです。
這台電腦是公司的。

比 較	形容詞＋の

…的

接 續	{形容詞基本形}＋の

說 明	為了避免重複，用形式名詞「の」代替前面提到過的，無須說明大家都能理解的名詞，或後面將要說明的事物、場所等；「形容詞＋の」表示修飾「の」。形容詞後面接的「の」是一個代替名詞，代替句中前面已出現過，或是無須解釋就明白的名詞。

例 文	トマトは　赤いのが　おいしいです。

番茄要紅的才好吃。

009 Track N5-030

名詞＋の

…的…

接 續	{名詞}＋の

意 思	【修飾句中小主語】表示修飾句中的小主語，意義跟「が」一樣，例如：「あの背の（＝が）低い人は田中さんです／那位小個子的是田中先生」。大主題用「は」表示，小主語用「の」表示。中文意思是：「…的…」。

例 文	母の　作った　料理を　食べます。

我要吃媽媽做的菜。

比 較	は〜が

接 續	{名詞}＋は＋{名詞}＋が

說 明	「の」可以表示修飾句中的小主語；「は〜が」表主題，接在名詞的後面，可以表示這個名詞就是大主題。如「私は映画が好きです／我喜歡看電影」。

例 文	京都は、寺が　多いです。

京都有很多寺院。

4 副助詞の使用

副助詞的使用

001　　　　　　　　　　　　　　　　　　　　　　　　　　Track N5-031

は〜です

…是…

（接　續）　{名詞}＋は＋{敘述的內容或判斷的對象之表達方式}＋です

（意　思）　【提示】助詞「は」表示主題。所謂主題就是後面要敘述的對象，或判斷的對象，而這個敘述的內容或判斷的對象，只限於「は」所提示的範圍。用在句尾的「です」表示對主題的斷定或是說明。中文意思是：「…是…」。

（例　文）　今日は　暑いです。
今天很熱。

（注　意）　〖省略「私は」〗為了避免過度強調自我，用這個句型自我介紹時，常將「私は」省略。

（例　文）　（私は）李芳です。よろしく　お願いします。
（我叫）李芳，請多指教。

（比　較）　**は〜ことだ**

也就是…的意思

（接　續）　{名詞}＋は＋{名詞}＋のことだ

（說　明）　「は〜です」表示提示，提示已知事物作為談論的話題。助詞「は」用在提示主題，「です」表示對主題的斷定或是說明；「は〜ことだ」表示說明。表示對名稱的解釋。

（例 文） TV は　テレビの　ことです。
所謂 TV 也就是電視的意思。

は～ません

(1) 不…；(2) 不…

（接 續）　{名詞}＋は＋{否定的表達形式}

（意思1）**【名詞的否定句】** 表話題，表示名詞的否定句，用「は～ではありません」表提示的形式，表示「は」前面的主題，不屬於「ではありません」前面的名詞。中文意思是：「不…」。

（例 文）　私は　アメリカ人では　ありません。
我不是美國人。

（意思2）**【動詞的否定句】** 表示動詞的否定句，後面接否定「ません」，表示「は」前面的名詞或代名詞是動作、行為否定的主體。中文意思是：「不…」。

（例 文）　趙さんは　お酒を　飲みません。
趙先生不喝酒。

（比 較） **動詞（現在否定）**

沒…、不…

（接 續）　{動詞ます形}＋ません

（說 明）　「は～ません」是動詞否定句，後接否定助詞「ません」，表示「は」前面的名詞或代名詞是動作、行為否定的主體；「動詞（現在否定）」也是動詞後接否定助詞「ません」就形成了現在否定式的敬體了。

（例 文）　今日は　お風呂に　入りません。
今天不洗澡。

は～が

（接續）　{名詞}＋は＋{名詞}＋が

（意思）　**【話題】** 表示以「は」前接的名詞為話題對象，對於這個名詞的一個部分或屬於它的物體（「が」前接的名詞）的性質、狀態加以描述。

（例文）　私は　新しい　靴が　欲しいです。
　　　　　我想要一雙新鞋。

＿＿＿＿＿＿＿＿＿＿＿＿＿＿＿＿＿＿＿＿＿＿＿＿＿＿＿＿＿

| 比 較 | **は～です**

…是…

（接續）　{名詞}＋は＋{敘述的內容或判斷的對象}＋です

（說明）　「は～が」表話題，表示對主語（話題對象）的從屬物的狀態、性質進行描述；「は～です」表提示，表示提示句子的主題部分，接下來一個個說明，也就是對主題進行解說或斷定。

（例文）　花子は　きれいです。
　　　　　花子很漂亮。

は～が、～は～

但是…

（接續）　{名詞}＋は＋{名詞です（だ）；形容詞・動詞丁寧形（普通形）}＋が、{名詞}＋は

（意思）　**【對比】**「は」除了提示主題以外，也可以用來區別、比較兩個對立的事物，也就是對照地提示兩種事物。中文意思是：「但是…」。

（例文）　掃除は　しますが、料理は　しません。
　　　　　我會打掃，但不做飯。

（注意）　**『口語－けど』** 在一般口語中，可以把「が」改為「けど」。中文意思是：「但是…」。

（例文）　ワインは　好きだけど、ビールは　好きじゃない。
　　　　　雖然喜歡喝紅酒，但並不喜歡喝啤酒。

比　較	**は〜で、〜です**

是…，是…

接　續	{名詞}＋は＋{名詞で；形容動詞詞幹で；形容詞くて}＋{名詞；形容動詞詞幹；形容詞普通形}＋です

說　明	「は〜が、〜は〜」表對比，用在比較兩件事物；但「は〜で、〜です」表並列，是針對一個主題，將兩個敘述合在一起說。

例　文	これは　果物で　有名です。 這是水果，享有盛名。

も

(1) 也…也…、都是…；(2) 也，又；(3) 也和…也和…

意思1	【並列】{名詞}＋も＋{名詞}＋も。表示同性質的東西並列或列舉。中文意思是：「也…也…、都是…」。

例　文	父も　母も　元気です。 家父和家母都老當益壯。

意思2	【累加】{名詞}＋も。可用於再累加上同一類型的事物。中文意思是：「也、又」。

例　文	マリさんは　学生です。ケイトさんも　学生です。 瑪麗小姐是大學生，肯特小姐也是大學生。

意思3	【重覆】{名詞}＋とも＋{名詞}＋とも。重覆、附加或累加同類時，可用「とも〜とも」。中文意思是：「也和…也和…」。

例　文	私は　マリさんとも　ケイトさんとも　友達です。 瑪麗小姐以及肯特小姐都是我的朋友。

注　意	〔格助詞＋も〕{名詞}＋{格助詞}＋も。表示累加、重複時，「も」除了接在名詞後面，也有接在「名詞＋格助詞」之後的用法。

例　文	京都にも　大阪にも　行ったことが　あります。 我去過京都也去過大阪。

比較	**か**

或者…

接續	{名詞}＋か＋{名詞}

說明	「も」表示並列或累加、重複時，這些被舉出的事物，都符合後面的敘述；但「か」表示選擇，要在列舉的事物中，選出一個。

例文	ペンか　鉛筆で　書きます。

用原子筆或鉛筆寫。

も
竟、也

接續	{數量詞}＋も

意思	【強調】「も」前面接數量詞，表示數量比一般想像的還多，有強調多的作用。含有意外的語意。中文意思是：「竟、也」。

例文	家から　大学まで　2時間も　かかります。

從家裡到大學要花上兩個鐘頭。

比較	**ずつ**

每、各

接續	{數量詞}＋ずつ

說明	兩個文法都接在數量詞後面，但「も」是強調數量比一般想像的還多；「ずつ」表示數量是平均分配的。

例文	みんなで　100円ずつ　出します。

大家各出 100 日圓。

には、へは、とは

（接　續）　{名詞}＋には、へは、とは

（意　思）　【強調】格助詞「に、へ、と」後接「は」，有特別提出格助詞前面的
名詞的作用。

（例　文）　この　部屋には　大きな　窓が　あります。
これ這個房間有一扇大窗戶。

比　較　**にも、からも、でも**

（接　續）　{名詞}＋にも、からも、でも

（說　明）　「は」表強調，前接格助詞時，是用在特別提出格助詞前面的名詞的時
候；「も」也表強調，前接格助詞時，表示除了格助詞前面的名詞以外，
還有其他的人事物。

（例　文）　テストは　私にも　難しいです。
考試對我而言也很難。

にも、からも、でも

（接　續）　{名詞}＋にも、からも、でも

（意　思）　【強調】格助詞「に、から、で」後接「も」，表示不只是格助詞前面的
名詞以外的人事物。

（例　文）　これは　インターネットでも　買えます。
這東西在網路上也買得到。

比　較　**なにも、だれも、どこへも**
也（不）…、都（不）…

（接　續）　なにも、だれも、どこへも＋{否定表達方式}

（說明）格助詞「に、から、で」後接「も」，表示除了格助詞前面的名詞以外，還有其他的人事物，有強調語氣；「も」上接疑問代名詞「なに、だれ、どこへ」，下接否定語，表示全面的否定。

（例文）今日は　何も　食べませんでした。
今天什麼也沒吃。

か
或者…

（接續）{名詞}＋か＋{名詞}

（意思）【選擇】表示在幾個當中，任選其中一個。中文意思是：「或者…」。

（例文）バスか　自転車で　行きます。
搭巴士或騎自行車前往。

（比較）**か～か～**
…或是…

（接續）{名詞}＋か＋{名詞}＋か；{形容詞普通形}＋か＋{形容詞普通形}＋か；{形容動詞詞幹}＋か＋{形容動詞詞幹}＋か；{動詞普通形}＋か＋{動詞普通形}＋か

（說明）兩個都表選擇。「か」表示在幾個名詞當中，任選其中一個，或接意思對立的兩個選項，表示從中選出一個；「か～か～」會接兩個（或以上）並列的句子，表示提供聽話人兩個（或以上）方案，要他從中選一個出來。

（例文）暑いか　寒いか　分かりません。
不知道是熱還是冷。

か～か～

(1)…呢？還是…呢；(2)…或是…

接續 {名詞}＋か＋{名詞}＋か；{形容詞普通形}＋か＋{形容詞普通形}＋か；{形容動詞詞幹}＋か＋{形容動詞詞幹}＋か；{動詞普通形}＋か＋{動詞普通形}＋か

意思1 【疑問】「～か＋疑問詞＋か」中的「～」是舉出疑問詞所要問的其中一個例子。中文意思是：「…呢？還是…呢」。

例文 海か どこか、遠いところへ 行きたいな。
真想去海邊或是某個地方，總之離這裡越遠越好。

意思2 【選擇】「か」也可以接在幾個選擇項目的後面，表示在幾個當中，任選其中一個。中文意思是：「…或是…」。

例文 好きか 嫌いか 知りません。
不知道喜歡還是討厭。

比較 # か～ないか～

是不是…呢

接續 {名詞}＋か＋{名詞}＋ないか；{形容詞普通形}＋か＋{形容詞普通形}＋ないか；{形容動詞詞幹}＋か＋{形容動詞詞幹}＋ないか；{動詞普通形}＋か＋{動詞普通形}＋ないか

說明 「か～か～」表選擇，表示疑問並選擇；「か～ないか～」也表示選擇，表示不確定的內容的選擇。

例文 おもしろいか おもしろくないか 分かりません。
我不知道是否有趣。

ぐらい、くらい

(1)大約、左右；(2)大約、左右、上下；和…一樣…

接續 {數量詞}＋ぐらい、くらい

| 意思1 | 【數量】一般用在無法預估正確的約略數量，或是數量不明確的時候。中文意思是：「大約、左右」。 |

| 例文 | この お皿は 100万円くらい しますよ。 |

這枚盤子價值大約一百萬圓喔！

| 意思2 | 【時間】用於對某段時間長度的推測、估計。中文意思是：「大約、左右、上下」。 |

| 例文 | もう 20年ぐらい 日本に 住んで います。 |

已經住在日本大約 20 年。

| 注意 | 〔程度相同〕可表示兩者的程度相同，常搭配「と同じ」。中文意思是：「和…一樣…」。 |

| 例文 | 私の 国は 日本の 夏と 同じぐらい 暑いです。 |

我的國家差不多和日本的夏天一樣熱。

| 比較 | **ごろ** |

左右

| 接續 | {名詞}＋ごろ |

| 說明 | 兩個都表時間。表示時間的估計時，「ぐらい」前面可以接一段時間，或是某個時間點。而「ごろ」前面只能接某個特定的時間點。在前接時間點時，「ごろ」後面的「に」可以省略，但「ぐらい」後面的「に」一定要留著。 |

| 例文 | 2005年ごろから 北京に いました。 |

我從 2005 年左右就待在北京。

だけ

只、僅僅

| 接續 | {名詞（＋助詞＋）}＋だけ；{名詞；形容動詞詞幹な}＋だけ；{形容詞・動詞普通形}＋だけ |

| 意思 | 【限定】表示只限於某範圍，除此以外沒有別的了。用在限定數量、程度，也用在人物、物品、事情等。中文意思是：「只、僅僅」。 |

例 文　午前中だけ　働きます。
ごぜんちゅう　　はたら

只在上午工作。

比 較　**まで**
到…

接 續　{名詞}＋まで

說 明　「だけ」表限定，用在限定的某範圍。後面接肯定、否定都可以，而且
不一定有像「しか＋否定」含有不滿、遺憾的心情；「まで」表範圍終點，
表示距離或時間的範圍終點。可以表示結束的時間、場所。也可以表示
動作會持續進行到某時間點。

例 文　夕ご飯の　時間まで、今から　少し　寝ます。
ゆう　はん　　じかん　　　いま　　　すこ　　ね

現在先睡一下，等吃晚飯的時候再起來。

　　　　　　　　　　　　　　　　　　　　　　　Track N5-043

しか＋否定
(1) 僅僅；(2) 只

接 續　{名詞（＋助詞）}＋しか～ない

意思1　【程度】強調數量少、程度輕。常帶有因不足而感到可惜、後悔或困擾
的心情。中文意思是：「僅僅」。

例 文　テストは　半分しか　できませんでした。
はんぶん

考卷上的題目只答得出一半而已。

意思2　【限定】「しか」下接否定，表示對「人、物、事」的限定。含有除此
之外再也沒有別的了的意思。中文意思是：「只」。

例 文　ラフマンさんは　野菜しか　食べません。
やさい　　た

拉夫曼先生只吃蔬菜。

比 較　**だけ**
只、僅僅

接 續　{名詞（＋助詞）}＋だけ；{名詞；形容動詞詞幹な}＋だけ；{[形容詞・動詞]
普通形}＋だけ

說明 兩個文法意思都是「只有」，表限定。但「しか」後面一定要接否定形。
「だけ」後面接肯定、否定都可以，而且不一定有像「しか＋否定」含
有不滿、遺憾的心情。

例文 あの 人は、顔が きれいなだけです。
那個人的優點就只有長得漂亮。

ずつ
每、各

接續 ｛數量詞｝＋ずつ

意思 【等量均攤】接在數量詞後面，表示平均分配的數量。中文意思是：
「每、各」。

例文 空が 少しずつ 暗く なって きました。
天色逐漸暗了下來。

比較 **數量＋で＋數量**
共…

接續 ｛數量詞｝＋で＋｛數量詞｝

說明 「ずつ」表等量均攤，前接數量詞，表示數量是等量均攤，平均分配的；
「で」表數量總和，前後可接數量、金額、時間單位等，表示總額的統
計。

例文 3本で 100円です。
三條總共一百日圓。

Chapter

5 その他の助詞と接尾語の使用
其他助詞及接尾語的使用

001　　　　　　　　　　　　　　　　　　　　　　　　Track N5-045

が

（接 續）　{句子}＋が

（意 思）　【前置詞】 在向對方詢問、請求、命令之前，作為一種開場白使用。

（例 文）　もしもし、高木(たかぎ)ですが、陳(チン)さんは　いますか。
　　　　　喂，敝姓高木，請問陳小姐在嗎？

（比 較）　**けれど(も)、けど**
　　　　　雖然、可是、但…

（接 續）　{[形容詞・形容動詞・動詞] 普通形 (丁寧形)}＋けれど (も)、けど

（說 明）　「が」表前置詞，表示為後句做鋪墊的開場白。「けれど (も)」表逆接，
　　　　　表示前後句的內容是對立的。

（例 文）　病院(びょういん)に　行(い)きましたけれども、悪(わる)い　ところは　見(み)つかりません
　　　　　でした。
　　　　　我去了醫院一趟，不過沒有發現異狀。

が
但是…

接續 {名詞です（だ）；形容動詞詞幹だ；形容詞・動詞丁寧形（普通形）}＋が

意思 【逆接】表示連接兩個對立的事物，前句跟後句內容是相對立的。中文意思是：「但是…」。

例文 外は 寒いですが、家の 中は 暖かいです。
雖然外面很冷，但是家裡很溫暖。

比較 から
因為…

接續 {[形容詞・動詞]普通形}＋から；{名詞；形容動詞詞幹}＋だから

說明 「が」表逆接，「が」的前、後項是對立關係，屬於逆接的用法；但「から」表原因，表示因為前項而造成後項，前後是因果關係，屬於順接的用法。

例文 忙しいから、新聞を 読みません。
因為很忙，所以不看報紙。

疑問詞＋が

接續 {疑問詞}＋が

意思 【疑問詞主語】當問句使用「だれ、どの、どこ、なに、どれ、いつ」等疑問詞作為主語時，主語後面會接「が」。

例文 右の 絵と 左の 絵は、どこが 違いますか。
右邊的圖和左邊的圖有不一樣的地方嗎？

比較 疑問詞＋も＋否定（完全否定）
也（不）…

接續 {疑問詞}＋も＋～ません

「疑問詞＋が」當問句使用疑問詞作為主語時，主語後面會接「が」，以構成疑問句中的主語。回答時主語也必須用「が」；「も」上接疑問詞，下接否定語，表示全面的否定。

例　文　机の　上には　何も　ありません。
桌上什麼東西都沒有。

004　　　　　　　　　　　　　　　　　　　　　　　Track N5-048

疑問詞＋か

接　續　{疑問詞}＋か

意　思　【不明確】「か」前接「なに、いくつ、どこ、いつ、だれ、いくら、どれ」等疑問詞後面，表示不明確、不肯定，或沒必要說明的事物。

例　文　何か　食べませんか。
要不要吃點什麼？

比　較　**句子＋か**
嗎、呢

接　續　{句子}＋か

說　明　「疑問詞＋か」的前面接疑問詞，表示不明確、不肯定，沒有辦法具體說清楚，或沒必要說明的事物；「句子＋か」的前面接句子，表疑問句，表示懷疑或不確定。用在問別人自己想知道的事時。

例　文　あなたは　学生ですか。
你是學生嗎？

005　　　　　　　　　　　　　　　　　　　　　　　Track N5-049

句子＋か
嗎、呢

接　續　{句子}＋か

意　思　【疑問句】接於句末，表示問別人自己想知道的事。中文意思是：「嗎、呢」。

（例 文）あなたは　アメリカ人ですか。

請問您是美國人嗎？

（比 較）**句子＋よ**

…喔、…喲、…啊

（接 續）｛句子｝＋よ

（說 明）終助詞「か」表疑問句，表示懷疑或不確定，用在問別人自己想知道的事；終助詞「よ」表注意等，用在促使對方注意，或使對方接受自己的意見時。

（例 文）あ、危ない！車が　来ますよ！

啊！危險！車子來了喔！

句子＋か、句子＋か

是…，還是…

（接 續）｛句子｝＋か、｛句子｝＋か

（意 思）**【選擇性的疑問句】** 表示讓聽話人從不確定的兩個事物中，選出一樣來。中文意思是：「是…，還是…」。

（例 文）明日は　暑いですか、寒いですか。

明天氣溫是熱還是冷呢？

（比 較）**とか～とか**

…啦…啦、…或…、及…

（接 續）｛名詞；[形容詞・形容動詞・動詞] 辭書形｝＋とか＋｛名詞；[形容詞・形容動詞・動詞] 辭書形｝＋とか

（說 明）「か～か」表選擇性的疑問句，會接句子，表示提供聽話人兩個方案，要他選出來；但「とか～とか」表列舉，接名詞、動詞基本形、形容詞或形容動詞，表示從眾多同類人事物中，舉出兩個來加以說明。

（例 文）きれいだとか、かわいいとか、よく　言われます。

常有人誇獎我真漂亮、真可愛之類的。

句子+ね

(1)…啊；(2)…吧；(3)…啊；(4)…都、…喔、…呀、…呢

接續 {句子}＋ね

意思1 【感嘆】 表示輕微的感嘆。中文意思是：「…啊」。

例文 健ちゃんは いつも 元気ですね。
小健總是活力充沛啊。

意思2 【確認】 表示跟對方做確認的語氣。中文意思是：「…吧」。

例文 土曜日、銀行は 休みですよね。
星期六，銀行不營業吧？

意思3 【思索】 表示思考、盤算什麼的意思。中文意思是：「…啊」。

例文 「そうですね…。」
「這樣啊……。」

意思4 【認同】 徵求對方的認同。中文意思是：「…都、…喔、…呀、…呢」。

例文 疲れましたね。休みましょう。
累了吧，我們休息吧。

注意 〖對方也知道〗 基本上使用在說話人認為對方也知道的事物。

例文 だんだん 寒く なって きましたね。
天氣越來越冷了。

比較 **句子+よ**

…喔、…喲、…啊

接續 {句子}＋よ

說明 終助詞「ね」表認同，主要是表示徵求對方的同意，也可以表示感動，而且使用在認為對方也知道的事物；終助詞「よ」則表注意等，表示將自己的意見或心情傳達給對方，使用在認為對方不知道的事物。

例文 今日は 土曜日ですよ。
今天是星期六喔。

句子＋よ

(1) …喲；(2) …喔、…喲、…啊

(接續) ｛句子｝＋よ

(意思1) **【注意】** 請對方注意。中文意思是：「…喲」。

(例文) もう　8時<ruby>時<rt>はちじ</rt></ruby>ですよ。<ruby>起<rt>お</rt></ruby>きて　ください。
已經八點了喲，快起床！

(意思2) **【肯定】** 向對方表肯定、提醒、說明、解釋、勸誘及懇求等，用來加強語氣。中文意思是：「…喔、…喲、…啊」。

(例文) 「お<ruby>元気<rt>げんき</rt></ruby>ですか。」「ええ、<ruby>私<rt>わたし</rt></ruby>は　<ruby>元気<rt>げんき</rt></ruby>ですよ。」
「最近好嗎？」「嗯，我很好喔！」

(注意) 〔**對方不知道**〕基本上使用在說話人認為對方不知道的事物，想引起對方注意。

(例文) この　<ruby>店<rt>みせ</rt></ruby>の　パン、おいしいですよ。
這家店的麵包很好吃喔！

(比較) **句子＋の**

…嗎

(接續) ｛句子｝＋の

(說明) 「よ」表示注意及肯定。表示提醒、囑咐對方注意他不知道，或不瞭解的訊息，也表示肯定；「の」表示疑問，例如：「<ruby>誰<rt>だれ</rt></ruby>が<ruby>好<rt>す</rt></ruby>きなの／你喜歡誰呢？」。

(例文) <ruby>行<rt>い</rt></ruby>って　らっしゃい。<ruby>何時<rt>なんじ</rt></ruby>に　<ruby>帰<rt>かえ</rt></ruby>るの。
路上小心。什麼時候回來？

じゅう
(1)…內、整整；(2) 全…、…期間

接續　{名詞}＋じゅう

意思1　【空間】可用「空間＋中」的形式，接場所、範圍等名詞後，表示整個範圍內出現了某事，或存在某現象。中文意思是:「…內、整整」。

例文　この 歌は 世界中の 人が 知って います。
　　　　這首歌舉世聞名。

意思2　【時間】日語中有自己不能單獨使用，只能跟別的詞接在一起的詞，接在詞前的叫接頭語，接在詞尾的叫接尾語。「中」是接尾詞。接時間名詞後，用「時間＋中」的形式表示在此時間的「全部、從頭到尾」，一般寫假名。中文意思是:「全…、…期間」。

例文　あの 子は 一日中、ゲームを して います。
　　　　這孩子從早到晚都在打電玩。

比較　**ちゅう**
…中、正在…、…期間

接續　{動作性名詞}＋ちゅう

說明　「じゅう」前接空間相關詞，表示整個區域內，到處都是。「じゅう」前接時間相關詞，表示整個期間內，一直都是;「ちゅう」前接動作或狀態相關詞，表示這某一動作、狀態正在持續中。「ちゅう」前接期間相關詞，表示某整個時間段的範圍內。

例文　沼田さんは ギターの 練習中です。
　　　　沼田先生現在正在練習彈吉他。

ちゅう
…中、正在…、…期間

接續　{動作性名詞}＋ちゅう

（意思）【正在繼續】「中」接在動作性名詞後面，表示此時此刻正在做某件事情，或某狀態正在持續中。前接的名詞通常是與某活動有關的詞。中文意思是：「…中、正在…、…期間」。

（例文）食事中に　携帯電話を　見ないで　ください。
吃飯時請不要滑手機。

（比較）**動詞＋ています**
正在…

（接續）{動詞て形}＋います

（說明）兩個文法都表示正在進行某個動作，但「ちゅう」表正在繼續，前面多半接名詞，接動詞的話要接連用形；而「ています」表動作的持續，前面要接動詞て形。

（例文）伊藤さんは　電話を　して　います。
伊藤先生在打電話。

011　　　　　　　　　　　　　　　　　　　　　　　

ごろ
左右

（接續）{名詞}＋ごろ

（意思）【時間】 表示大概的時間點，一般只接在年、月、日，和鐘點的詞後面。中文意思是：「左右」。

（例文）この　山は、毎年　今ごろが　一番　きれいです。
這座山每年這個時候是最美的季節。

（比較）**ぐらい、くらい**
大約、左右、上下

（接續）{數量詞}＋ぐらい、くらい

（說明）表示時間的估計時，「ごろ」表時間，前面只能接某個特定的時間點；而「ぐらい」也表時間，前面可以接一段時間，或是某個時間點。前接時間點時，「ごろ」後面的「に」可以省略，但「ぐらい」後面的「に」一定要留著。

（例 文）昨日は　6時間ぐらい　寝ました。
昨天睡了6小時左右。

すぎ、まえ

(1)…多；(2)差…、…前；(3)…前、未滿…；(4)過…

（接 續）{時間名詞}＋すぎ、まえ

（意思1）【年齡】接尾詞「すぎ」，也可用在年齡，表示比那年齡稍長。中文意
思是：「…多」。

（例 文）30過ぎの　黒い　服の　男を　見ましたか。
你有沒有看到一個三十多歲、身穿黑衣服的男人？

（意思2）【時間】接尾詞「まえ」，接在表示時間名詞後面，表示那段時間之前，
如：「10時3分前（差3分鐘10點）」。中文意思是：「差…、…前」。

（例 文）2年前に　結婚しました。
我兩年前結婚了。

（意思3）【年齡】接尾詞「まえ」，也可用在年齡，表示還未到那年齡。中文意
思是：「…前、未滿…」。

（例 文）まだ　二十歳まえの　子供が　二人います。
我有兩個還沒滿二十歲的小孩。

（意思4）【時間】接尾詞「すぎ」，接在表示時間名詞後面，表示比那時間稍後。
中文意思是：「過…」。

（例 文）毎朝　8時過ぎに　家を　出ます。
每天早上八點過後出門。

（比 較）**時間＋に**
在…

（接 續）{時間詞}＋に

（說 明）兩個都表時間。「すぎ、まえ」是名詞的接尾詞，表示在某個時間基準
點的後或前；「時間＋に」的「に」是助詞，表時間，表示進行動作的
某個時間點。

（例 文）夏休みに　旅行します。
暑假會去旅行。

たち、がた、かた
…們

（接 續）{名詞}＋たち、がた、かた

（意 思）**【人的複數】** 接尾詞「たち」接在「私」、「あなた」等人稱代名詞的後面，表示人的複數。但注意有「私たち」、「あなたたち」、「彼女たち」但無「彼たち」。中文意思是：「…們」。

（例 文）私たちは　日本語学校の　生徒です。
我們是這所日語學校的學生。

（注意1）〖**更有禮貌－がた**〗接尾詞「方」也是表示人的複數的敬稱，說法更有禮貌。

（例 文）あなた方は　台湾人ですか。
請問您們是台灣人嗎？

（注意2）〖**人→方**〗「方」是對「人」表示敬意的說法。

（例 文）あの　方は　大学の　先生です。
那一位是大學教授。

（注意3）〖**人們→方々**〗「方々」是對「人たち（人們）」表示敬意的說法。

（例 文）留学中は、たくさんの　方々に　お世話に　なりました。
留學期間承蒙諸多人士的關照。

（比 較）**ら**
…們；…些

（接 續）{名詞}＋ら

（說 明）「たち」前接人物或人稱代名詞，表示人物的複數；但要表示「彼」的複數，就要用「彼＋ら」的形式。「ら」前接人物或人稱代名詞，也表示人或物的複數，但說法比較隨便。「ら」也可以前接物品或事物名詞，表示複數。

これらは　私^{わたし}のです。

これ些是我的。

かた
…法、…樣子

接　續　{動詞ます形}＋かた

意　思　【方法】表示方法、手段、程度跟情況。中文意思是：「…法、…樣子」。

例　文　それは、あなたの　言^いい方^{かた}が　悪^{わる}いですよ。

那該怪你措辭失當喔！

比　較　**［方法・手段］＋で**

用…

接　續　{名詞}＋で

說　明　「かた」前接動詞ます形，表示動作的方法、手段、程度跟情況；「[方法・手段]＋で」前接名詞，表示採用或通過什麼方法、手段來做後項，或達到目的。

例　文　鉛筆^{えんぴつ}で　絵^えを　描^かきます。

用鉛筆畫畫。

6 疑問詞の使用
疑問詞的使用

001　　　　　　　　　　　　　　　　　　　　　　　　　　Track N5-059

なに、なん
什麼

(接　續)　なに、なん＋{助詞}

(意　思)　**【問事物】**「何（なに、なん）」代替名稱或情況不瞭解的事物，或用在詢問數字時。一般而言，表示「どんな（もの）」（什麼東西）時，讀作「なに」。中文意思是：「什麼」。

(例　文)　休みの　日は　何を　しますか。
　　　　　假日時通常做什麼？

(注意1)　**〖唸作なん〗** 表示「いくつ（多少）」時讀作「なん」。但是，「何だ」、「何の」一般要讀作「なん」。詢問理由時「何で」也讀作「なん」。

(例　文)　今、何時ですか。
　　　　　現在幾點呢？

(注意2)　**〖唸作なに〗** 詢問道具時的「何で」跟「何に」、「何と」、「何か」兩種讀法都可以，但是「なに」語感較為鄭重，而「なん」語感較為粗魯。

(例　文)　「何で　行きますか。」「タクシーで　行きましょう。」
　　　　　「要用什麼方式前往？」「搭計程車去吧！」

比 較	**なに＋か**
	某些、什麼

接 續	なに＋か＋{句子}

說 明	「なに」表示問事物。用來代替名稱或未知的事物，也用在詢問數字；「なに＋か（は、が、を）」表示不確定。不確定做什麼動作、有什麼東西、是誰或是什麼。「か」後續的助詞「は、が、を」可以省略。

例 文	暑いから、何か　飲みましょう。
	好熱喔，去喝點什麼吧！

だれ、どなた

誰；哪位…

接 續	だれ、どなた＋{助詞}

意 思	【問人】「だれ」不定稱是詢問人的詞。它相對於第一人稱，第二人稱和第三人稱。中文意思是：「誰」。

例 文	あの　人は　誰ですか。
	那個人是誰？

注 意	〔客氣－どなた〕「どなた」和「だれ」一樣是不定稱，但是比「だれ」說法還要客氣。中文意思是：「哪位…」。

例 文	あの　方は　どなたですか。
	那一位該怎麼稱呼呢？

比 較	**だれ＋か**
	某人

接 續	だれ＋か＋{句子}

說 明	兩個都表問人。「だれ」通常只出現在疑問句，用來詢問人物；「だれ＋か」則是代替某個不確定，或沒有特別指定的某人，而且不只能用在疑問句，也可能出現在肯定句等。

例 文	誰か　いませんか。
	有人在嗎？

いつ
何時、幾時

| 接 續 | いつ＋｛疑問的表達方式｝ |

意 思　【問時間】表示不肯定的時間或疑問。中文意思是：「何時、幾時」。

例 文　あなたの　誕生日は　いつですか。
你生日是哪一天呢？

| 比 較 | **いつ＋か** |

不知什麼時候

| 接 續 | いつ＋か＋｛句子｝ |

說 明　兩個都表問時間。「いつ」通常只出現在疑問句，用來詢問時間；「いつ＋か」則是代替過去或未來某個不確定的時間，而且不只能用在疑問句，也可能出現在肯定句等。

例 文　いつか　旅行に　行きましょう。
找一天去旅行吧！

---

004   Track N5-062

いくつ
(1) 幾歲；(2) 幾個、多少

| 接 續 | ｛名詞（＋助詞）｝＋いくつ |

意思1　【問年齡】也可以詢問年齡。中文意思是：「幾歲」。

例 文　「美穂ちゃん、いくつ。」「三つ。」
「美穂小妹妹，妳幾歲？」「三歲！」

注 意　〖お＋いくつ〗「おいくつ」的「お」是敬語的接頭詞。

例 文　「お母様は　おいくつですか。」「母は　もう　９０です。」
「請問令堂貴庚呢？」「家母已經高齡九十了。」

意思2 【問個數】 表示不確定的個數，只用在問小東西的時候。中文意思是：「幾個、多少」。

例文 卵は いくつ ありますか。
たまご
蛋有幾顆呢？

比較 **いくら**
多少

接續 {名詞（＋助詞）}＋いくら

說明 兩個文法都用來問數字問題，「いくつ」用在問東西的個數，大概就是英文的「how many」，也能用在問人的年齡；「いくら」可以問價格、時間、距離等數量，大概就是英文的「how much」，但不能拿來問年齡。

例文 この 本は いくらですか。
ほん
這本書多少錢？

いくら
(1) 多少；(2) 多少

接續 {名詞（＋助詞）}＋いくら

意思1 【問數量】 表示不明確的數量、程度、工資、時間、距離等。中文意思是：「多少」。

例文 東京から 大阪まで 時間は いくら かかりますか。
とうきょう　おおさか　　　　じかん
從東京到大阪要花多久時間呢？

意思2 【問價格】 表示不明確的數量，一般較常用在價格上。中文意思是：「多少」。

例文 空港まで タクシーで いくら かかりますか。
くうこう
請問搭計程車到機場的車資是多少呢？

| 比較 | **どのぐらい、どれぐらい** |

多（久）…

| 接續 | どのぐらい、どれぐらい＋｛詢問的內容｝ |

| 說明 | 「いくら」表問價格，可以表示詢問各種不明確的數量，但絕大部份用在問價錢，也表示程度；「どのぐらい」表問多久，用在詢問數量及程度。另外，「いくら」表示程度時，不會用在疑問句。譬如，想問對方「你有多喜歡我」，可以說「<ruby>私<rt>わたし</rt></ruby>のこと、どのぐらい<ruby>好<rt>す</rt></ruby>き」，但沒有「<ruby>私<rt>わたし</rt></ruby>のこと、いくら<ruby>好<rt>す</rt></ruby>き」的說法。 |

| 例文 | <ruby>春休<rt>はるやす</rt></ruby>みは　どのぐらい　ありますか。 |

春假有多長呢？

どう、いかが

(1) 怎樣；(2) 如何

| 接續 | ｛名詞｝＋はどうですか、はいかがですか |

| 意思1 | **【問狀況等】**「どう」詢問對方的想法及對方的健康狀況，還有不知道情況是如何或該怎麼做等，「いかが」跟「どう」一樣，只是說法更有禮貌。中文意思是：「怎樣」。 |

| 例文 | 「<ruby>旅行<rt>りょこう</rt></ruby>は　どうでしたか。」「<ruby>楽<rt>たの</rt></ruby>しかったです。」 |

「旅行玩得愉快嗎？」「非常愉快！」

| 意思2 | **【勸誘】** 也表示勸誘。中文意思是：「如何」。 |

| 例文 | 「コーヒーは　いかがですか。」「いただきます。」 |

「要不要喝咖啡？」「麻煩您了。」

| 比較 | **どんな** |

什麼樣的

| 接續 | どんな＋｛名詞｝ |

| 說明 | 「どう、いかが」表勸誘，主要用在問對方的想法、狀況、事情「怎麼樣」，或是勸勉誘導對方做某事；「どんな」則表問事物內容，用以詢問人事物是屬於「什麼樣的」的特質或種類。 |

どんな 車が ほしいですか。
くるま

你想要什麼樣的車子？

　　　　　　　　　　　　　　　　　　　　　　　Track N5-065

どんな
什麼樣的

接續　どんな＋{名詞}

意思　【問事物內容】「どんな」後接名詞，用在詢問事物的種類、內容。中文意思是：「什麼樣的」。

例 文　どんな 仕事が したいですか。
しごと

您希望從事什麼樣的工作呢？

比 較　**どう**
怎樣

接續　{名詞}＋はどうですか、はいかがですか

說明　「どんな」表問事物內容，後接名詞，用在詢問人物或事物的種類、內容、性質；「どう」表問狀況，用在詢問對方對某性質或狀態的想法、意願、意見及對方的健康狀況，還有不知道情況是如何或該怎麼做等。

例 文　テストは どうでしたか。

考試考得怎樣？

　　　　　　　　　　　　　　　　　　　　　　　Track N5-066

どのぐらい、どれぐらい
多（久）…

接續　どのぐらい、どれぐらい＋{詢問的內容}

意思　【問多久】表示「多久」之意。但是也可以視句子的內容，翻譯成「多少、多少錢、多長、多遠」等。「ぐらい」也可換成「くらい」。中文意思是：「多（久）…」。

例 文　仕事は あと どれぐらい かかりますか。
しごと

工作還要多久才能完成呢？

比較	**どんな**
	什麼樣的

接續	どんな＋{名詞}

說明	「どのぐらい」表問多久，後接疑問句，用在詢問數量，表示「多久、多少、多少錢、多長、多遠」之意；「どんな」表問事物內容，後接名詞，用在詢問人事物的種類、內容、性質或狀態。也用在指示物品是什麼種類。

例文	どんな 本を 読みますか。
	你看什麼樣的書？

009　　　　　　　　　　　　　　　　　　　　　　　　Track N5-067

なぜ、どうして

(1) 原因是…；(2) 為什麼

接續	なぜ、どうして＋{詢問的內容}

意思1	**【問理由】**「なぜ」跟「どうして」一樣，都是詢問理由的疑問詞。中文意思是：「原因是…」。

例文	昨日は なぜ 来なかったんですか。
	昨天為什麼沒來？

注意	〖口語－なんで〗口語常用「なんで」。

例文	なんで 泣いて いるの。
	為什麼在哭呢？

意思2	**【問理由】**「どうして」表示詢問理由的疑問詞。中文意思是：「為什麼」。

例文	どうして 何も 食べないんですか。
	為什麼不吃不喝呢？

注意	〖後接のです〗由於是詢問理由的副詞，因此常跟請求說明的「のだ、のです」一起使用。

例文	どうして この 窓が 開いて いるのですか。
	這扇窗為什麼是開著的呢？

（比較）**どうやって～ますか**
怎樣（地）

（接續）どうやって＋｛詢問的內容｝

（說明）「なぜ」跟「どうして」一様，後接疑問句，都是詢問理由的疑問詞；「どうやって」問方法。後接動詞疑問句，是用在詢問做某事的方法、方式的連語。

（例文）どうやって 家へ 帰りますか。
你怎麼回家的？

010

なにも、だれも、どこへも
也（不）…、都（不）…

（接續）なにも、だれも、どこへも＋｛否定表達方式｝

（意思）【全面否定】「も」上接「なに、だれ、どこへ」等疑問詞，下接否定語，表示全面的否定。中文意思是：「也（不）…、都（不）…」。

（例文）時間に なりましたが、まだ 誰も 来ません。
約定的時間已經到了，然而誰也沒來。

（比較）**疑問詞＋が**

（接續）｛疑問詞｝＋が

（說明）「も」上接「なに、だれ、どこへ」等疑問詞，表示全面否定；「が」表示疑問詞的主語，疑問詞作為主語時，主語後面會接「が」。回答時主語也必須用「が」。

（例文）どこが 痛いですか。
哪裡痛呢？

なにか、だれか、どこか
(1) 某人；(2) 去某地方；(3) 某些、什麼

(接續) なにか、だれか、どこか＋{不確定事物}

(意思1) 【不確定是誰】「か」接在「だれ」的後面表示不確定是誰。中文意思是：「某人」。

(例文) 誰か　助けて　ください。
快救救我啊！

(意思2) 【不確定是何處】「か」接在「どこ」的後面表示不肯定的某處。中文意思是：「去某地方」。

(例文) 携帯電話を　どこかに　置いて　きて　しまいました。
忘記把手機放到哪裡去了。

(意思3) 【不確定】具有不確定，沒辦法具體說清楚之意的「か」，接在疑問詞「なに」的後面，表示不確定。中文意思是：「某些、什麼」。

(例文) 「何か　食べますか。」「いいえ、今は　けっこうです。」
「要不要吃點什麼？」「不了，現在不餓。」

(比較) **なにも、だれも、どこへも**
也（不）…、都（不）…

(接續) なにも、だれも、どこへも＋{否定表達方式}

(說明) 「か」上接「なに、だれ、どこ」等疑問詞，表示不確定。也就是不確定是誰、是什麼、有沒有東西、做不做動作等；「も」上接「なに、だれ、どこへ」等疑問詞，表示全面否定。

(例文) 何も　したく　ありません。
什麼也不想做。

疑問詞＋も＋肯定／否定

(1) 也（不）…；(2) 無論…都…

接續 {疑問詞}＋も＋{肯定／否定}

意思1 【全面否定】「も」上接疑問詞，下接否定語，表示全面的否定。中文意思是：「也（不）…」。

例文 この　部屋には　誰も　いません。
這個房間裡沒有人。

意思2 【全面肯定】若想表示全面肯定，則以「疑問詞＋も＋肯定」形式。中文意思是：「無論…都…」。

例文 この　店の　料理は　どれも　おいしいです。
這家餐廳的菜每一道都很好吃。

比較 ## 疑問詞＋か

…嗎

接續 {疑問詞}＋か

說明 「疑問詞＋も＋肯定／否定」上接疑問詞，表示全面的肯定或否定；「疑問詞＋か」上接疑問詞，表示不明確、不肯定，沒有辦法具體說清楚，或沒必要說明的事物。

例文 いつか　一緒に　行きましょう。
找一天一起去吧。

7 指示詞の使用

指示詞的使用

001   Track N5-071

これ、それ、あれ、どれ
(1) 這個；(2) 那個；(3) 那個；(4) 哪個

意思1 【事物－近稱】這一組是事物指示代名詞。「これ（這個）」指離說話者近的事物。中文意思是：「這個」。

例文 これは　あなたの　本ですか。

這是你的書嗎？

意思2 【事物－中稱】「それ（那個）」指離聽話者近的事物。中文意思是：「那個」。

例文 それは　平野さんの　本です。

那是平野先生的書。

意思3 【事物－遠稱】「あれ（那個）」指說話者、聽話者範圍以外的事物。中文意思是：「那個」。

例文 「あれは　何ですか。」「あれは　大使館です。」

「那是什麼地方呢？」「那是大使館。」

意思4 【事物－不定稱】「どれ（哪個）」表示事物的不確定和疑問。中文意思是：「哪個」。

例文 「あなたの　鞄は　どれですか。」「その　黒いのです。」

「您的公事包是哪一個？」「黑色的那個。」

比較	**この、その、あの、どの**

(1) 這…；(2) 那…；(3) 那…；(4) 哪…

接續	この、その、あの、どの＋{名詞}

說明	「これ、それ、あれ、どれ」表事物，用來代替某個事物；「この、その、あの、どの」表連體詞，是指示連體詞，後面一定要接名詞，才能代替提到的人事物。

例文	この 家_{いえ}は とても きれいです。

這個家非常漂亮。

この、その、あの、どの

(1) 這…；(2) 那…；(3) 那…；(4) 哪…

接續	この、その、あの、どの＋{名詞}

意思1	**【連體詞－近稱】** 這一組是指示連體詞。連體詞跟事物指示代名詞的不同在，後面必須接名詞。「この（這…）」指離說話者近的事物。中文意思是：「這…」。

例文	この お菓子_{かし}は おいしいです。

這種糕餅很好吃。

意思2	**【連體詞－中稱】** 「その（那…）」指離聽話者近的事物。中文意思是：「那…」。

例文	その 本_{ほん}を 見_みせて ください。

請讓我看那本書。

意思3	**【連體詞－遠稱】** 「あの（那…）」指說話者及聽話者範圍以外的事物。中文意思是：「那…」。

例文	あの 建物_{たてもの}は 何_{なん}ですか。

那棟建築物是什麼？

意思4	**【連體詞－不定稱】** 「どの（哪…）」表示事物的疑問和不確定。中文意思是：「哪…」。

例文	どの 席_{せき}が いいですか。

該坐在哪裡才好呢？

比 較	**こんな**

這樣的、這麼的、如此的

接 續	こんな＋{名詞}

說 明	「この、その、あの、どの」是指示連體詞，後面必須接名詞，指示特定的人事物；「こんな」是程度連體詞，後面也必須接名詞，表示人事物的狀態、程度或指示人事物的種類。

例 文	こんな 大きな 木は 見たことが ない。

沒看過如此大的樹木。

---

003   Track N5-073

ここ、そこ、あそこ、どこ
(1) 這裡；(2) 那裡；(3) 那裡；(4) 哪裡

意思 1	【場所－近稱】這一組是場所指示代名詞。「ここ」指離說話者近的場所。中文意思是：「這裡」。

例 文	どうぞ、ここに 座って ください。

請坐在這裡。

意思 2	【場所－中稱】「そこ」指離聽話者近的場所。中文意思是：「那裡」。

例 文	お皿は そこに 置いて ください。

盤子請擺在那邊。

意思 3	【場所－遠稱】「あそこ」指離說話者和聽話者都遠的場所。中文意思是：「那裡」。

例 文	出口は あそこです。

出口在那邊。

意思 4	【場所－不定稱】「どこ」表示場所的疑問和不確定。中文意思是：「哪裡」。

例 文	エレベーターは どこですか。

請問電梯在哪裡？

こちら、そちら、あちら、どちら
(1) 這邊、這位；(2) 那邊、那位；(3) 那邊、那位；(4) 哪邊、哪位

説　明　「どこ」跟「どちら」都可以用來指場所、方向及位置，但「どちら」的語氣比較委婉、謹慎。後者還可以指示物品、人物、國家、公司、商店等。

例　文　あなたは　どちらの　お国^{くに}の　方^{かた}ですか。
您是哪個國家的人？

004　

こちら、そちら、あちら、どちら

(1) 這邊、這位；(2) 那邊、那位；(3) 那邊、那位；(4) 哪邊、哪位

意思1　【方向－近稱】這一組是方向指示代名詞。「こちら」指離說話者近的方向。也可以用來指人，指「這位」。也可以說成「こっち」，只是前面說法比較有禮貌。中文意思是：「這邊、這位」。

例　文　こちらは　田中先生^{たなかせんせい}です。
這一位是田中老師。

意思2　【方向－中稱】「そちら」指離聽話者近的方向。也可以用來指人，指「那位」。也可以說成「そっち」，只是前面說法比較有禮貌。中文意思是：「那邊、那位」。

例　文　そちらの　椅子^{いす}に　お座^{すわ}りください。
請坐在這張椅子上。

意思3　【方向－遠稱】「あちら」指離說話者和聽話者都遠的方向。也可以用來指人，指「那位」。也可以說成「あっち」，只是前面說法比較有禮貌。中文意思是：「那邊、那位」。

例　文　あちらを　ご覧^{らん}ください。
請看一下那邊。

意思4　【方向－不定稱】「どちら」表示方向的不確定和疑問。也可以用來指人，指「哪位」。也可以說成「どっち」，只是前面說法比較有禮貌。中文意思是：「哪邊、哪位」。

例文 お国は　どちらですか。
請問您來自哪個國家呢？

比較 このかた、そのかた、あのかた、どのかた
這位；那位；那位；哪位

說明 「こちら、そちら、あちら、どちら」是方向指示代名詞。也可以用來指人，指第三人稱的「這位」等；「この方、その方、あの方、どの方」是尊敬語，指示特定的人物。也是指第三人稱的人。但「こちら」可以指「我，我們」，「この方」就沒有這個意思。「こちら」等可以接「さま」，「この方」等就不可以。

例文 この　方は　校長先生です。
這位是校長。

MEMO

8 形容詞と形容動詞の表現

形容詞及形容動詞的表現

001

Track N5-075

形容詞 (現在肯定／現在否定)

意思 1 【現在否定】{形容詞詞幹}＋く＋ない (ありません)。形容詞的否定形，是將詞尾「い」轉變成「く」，然後再加上「ない (です)」或「ありません」。

例 文 川の 水は 冷たく ないです。
河水並不冰涼。

意思 2 【未來】現在形也含有未來的意思。

例 文 明日は 暑く なるでしょう。
明天有可能會變熱。

意思 3 【現在肯定】{形容詞詞幹}＋い。形容詞是說明客觀事物的性質、狀態或主觀感情、感覺的詞。形容詞的詞尾是「い」，「い」的前面是語幹，因此又稱作「い形容詞」。形容詞現在肯定形，表示事物目前性質、狀態等。

例 文 今年の 夏は 暑いです。
今年夏天很熱。

| 比 較 | 形容動詞（現在肯定／現在否定） |

| 接 續 | 【現在肯定】{形容動詞詞幹}＋だ；{形容動詞詞幹}＋な＋{名詞}／【疑問】{形容動詞詞幹}＋です＋か／【現在否定】{形容動詞詞幹}＋で＋は＋ない（ありません） |

| 說 明 | 形容詞現在肯定式是「形容詞い」，用在對目前事物的性質、狀態進行說明。形容詞現在否定是「形容詞い→形容詞くないです（くありません）」；形容動詞現在肯定式是「形容動詞だ」，用在對目前事物的性質、狀態進行說明。形容動詞現在否定是「形容動詞だ→形容動詞ではない（ではありません）」。 |

| 例 文 | 花子の　部屋は　きれいです。
花子的房間整潔乾淨。 |

---

002   Track N5-076

形容詞（過去肯定／過去否定）

| 意思1 | 【過去肯定】{形容詞詞幹}＋かっ＋た。形容詞的過去形，表示說明過去的客觀事物的性質、狀態，以及過去的感覺、感情。形容詞的過去肯定，是將詞尾「い」改成「かっ」再加上「た」，用敬體時「かった」後面要再接「です」。 |

| 例 文 | ごちそうさまでした。おいしかったです。
謝謝招待，非常好吃！ |

| 意思2 | 【過去否定】{形容詞詞幹}＋く＋ありませんでした。形容詞的過去否定，是將詞尾「い」改成「く」，再加上「ありませんでした」。 |

| 例 文 | パーティーは　あまり　楽しく　ありませんでした。
那場派對不怎麼有意思。 |

| 注 意 | 〖くなかった〗{形容詞詞幹}＋く＋なかっ＋た。也可以將現在否定式的「ない」改成「なかっ」，然後加上「た」。 |

| 例 文 | コーヒーは　甘く　なかったです。
那杯咖啡並不甜。 |

形容動詞（過去肯定／過去否定）

接 續　【過去肯定】{形容動詞詞幹}＋たっ＋だ；{形容動詞詞幹}＋な＋{名詞}／【過去否定】{形容動詞詞幹}＋ではありません＋でした／〖詞幹ではなかった〗{形容動詞詞幹}＋では＋なかっ＋た

說 明　形容詞過去肯定式是「形容詞い→形容詞かった（です）」，用在對過去事物的性質、狀態進行說明。形容詞過去否定是「形容詞い→形容詞くなかった／くありませんでした」；形容動詞過去肯定式是「形容動詞だ→形容動詞だった／でした」，用在對過去事物的性質、狀態進行說明。形容動詞過去否定是「形容動詞だ→形容動詞ではなかった／ではありませんでした」。

例 文　彼女は　昔から　きれいでした。
她以前就很漂亮。

003　　　　　　　　　　　　　　　　　　　　　

形容詞く＋て
(1)…然後；(2) 又…又…；(3) 因為…

接 續　{形容詞詞幹}＋く＋て

意思1　**【停頓】** 形容詞詞尾「い」改成「く」，再接上「て」，表示句子還沒說完到此暫時停頓。中文意思是：「…然後」。

例 文　彼女は　美しくて　髪が　長いです。
她很美，然後頭髮是長的。

意思2　**【並列】** 表示兩種屬性的並列（連接形容詞或形容動詞時）。中文意思是：「又…又…」。

例 文　この　部屋は　広くて　明るいです。
這個房間既寬敞又明亮。

意思3　**【原因】** 表示理由、原因之意，但其因果關係比「から」、「ので」還弱。中文意思是：「因為…」。

例 文　暑くて、気分が　悪いです。
太熱了，身體不舒服。

比較 **形容動詞で**

…然後；又…又…

接續 {形容動詞詞幹}＋で

說明 這兩個文法重點是在形容詞與形容動詞的活用變化。簡單整理一下，句子的中間停頓形式是「形容詞詞幹＋くて」、「形容動詞詞幹＋で」（表示句子到此停頓、並列；理由、原因）。請注意，「きれい（漂亮）、嫌い（討厭）」是形容動詞，所以中間停頓形式是「きれいで」、「嫌いで」喔！

例文 ここは　静かで、勉強し　やすいです。

這裡很安靜，很適合看書學習！

004　　　　　　　　　　　　　　　　　　　　　　

形容詞く＋動詞

…地

接續 {形容詞詞幹}＋く＋{動詞}

意思 【狀態】形容詞詞尾「い」改成「く」，可以修飾句子裡的動詞，表示狀態。中文意思是：「…地」。

例文 野菜を　小さく　切ります。

把蔬菜切成細丁。

比較 **形容詞く＋て**

…然後；又…又…

接續 {形容詞詞幹}＋く＋て

說明 形容詞修飾動詞用「形容詞く＋動詞」的形式，表示狀態；「形容詞く＋て」表示停頓，也表示並列。

例文 教室は　明るくて　きれいです。

教室又明亮又乾淨。

形容詞＋名詞

(1)「這…」等；(2)…的…

（接　續）{形容詞基本形}＋{名詞}

（意思1）【連體詞修飾名詞】還有一個修飾名詞的連體詞，可以一起記住，連體詞沒有活用，數量不多。N5 程度只要記住「この、その、あの、どの、大きな、小さな」這幾個字就可以了。中文意思是：「這…」等。

（例　文）公園に　大きな　犬が　います。
公園裡有頭大狗。

（意思2）【修飾名詞】形容詞要修飾名詞，就是把名詞直接放在形容詞後面。注意喔！因為日語形容詞本身就有「…的」之意，所以不要再加「の」了喔。中文意思是：「…的…」。

（例　文）赤い　鞄を　買いました。
買了紅色包包。

比　較　**名詞＋の**
…的…

（接　續）{名詞}＋の

（說　明）「形容詞＋名詞」表示修飾、限定名詞。請注意，形容詞跟名詞中間不需要加「の」喔；「名詞＋の」表示限定、修飾或所屬。

（例　文）友達の　撮った　写真です。
這是朋友照的相片。

形容詞＋の

…的

（接　續）{形容詞基本形}＋の

（意　思）【修飾の】形容詞後面接的「の」是一個代替名詞，代替句中前面已出現過，或是無須解釋就明白的名詞。中文意思是：「…的」。

例文 私は 冷たいのが いいです。
我想要冰的。

比較 名詞＋な

接續 {名詞}＋な

說明 「形容詞＋の」這裡的形容詞修飾的「の」表示名詞的代用；「名詞＋な」表示後續部分助詞。

例文 明日は 休みなの。
你明天休假嗎？

007 Track N5-081

形容動詞（現在肯定／現在否定）

意思1 【現在肯定】{形容動詞詞幹}＋だ；{形容動詞詞幹}＋な＋{名詞}。形容動詞是說明事物性質與狀態等的詞。形容動詞的詞尾是「だ」，「だ」前面是語幹。後接名詞時，詞尾會變成「な」，所以形容動詞又稱作「な形容詞」。形容動詞當述語（表示主語狀態等語詞）時，詞尾「だ」改「です」是敬體說法。

例文 吉田さんは とても 親切です。
吉田先生非常親切。

意思2 【現在否定】{形容動詞詞幹}＋で＋は＋ない（ありません）。形容動詞的否定形，是把詞尾「だ」變成「で」，然後中間插入「は」，最後加上「ない」或「ありません」。

例文 この 仕事は 簡単では ありません。
這項工作並不容易。

意思3 【疑問】{形容動詞詞幹}＋です＋か。詞尾「です」加上「か」就是疑問詞。

例文 皆さん、お元気ですか。
大家好嗎？

| 意思4 | 【未來】現在形也含有未來的意思。 |

例 文　今度の　日曜日は　暇です。
こん ど　　にちよう び　　　ひま

下週日有空。

| 比 較 | **動詞（現在肯定／現在否定）** |

(1) 做…；(2) 沒…、不…

| 接 續 | 【現在肯定】{動詞ます形}＋ます／【現在否定】{動詞ます形}＋ません |

| 說 明 | 形容動詞現在肯定「形容動詞〜です」表示對狀態的說明。形容動詞現在否定是「形容動詞〜ではないです／ではありません」；動詞現在肯定「動詞〜ます」，表示人或事物現在的存在、動作、行為和作用。動詞現在否定是「動詞〜ません」。 |

例 文　英語は　できません。
えい ご

不懂英文。

形容動詞（過去肯定／過去否定）

| 意思1 | 【過去肯定】{形容動詞詞幹}＋だっ＋た。形容動詞的過去形，表示說明過去的客觀事物的性質、狀態，以及過去的感覺、感情。形容動詞的過去形是將現在肯定詞尾「だ」變成「だっ」再加上「た」，敬體是將詞尾「だ」改成「でし」再加上「た」。 |

例 文　子供の　ころ、電車が　大好きでした。
こ ども　　　　でんしゃ　　だい す

我小時候非常喜歡電車。

| 意思2 | 【過去否定】{形容動詞詞幹}＋ではありません＋でした。形容動詞過去否定形，是將現在否定的「ではありません」後接「でした」。 |

例 文　妹は　小さい　ころ、体が　丈夫では　ありませんでした。
いもうと　ちい　　　　　　からだ　　じょう ぶ

妹妹小時候身體並不好。

| 注 意 | 〔詞幹ではなかった〕{形容動詞詞幹}＋では＋なかっ＋た。也可以將現在否定的「ない」改成「なかっ」，再加上「た」。 |

例 文　村の　生活は、便利では　なかったです。
むら　　せいかつ　　　　べん り

當時村子裡的生活並不方便。

比較 **動詞（過去肯定／過去否定）**

(1) …了；(2)（過去）不…

接續 【過去肯定】{動詞ます形}＋ました／【過去否定】{動詞ます形}＋ませんでした

說明 形容動詞過去肯定式是「形容動詞だ→形容動詞だった」，用在對過去事物的性質、狀態進行說明。形容動詞過去否定是「形容動詞だ→形容動詞ではなかった／ではありませんでした」；動詞過去肯定「動詞～ました」，表示人或事物過去進行的動作或發生的動作。動詞過去否定是「動詞～ませんでした」。

例文 今日の　仕事は　終わりませんでした。
今天的工作並沒有做完。

009　　　　　　　　　　　　　　　　　　　　　　　　Track N5-083

形容動詞で

(1) …然後；(2) 又…又…；(3) 因為…

接續 {形容動詞詞幹}＋で

意思1 【停頓】形容動詞詞尾「だ」改成「で」，表示句子還沒說完到此暫時停頓。中文意思是：「…然後」。

例文 ここは　静かで　駅に　遠いです。
這裡很安靜，然後離車站很遠。

意思2 【並列】表示兩種屬性的並列（連接形容詞或形容動詞時）之意。中文意思是：「又…又…」。

例文 この　カメラは　簡単で　便利です。
這款相機操作起來簡單又方便。

意思3 【原因】表示理由、原因之意，但其因果關係比「から」、「ので」還弱。中文意思是：「因為…」。

例文 あなたの　家は　いつも　にぎやかで、いいですね。
你家總是熱熱鬧鬧的，好羨慕喔！

比 較	**理由＋で**
	因為…

接 續	{名詞}＋で
說 明	形容動詞詞尾「だ」改成「で」可以表示理由、原因，但因果關係比較弱；「で」前接表示事情的名詞，用那個名詞來表示後項結果的理由、原因。是簡單明白地敘述客觀的原因，因果關係比較單純。
例 文	風で 窓が 開きました。 窗戶被風吹開了。

形容動詞に＋動詞

…得

接 續	{形容動詞詞幹}＋に＋{動詞}
意 思	**【修飾動詞】** 形容動詞詞尾「だ」改成「に」，可以修飾句子裡的動詞。中文意思是：「…得」。
例 文	桜が きれいに 咲きました。 那時櫻花開得美不勝收。

比 較	**形容詞く＋動詞**

接 續	{形容詞詞幹}＋く＋{動詞}
說 明	形容動詞詞尾「だ」改成「に」，以「形容動詞に＋動詞」的形式，形容動詞後接動詞，可以修飾動詞，表示狀態；形容詞詞尾「い」改成「く」，以「形容詞く＋動詞」的形式，形容詞後接動詞，可以修飾動詞，也表示狀態。
例 文	今日は 風が 強く 吹いて います。 今日一直颳著強風。

形容動詞な＋名詞
…的…

接　續　{形容動詞詞幹}＋な＋{名詞}

意　思　【修飾名詞】形容動詞要後接名詞，得把詞尾「だ」改成「な」，才可以修飾後面的名詞。中文意思是：「…的…」。

例　文　いろいろな　国へ　行きたいです。
我的願望是周遊列國。

比　較　**形容詞い＋名詞**
…的…

接　續　{形容詞基本形}＋い＋{名詞}

說　明　形容動詞詞尾「だ」改成「な」以「形容動詞な＋名詞」的形式，形容動詞後接名詞，可以修飾後面的名詞，表示限定；「形容詞い＋名詞」形容詞要修飾名詞，就把名詞直接放在形容詞後面，表示限定。

例　文　小さい　家を　買いました。
買了棟小房子。

形容動詞な＋の
…的

接　續　{形容動詞詞幹}＋な＋の

意　思　【修飾の】形容動詞後面接代替句子的某個名詞「の」時，要將詞尾「だ」變成「な」。中文意思是：「…的」。

例　文　いちばん　丈夫なのを　ください。
請給我最耐用的那種。

比 較	**形容詞い＋の**
	…的
接 續	{形容詞基本形}＋い＋の
說 明	以「形容動詞な＋の」的形式，形容動詞後接代替名詞「の」，可以修飾後面的「の」，表示限定。「の」代替句中前面已出現過的名詞；以「形容詞い＋の」的形式，形容詞後接代替名詞「の」，可以修飾後面的「の」，表示限定。「の」代替句中前面已出現過的名詞。
例 文	小^{ちい}さいのが　いいです。
	我要小的。

MEMO

▶9 動詞の表現

動詞的表現

001

Track N5-087

動詞 (現在肯定／現在否定)

(2) 沒…、不…

意思1 【現在肯定】{動詞ます形}＋ます。表示人或事物的存在、動作、行為和作用的詞叫動詞。動詞現在肯定形敬體用「ます」。

例　文 電車に　乗ります。

搭電車。

意思2 【現在否定】{動詞ます形}＋ません。動詞現在否定形敬體用「ません」。中文意思是:「沒…、不…」。

例　文 今日は　雨なので　散歩しません。

因為今天有下雨，就不出門散步。

意思3 【未來】現在形也含有未來的意思。

例　文 来週　日本に　行く。

下週去日本。

比　較 **名詞 (現在肯定／現在否定)**

是…；不是…

接　續 【現在肯定】{名詞}＋です／【現在否定】{名詞}＋ではありません

説 明 動詞現在肯定「動詞～ます」，表示人或事物現在的存在、動作、行為和作用。動詞現在否定是「動詞～ません」；名詞現在肯定禮貌體「名詞～です」表示事物的名稱。名詞現在否定禮貌體是「名詞～ではないです／ではありません」。

例 文 山田さんは　社長です。
山田先生是社長。

002　　　　　　　　　　　　　　　　　　　　　　　Track N5-088

動詞（過去肯定／過去否定）

(1) …了；(2)（過去）不…

意思1 【過去肯定】{動詞ます形}＋ました。動詞過去形表示人或事物過去的存在、動作、行為和作用。動詞過去肯定形敬體用「ました」。中文意思是：「…了」。

例 文 子供の　写真を　撮りました。
拍了孩子的照片。

意思2 【過去否定】{動詞ます形}＋ませんでした。動詞過去否定形敬體用「ませんでした」。中文意思是：「（過去）不…」。

例 文 今朝は　シャワーを　浴びませんでした。
今天早上沒沖澡。

比 較 動詞（現在肯定／現在否定）

(1) 做…；(2) 沒…、不…

接 續 【現在肯定】{動詞ます形}＋ます／【現在否定】{動詞ます形}＋ません

説 明 動詞過去肯定「動詞～ました」，表示人或事物過去的存在、動作、行為和作用。動詞過去否定是「動詞～ませんでした」；動詞現在肯定「動詞～ます」，表示人或事物現在的存在、動作、行為和作用。動詞現在否定是「動詞～ません」。

例 文 机を　並べます。
排桌子。

003

動詞（基本形）

(接續) {動詞詞幹}＋動詞詞尾（如：る、く、む、す）

(意思) 【辭書形】 相對於「動詞ます形」，動詞基本形說法比較隨便，一般用在關係跟自己比較親近的人之間。因為辭典上的單字用的都是基本形，所以又叫「辭書形」（又稱為「字典形」）。

(例文) 喫茶店に 入る。
進入咖啡廳。

比較 動詞～ます

(接續) {動詞}～ます

(說明) 「動詞基本形」叫辭書形。說法比較隨便，一般用在關係跟自己比較親近的人之間。又叫「字典形」；相對地，動詞敬體「動詞～ます」叫ます形，說法尊敬，一般用在對長輩及陌生人之間，又叫「禮貌體」。

(例文) ドアを 開けます。
打開門。

動詞＋名詞
…的…

(接續) {動詞普通形}＋{名詞}

(意思) 【修飾名詞】 動詞的普通形，可以直接修飾名詞。中文意思是：「…的…」。

(例文) 使った お皿を 洗います。
清洗用過的盤子。

比較 形容詞＋名詞
…的…

(接續) {形容詞基本形}＋{名詞}

「動詞＋名詞」表示修飾名詞，動詞的普通形，可以以放在名詞前，用來修飾、限定名詞；「形容詞＋名詞」也表示修飾名詞，形容詞的基本形可以放在名詞前，用來修飾、限定名詞。

例 文 暖かい コートが ほしいです。
想要一件暖和的外套。

005

動詞＋て

(1) 因為；(2) 又…又…；(3) 用…；(4) …而…；(5) …然後

接 續 {動詞て形}＋て

意思1 【原因】「動詞＋て」可表示原因，但其因果關係比「から」、「ので」還弱。中文意思是：「因為」。

例 文 たくさん 歩いて、疲れました。
走了很多路，累了。

意思2 【並列】單純連接前後短句成一個句子，表示並舉了幾個動作或狀態。中文意思是：「又…又…」。

例 文 休日は 音楽を 聞いて、本を 読みます。
假日會聽聽音樂、看看書。

意思3 【方法】表示行為的方法或手段。中文意思是：「用…」。

例 文 新しい 言葉は、書いて 覚えます。
透過抄寫的方式來背誦生詞。

意思4 【對比】表示對比。中文意思是：「…而…」。

例 文 歩ける 人は 歩いて、歩けない 人は バスに 乗って 行きます。
走得動的人就步行，而走不動的人就搭巴士過去。

意思5 【動作順序】用於連接行為動作的短句時，表示這些行為動作一個接著一個，按照時間順序進行。中文意思是：「…然後」。

例 文 薬を 飲んで 寝ます。
吃了藥後睡覺。

比較 動詞＋てから
先做…，然後再做…

接續 {動詞て形}＋から

說明 「動詞＋て」表動作順序，用於連接行為動作的短句時，表示這些行為動作一個接著一個，按照時間順序進行，可以連結兩個動作以上；表示對比。用「動詞＋てから」也表動作順序，結合兩個句子，表示動作前後順序，強調先做前項的動作或成立後，再進行後句的動作。

例文 ご飯を 食べてから テレビを 見ます。
吃完飯之後看電視。

006   Track N5-092

動詞＋ています
正在…

接續 {動詞て形}＋います

意思 【動作的持續】 表示動作或事情的持續，也就是動作或事情正在進行中。中文意思是：「正在…」。

例文 マリさんは テレビを 見て います。
瑪麗小姐正在看電視節目。

比較 動詞たり～動詞たりします
又是…，又是…

接續 {動詞た形}＋り＋{動詞た形}＋り＋します

說明 「ています」表示動作的持續，表示眼前或眼下某人、某事的動作正在進行中；「たり～たりします」表列舉，表示例示幾個動作，同時暗示還有其他動作。也表示動作、狀態的反覆（多為相反或相對的事項），原形是「たり～たりする」，意思是「又是…、又是…」。

例文 休みの 日は、掃除を したり 洗濯を したり する。
假日又是打掃、又是洗衣服等等。

動詞＋ています
都…

（接　續）{動詞て形}＋います

（意　思）【動作的反覆】跟表示頻率的「毎日、いつも、よく、時々」等單詞使用，就有習慣做同一動作的意思。中文意思是：「都…」。

（例　文）村上くんは　授業中、いつも　寝て　います。
村上同學總是在課堂上睡覺。

比較 **動詞＋ています**
做…、是…

（接　續）{動詞て形}＋います

（說　明）「ています」跟表示頻率的副詞等使用，有習慣做同一動作的意思；「ています」接在職業名詞後面，表示現在在做什麼職業。

（例　文）兄は　アメリカで　仕事を　して　います。
哥哥在美國工作。

動詞＋ています
做…、是…

（接　續）{動詞て形}＋います

（意　思）【工作】接在職業名詞後面，表示現在在做什麼職業。中文意思是：「做…、是…」。

（例　文）父は　銀行で　働いています。
爸爸目前在銀行工作。

比較 **動詞＋ています**
著…

（接　續）{動詞て形}＋います

| 說 明 | 「ています」可接在職業名詞後面，表示現在在做什麼職業；「ています」也表示動作正在進行中。或表示穿戴、打扮或手拿、肩背等狀態保留的樣子。如「ネクタイをしめています／繫著領帶」。 |

| 例 文 | 藤本さんは 本を 読んで います。
藤本小姐正在看書。 |

動詞＋ています
已…了

| 接 續 | {動詞て形}＋います |

| 意 思 | **【狀態的結果】** 表示某一動作後狀態的結果還持續到現在，也就是說話的當時。中文意思是:「已…了」。 |

| 例 文 | 教室の 壁に カレンダーが 掛かって います。
教室的牆上掛著月曆。 |

| 比 較 | **動詞＋ておきます**
先…、暫且… |

| 接 續 | {動詞て形}＋おきます |

| 說 明 | 「ています」接在瞬間動詞之後，表示人物動作結束後的狀態結果;「ておきます」接在意志動詞之後，表示為了某特定的目的，事先做好準備工作，原形是「ておく」。 |

| 例 文 | 結婚する 前に 料理を 習って おきます。
結婚前先學會做菜。 |

動詞＋ないで
(1) 沒…就…；(2) 沒…反而…、不做…，而做…

| 接 續 | {動詞否定形}＋ないで |

| 意思1 | **【附帶】** 表示附帶的狀況，也就是同一個動作主體的行為「在不做…的狀態下，做…」的意思。中文意思是:「沒…就…」。 |

例文 上着を　着ないで　出掛けます。
我不穿外套，就這樣出門。

意思2 【對比】用於對比述說兩個事情，表示不是做前項的事，卻是做後項的事，或是發生了後項的事。中文意思是：「沒…反而…、不做…，而做…」。

例文 この　文を　覚えましたか。では　本を　見ないで　言って　みましょう。
這段句子背下來了嗎？那麼試著不看書默誦看看。

比較 動詞たり～動詞たりします
有時…，有時…

接續 {動詞た形}＋り＋{動詞た形}＋り＋します

說明 「ないで」表對比，表示對比兩個事情，表示不是做前項，卻是做後項；「たり～たりします」也表對比，用於說明兩種對比的情況，原形是「たり～たりする」。

例文 病気で　体温が　上がったり　下がったりして　います。
因為生病而體溫忽高忽低的。

動詞＋なくて
因為沒有…、不…所以…

接續 {動詞否定形}＋なくて

意思 【原因】表示因果關係。由於無法達成、實現前項的動作，導致後項的發生。中文意思是：「因為沒有…、不…所以…」。

例文 山田さんは　仕事を　しなくて　困ります。
山田先生不願意做事，真傷腦筋。

比較 動詞ないで
沒…就…

接續 {動詞否定形}＋ないで

説 明 「なくて」表原因，表示因果關係。由於無法達成、實現前項的動作，導致後項的發生；「ないで」表附帶，表示附帶的狀況，同一個動作主體沒有做前項，就直接做了後項。

例 文 りんごを　洗わないで　食べました。
蘋果沒洗就吃了。

---

012   Track N5-098

動詞＋たり～動詞＋たりします

(1) 又是…，又是…；(2) 有時…，有時…；(3) 一會兒…，一會兒…

接 續 {動詞た形}＋り＋{動詞た形}＋り＋します

意思1 【列舉】可表示動作並列，意指從幾個動作之中，例舉出二、三個有代表性的，並暗示還有其他的。中文意思是：「又是…，又是…」。

例 文 休みの　日は、本を　読んだり　映画を　見たり　します。
假日時會翻一翻書，看一看電影。

注 意 〖動詞たり〗表並列用法時，「動詞たり」有時只會出現一次。

例 文 京都では　お寺を　見たり　したいです。
到京都時想去參觀參觀寺院。

意思2 【對比】用於說明兩種對比的情況。中文意思是：「有時…，有時…」。

例 文 佐藤さんは　体が　弱くて、学校に　来たり　来なかったりです。
佐藤先生身體不好，有時來上個幾天課又請假沒來了。

意思3 【反覆】表示動作的反覆實行。中文意思是：「一會兒…，一會兒…」。

例 文 あの　人は　さっきから　学校の　前を　行ったり　来たり　して　いる。
那個人從剛才就一直在校門口前走來走去的。

比 較 **動詞ながら**

一邊…一邊…

接 續 {動詞ます形}＋ながら

「たり～たりします」表反覆，用在反覆做某行為，譬如「歌ったり
踊ったり（又唱歌又跳舞）」表示「唱歌→跳舞→唱歌→跳舞→…」，但
如果用「ながら」，表同時，表示兩個動作是同時進行的。

（例 文） 音楽を　聞きながら　ご飯を　作りました。
一面聽音樂一面做了飯。

013

が＋自動詞

（接 続） {名詞}＋が＋{自動詞}

（意 思） **【無意圖的動作】**「自動詞」是因為自然等等的力量，沒有人為的意
圖而發生的動作。「自動詞」不需要有目的語，就可以表達一個完整的
意思。相較於「他動詞」，「自動詞」無動作的涉及對象。相當於英語的
「不及物動詞」。

（例 文） 家の　前に　車が　止まりました。
家門前停了一輛車。

比 較　**を＋他動詞**

（接 続） {名詞}＋を＋{他動詞}

（説 明） 「が＋自動詞」通常是指自然力量所產生的動作，譬如「ドアが閉まり
ました（門關了起來）」表示門可能因為風吹，而關了起來；「を＋他動
詞」是指某人刻意做的動作，譬如「ドアを閉めました（把門關起來）」
表示某人基於某個理由，而把門關起來。

（例 文） 私は　火を　消しました。
我把火弄熄了。

を＋他動詞

（接 続） {名詞}＋を＋{他動詞}

意 思 【有意圖的動作】 名詞後面接「を」來表示動作的目的語，這樣的動詞叫「他動詞」，相當於英語的「及物動詞」。「他動詞」主要是人為的，表示影響、作用直接涉及其他事物的動作。

例 文 鍵を　なくしました。
鑰匙遺失了。

注 意 〔他動詞たい等〕「たい」、「てください」、「てあります」等句型一起使用。

例 文 今日は　学校を　休みたいです。
今天想請假不去學校。

比 較 通過＋を＋自動詞

接 續 {名詞}＋を＋{自動詞}

說 明 「を＋他動詞」當「を」表示動作對象，後面會接作用力影響到前面對象的他動詞；「通過＋を＋自動詞」中的「を」，後接移動意義的自動詞，表示移動、通過的場所。

例 文 飛行機が　空を　飛んで　います。
飛機在空中飛。

015 　　　　　　　　　　　　　　　　　　　　　　　Track N5-101

自動詞＋ています
…著、已…了

接 續 {自動詞て形}＋います

意 思 【動作的結果－無意圖】 表示跟目的、意圖無關的某個動作結果或狀態，還持續到現在。相較於「他動詞＋てあります」強調人為有意圖做某動作，其結果或狀態持續著，「自動詞＋ています」強調自然、非人為的動作，所產生的結果或狀態持續著。中文意思是：「…著、已…了」。

例 文 冷蔵庫に　ビールが　入って　います。
冰箱裡有啤酒。

他動詞＋てあります
…著、已…了

接續 {他動詞て形}＋あります

說明 兩個文法都表示動作所產生結果或狀態持續著，但是含意不同。「自動詞＋ています」主要是用在跟人為意圖無關的動作；「他動詞＋てあります」則是用在某人帶著某個意圖去做的動作。

例文 お弁当は　もう　作って　あります。
便當已經作好了。

---

016   Track N5-102

他動詞＋てあります
…著、已…了

接續 {他動詞て形}＋あります

意思 **【動作的結果－有意圖】** 表示抱著某個目的、有意圖地去執行，當動作結束之後，那一動作的結果還存在的狀態。相較於「ておきます（事先…）」強調為了某目的，先做某動作，「てあります」強調已完成動作的狀態持續到現在。中文意思是：「…著、已…了」。

例文 パーティーの　飲み物は　買って　あります。
要在派對上喝的飲料已經買了。

比較 **自動詞＋ています**
…著、已…了

接續 {自動詞て形}＋います

說明 「他動詞＋てあります」表示抱著某個目的、有意圖地去執行，當動作結束之後，那一動作的結果還存在的狀態；「自動詞＋ています」表示自然所產生的狀態保留，也表示人物動作結束後的狀態保留。例如：「もう結婚しています／已經結婚了」。

例文 空に　月が　出て　います。
夜空高掛著月亮。

10 要求、授受、助言と勧誘の表現

要求、授受、提議及勧誘的表現

001 名詞＋をください	006 ほうがいい
002 動詞＋てください	007 動詞＋ましょうか
003 動詞＋ないでください	008 動詞＋ましょう
004 動詞＋てくださいませんか	009 動詞＋ませんか
005 をもらいます	

001　　　　　　　　　　　　　　　　　　　　　　　　　　　Track N5-103

名詞＋をください

我要…、給我…；給我（數量）…

（接續）　{名詞}＋をください

（意思）　**【請求－物品】** 表示想要什麼的時候，跟某人要求某事物。中文意思是：「我要…、給我…」。

（例文）　すみません、塩を　ください。
　　　　　不好意思，請給我鹽。

（注意）　〖を数量ください〗 要加上數量用「名詞＋を＋數量＋ください」的形式，外國人在語順上經常會說成「數量＋の＋名詞＋をください」，雖然不能說是錯的，但日本人一般不這麼說。中文意思是：「給我（數量）…」。

（例文）　コーヒーを　二つ　ください。
　　　　　請給我兩杯咖啡。

（比較）　**動詞＋てください**
　　　　　請…

（接續）　{動詞て形}＋ください

（說明）　「をください」表示跟對方要求某物品。也表示請求對方為我（們）做某事；「てください」表示請求對方做某事。

（例文）　口を　大きく　開けて　ください。
　　　　　請把嘴巴張大。

動詞＋てください
請…

接續　{動詞て形}＋ください

意思　【請求－動作】表示請求、指示或命令某人做某事。一般常用在老師對學生、上司對部屬、醫生對病人等指示、命令的時候。中文意思是：「請…」。

例文　起きて　ください。
請起來！

比較　**動詞＋てくださいませんか**
能不能請您…

接續　{動詞て形}＋くださいませんか

說明　「てくださいませんか」表示婉轉地詢問對方是否願意做某事，是比「てください」更禮貌的請求說法。

例文　お名前を　教えて　くださいませんか。
能不能告訴我您的尊姓大名？

動詞＋ないでください
(1) 可否請您不要…；(2) 請不要…

意思1　【婉轉請求】{動詞否定形}＋ないでくださいませんか。為更委婉的說法，表示婉轉請求對方不要做某事。中文意思是：「可否請您不要…」。

例文　ここに　荷物を　置かないで　くださいませんか。
可否請勿將個人物品放置此處？

意思2　【請求不要】{動詞否定形}＋ないでください。表示否定的請求命令，請求對方不要做某事。中文意思是：「請不要…」。

例文　写真を　撮らないで　ください。
請不要拍照。

| 比較 | **動詞＋てください** |

請…

| 接續 | {動詞て形}＋ください |

| 說明 | 「ないでください」前面接動詞ない形，是請求對方不要做某事的意思；「てください」前面接動詞て形，是請求對方做某事的意思。 |

| 例文 | この　問題が　分かりません。教えて　ください。 |

這道題目我不知道該怎麼解，麻煩教我。

動詞＋てくださいませんか

能不能請您…

| 接續 | {動詞て形}＋くださいませんか |

| 意思 | 【客氣請求】跟「てください」一樣表示請求，但說法更有禮貌。由於請求的內容給對方負擔較大，因此有婉轉地詢問對方是否願意的語氣。也使用於向長輩等上位者請託的時候。中文意思是：「能不能請您…」。 |

| 例文 | 電話番号を　教えて　くださいませんか。 |

可否請您告訴我您的電話號碼？

| 比較 | **動詞＋ないでくださいませんか** |

請您不要…

| 接續 | {動詞否定形}＋ないでくださいませんか |

| 說明 | 「てくださいませんか」表客氣請求，表示禮貌地請求對方做某事；「ないでくださいませんか」表婉轉請求，表示禮貌地請求對方不要做某事。 |

| 例文 | 大きな　声を　出さないで　くださいませんか。 |

可以麻煩不要發出很大的聲音嗎？

005

をもらいます

取得、要、得到

（接 續）{名詞}＋をもらいます

（意 思）【授受】表示從某人那裡得到某物。「を」前面是得到的東西。給的人一般用「から」或「に」表示。中文意思是：「取得、要、得到」。

（例 文）悟<ruby>さとる</ruby>くんに　手紙<ruby>てがみ</ruby>を　もらいました。
收到了小悟寄來的信。

比 較　をくれる

給…

（接 續）{名詞}＋をくれる

（說 明）「をもらいます」表示授受，表示人物Ａ從人物Ｂ處，得到某物品；「をくれる」表示物品受益，表示人物Ａ（同輩）送給我（或我方的人）某物品。

（例 文）友達<ruby>ともだち</ruby>が　私<ruby>わたし</ruby>に　お祝<ruby>いわ</ruby>いの　電報<ruby>でんぽう</ruby>を　くれた。
朋友給了我一份祝賀的電報。

ほうがいい

(1) …比較好；(2) 我建議最好…、我建議還是…為好；最好不要…

（接 續）{名詞の；形容詞辭書形；形容動詞詞幹な；動詞た形}＋ほうがいい

（意思1）【提出】用在陳述自己的意見、喜好的時候。中文意思是：「…比較好」。

（例 文）休<ruby>やす</ruby>みの　日<ruby>ひ</ruby>は、家<ruby>いえ</ruby>に　いる　ほうが　いいです。
我放假天比較喜歡待在家裡。

（意思2）【提議】用在向對方提出建議、忠告。有時候前接的動詞雖然是「た形」，但指的卻是以後要做的事。中文意思是：「我建議最好…、我建議還是…為好」。

（例文）熱が 高いですね。薬を 飲んだ ほうが いいです。
發高燒了耶！還是吃藥比較好喔。

（注意）〖否定形－ないほうがいい〗否定形為「ないほうがいい」。中文意思是：「最好不要…」。

（例文）あまり お酒を 飲まない ほうが いいですよ。
還是盡量不要喝酒比較好喔！

（比較）**てもいい**
…也行、可以…

（接續）{動詞て形}＋もいい

（說明）因為都有「いい」，乍看兩個文法或許有點像，不過針對對方的行為發表言論時，「ほうがいい」表提議，表示建議對方怎麼做，「てもいい」則表許可，表示允許對方做某行為。

（例文）今日は もう 帰って もいいよ。
今天你可以回去囉！

007   Track N5-109

動詞＋ましょうか
(1) 我來（為你）…吧；(2) 我們（一起）…吧

（接續）{動詞ます形}＋ましょうか

（意思1）【提議】這個句型有兩個意思，一個是表示提議，想為對方做某件事情並徵求對方同意。中文意思是：「我來（為你）…吧」。

（例文）タクシーを 呼びましょうか。
我們攔計程車吧！

（意思2）【邀約】另一個是表示邀請對方一起做某事，相當於「ましょう」，但是站在對方的立場著想才進行邀約。中文意思是：「我們（一起）…吧」。

（例文）一緒に 帰りましょうか。
我們一起回家吧！

比 較	動詞＋ませんか

要不要…吧

接 續	{動詞ます形}＋ませんか

說 明	「ましょうか」表邀約，前接動詞ます形，句型有兩個意思，一個是提議，表示想為對方做某件事情並徵求對方同意。一個是表示邀約，有很高成分是替對方考慮的邀約；「ませんか」也表邀約，是前接動詞ます形，是婉轉地詢問對方的意圖，帶有提議的語氣。

例 文	タクシーで 帰りませんか。

要不要搭計程車回去呢？

008

動詞＋ましょう

(1) 就那麼辦吧；(2) …吧；(3) 做…吧

接 續	{動詞ます形}＋ましょう

意思1	【主張】也用在回答時，表示贊同對方的提議。中文意思是：「就那麼辦吧」。

例 文	ええ、そう しましょう。

好呀，再見面吧！

意思2	【倡導】請注意下面例文，實質上是在下命令，但以勸誘的方式，讓語感較為婉轉。不用在說話人身上。中文意思是：「…吧」。

例 文	お年寄りには 親切に しましょう。

對待長者要親切喔！

意思3	【勸誘】表示勸誘對方跟自己一起做某事。一般用在做那一行為、動作，事先已經規定好，或已經成為習慣的情況。中文意思是：「做…吧」。

例 文	ちょっと 座りましょう。

稍微坐一下吧！

| 比較 | **動詞＋なさい** |

要…、請…

| 接續 | ｛動詞ます形｝＋なさい |

| 說明 | 「ましょう」前接動詞ます形，表示禮貌地勸誘對方跟自己一起做某事，或勸誘、倡導對方做某事；「なさい」前面也接動詞ます形，表示命令或指示。語氣溫和。用在上位者對下位者下達命令時。 |

| 例文 | 早く　寝なさい。 |

快點睡覺！

---

009   Track N5-111

動詞＋ませんか

要不要…吧

| 接續 | ｛動詞ます形｝＋ませんか |

| 意思 | 【勸誘】表示行為、動作是否要做，在尊敬對方抉擇的情況下，有禮貌地勸誘對方，跟自己一起做某事。中文意思是：「要不要…吧」。 |

| 例文 | 公園で　テニスを　しませんか。 |

要不要到公園打網球呢？

| 比較 | **動詞＋ましょうか** |

我們（一起）…吧

| 接續 | ｛動詞ます形｝＋ましょうか |

| 說明 | 「ませんか」讀降調，表示在尊敬對方選擇的情況下，婉轉地詢問對方的意願，帶有提議的語氣；「ましょうか」讀降調，表示婉轉地勸誘、邀請對方跟自己一起做某事。用在認為對方會同意自己的提議時。 |

| 例文 | 公園で　お弁当を　食べましょうか。 |

我們在公園吃便當吧？

11 希望、意志、原因、比較と程度の表現
希望、意志、原因、比較及程度的表現

001 名詞＋がほしい	005 ので
002 動詞＋たい	006 は〜より
003 つもり	007 より〜ほう
004 から	008 あまり〜ない

001　　　　　　　　　　　　　　　　　　　　　　　　　Track N5-112

名詞＋がほしい
…想要…；不想要…

(接　續)　{名詞}＋が＋ほしい

(意　思)　**【希望－物品等】** 表示說話人（第一人稱）想要把什麼有形或無形的東西弄到手，想要把什麼有形或無形的東西變成自己的，希望得到某物的句型。「ほしい」是表示感情的形容詞。希望得到的東西，用「が」來表示。疑問句時表示聽話者的希望。中文意思是：「…想要…」。

(例　文)　もっと　休みが　ほしいです。
想要休息久一點。

(注　意)　**〖否定－は〗** 否定的時候較常使用「は」。中文意思是：「不想要…」。

(例　文)　今、お酒は　ほしく　ないです。
現在不想喝酒。

[比　較]　**名詞＋をください**
我要…、給我…

(接　續)　{名詞}＋をください

(說　明)　兩個文法前面都接名詞，「がほしい」表示說話人想要得到某事物；「をください」是有禮貌地跟某人要求某樣東西。

(例　文)　ジュースを　ください。
我要果汁。

動詞＋たい
想要…；想要…呢？；不想…

接續 ｛動詞ます形｝＋たい

意思 【希望－行為】表示說話人（第一人稱）內心希望某一行為能實現，或是強烈的願望。中文意思是：「想要…」。

例文 私は　日本語の　先生に　なりたいです。
我想成為日文教師。

注意1 〖が他動詞たい〗使用他動詞時，常將原本搭配的助詞「を」，改成助詞「が」。

例文 私は　この　映画が　見たいです。
我想看這部電影。

注意2 〖疑問句〗用於疑問句時，表示聽話者的願望。中文意思是：「想要…呢？」。

例文 「何が　食べたいですか。」「カレーが　食べたいです。」
「想吃什麼嗎？」「想吃咖哩。」

注意3 〖否定－たくない〗否定時用「たくない」、「たくありません」。中文意思是：「不想…」。

例文 まだ　帰りたく　ないです。
還不想回家。

比較 # 動詞＋てほしい
希望…、想…

接續 ｛動詞て形｝＋ほしい

說明 「たい」表希望（行為），用在說話人內心希望自己能實現某個行為；「てほしい」也表希望，用在希望別人達成某事，而不是自己。

例文 旅行に　行くなら、お土産を　買って　来て　ほしい。
如果你要去旅行，希望你能買名產回來。

つもり

打算、準備；不打算；有什麼打算呢

意思 【意志】{動詞辭書形}＋つもり。表示打算作某行為的意志。這是事前決定的，不是臨時決定的，而且想做的意志相當堅定。中文意思是：「打算、準備」。

例文 春休みは　国に　帰る　つもりです。
我打算春假時回國。

注意1 〔否定〕{動詞否定形}＋つもり。相反地，表示不打算作某行為的意志。中文意思是：「不打算」。

例文 もう　彼には　会わない　つもりです。
我不想再和男友見面了。

注意2 〔どうするつもり〕どうする＋つもり。詢問對方有何打算的時候。中文意思是：「有什麼打算呢」。

例文 あなたは、この　後　どうする　つもりですか。
你等一下打算做什麼呢？

比較 （よ）うとおもう
我打算…

接續 {動詞意向形}＋（よ）うとおもう

說明 兩個文法都表意志，表示打算做某事，大部份的情況可以通用。但「つもり」前面要接動詞連體形，而且是有具體計畫、帶有已經準備好的堅定決心，實現的可能性較高；「（よ）うとおもう」前面要接動詞意向形，表示說話人當時的意志，但還沒做實際的準備。

例文 お正月は　北海道へ　スキーに　行こうと　思います。
年節期間打算去北海道滑雪。

から
因為…

(接 續) {形容詞・動詞普通形}＋から；{名詞；形容動詞詞幹}＋だから

(意 思) 【原因】 表示原因、理由。一般用於說話人出於個人主觀理由，進行
請求、命令、希望、主張及推測，是種較強烈的意志性表達。中文意思
是：「因為…」。

(例 文) よく 寝たから、元気に なりました。
因為睡得很飽，所以恢復了活力。

比 較 **ので**
因為…

(接 續) {[形容詞・動詞]普通形}＋ので；{名詞；形容動詞詞幹}な＋ので

(說 明) 兩個文法都表示原因、理由。「から」傾向於用在說話人出於個人主觀
理由；「ので」傾向於用在客觀的自然的因果關係。單就文法來說，「から」、「ので」經常能交替使用。

(例 文) 寒いので、コートを 着ます。
因為很冷，所以穿大衣。

ので
因為…

(接 續) {形容詞・動詞普通形}＋ので；{名詞；形容動詞詞幹}＋なので

(意 思) 【原因】 表示原因、理由。前句是原因，後句是因此而發生的事。「ので」一般用在客觀的自然的因果關係，所以也容易推測出結果。中文意思是：「因為…」。

(例 文) 明日は 仕事なので、行けません。
因為明天還要工作，所以沒辦法去。

比　較	**動詞＋て**

因為

接　續	{動詞て形}＋て

說　明	「ので」表示原因。一般用在客觀敘述前後項的因果關係，後項大多是發生了的事情。所以句尾不使用命令或意志等句子；「動詞＋て」也表示原因，但因果關係沒有「から、ので」那麼強。後面常出現不可能，或「困る（困擾）、大変だ（麻煩）、疲れた（疲勞）」心理、身體等狀態詞句，句尾不使用讓對方做某事或意志等句子。

例　文	たくさん　食べて　お腹が　いっぱいです。

因為吃太多，所以肚子很飽。

は〜より

…比…

接　續	{名詞}＋は＋{名詞}＋より

意　思	【比較】表示對兩件性質相同的事物進行比較後，選擇前者。「より」後接的是性質或狀態。如果兩件事物的差距很大，可以在「より」後面接「ずっと」來表示程度很大。中文意思是：「…比…」。

例　文	北海道は　九州より　大きいです。

北海道的面積比九州大。

比　較	**より〜ほう**

…比…、比起…，更…

接　續	{名詞；[形容詞・動詞]普通形}＋より（も、は）＋{名詞の；[形容詞・動詞]普通形；形容動詞詞幹な}＋ほう

說　明	「は〜より」表比較，表示前者比後者還符合某種性質或狀態；「より〜ほう」也表比較，表示比較兩件事物後，選擇了「ほう」前面的事物。

例　文	テニスより　水泳の　ほうが　好きです。

喜歡游泳勝過網球。

007

より～ほう

…比…、比起…，更…

(接 續) {名詞；形容詞・動詞普通形}＋より（も、は）＋{名詞の；形容詞・動詞普通形；形容動詞詞幹な}＋ほう

(意 思) 【比較】表示對兩件事物進行比較後，選擇後者。「ほう」是方面之意，在對兩件事物進行比較後，選擇了「こっちのほう（這一方）」的意思。被選上的用「が」表示。中文意思是：「…比…、比起…，更…」。

(例 文) お店で 食べるより 自分で 作る ほうが おいしいです。
比起在店裡吃的，還是自己煮的比較好吃。

(比 較) **ほど～ない**

不像…那麼…、沒那麼…

(接 續) {名詞；動詞普通形}＋ほど～ない

(說 明) 「より～ほう」表示比較。比較並凸顯後者，選擇後者。「は～ほど～ない」也表示比較。是後接否定，表示比較的基準。一般是比較兩個程度上相差不大的東西，不能用在程度相差懸殊的比較上。

(例 文) 大きい 船は、小さい 船ほど 揺れない。
大船不像小船那麼會搖。

008

あまり～ない

不太…；完全不…

(接 續) あまり／あんまり＋{形容詞・形容動・動詞否定形}＋～ない

(意 思) 【程度】「あまり」下接否定的形式，表示程度不特別高，數量不特別多。中文意思是：「不太…」。

(例 文) 王さんは 学校に あまり 来ません。
王同學很少來上課。

(注意1) 〖口語－あんまり〗在口語中常說成「あんまり」。

| 例 文 | この 映画は あんまり 面白く ありませんでした。
這部電影不怎麼好看。

| 注意2 | 〖全面否定－ぜんぜん〜ない〗若想表示全面否定可用「全然〜な
い」。中文意思是:「完全不…」。

| 例 文 | 勉強しましたが、全然 分からない。
雖然讀了書,還是一點也不懂。

| 比 較 | **疑問詞＋も＋否定**
也(不)…

| 接 續 | {疑問詞}＋も＋〜ません

| 說 明 | 兩個文法都搭配否定形式,但「あまり〜ない」是表示狀態、數量的程
度不太大,或動作不常出現;而「疑問詞＋も＋否定」則表示全面否定,
疑問詞代表範圍內的事物。

| 例 文 | お酒は いつも 飲みません。
我向來不喝酒。

MEMO

Chapter
12 時間の表現
時間的表現

001　　　　　　　　　　　　　　　　　　　　　　　　　　Track N5-120

動詞＋てから
(1) 先做…，然後再做…；(2) 從…

接續　{動詞て形}＋から

意思1　【動作順序】結合兩個句子，表示動作順序，強調先做前項的動作或前項事態成立，再進行後句的動作。中文意思是：「先做…，然後再做…」。

例文　手を 洗って から 食べます。
先洗手再吃東西。

意思2　【起點】表示某動作、持續狀態的起點。中文意思是：「從…」。

例文　この 仕事を 始めて から、今年で 10年です。
從事這項工作到今年已經十年了。

比較　**動詞＋ながら**
一邊…一邊…

接續　{動詞ます形}＋ながら

說明　兩個文法都表示動作的時間，「てから」表起點，前面接的是動詞て形，表示先做前項的動作，再做後句的動作。也表示動作、持續狀態的起點；但「ながら」表同時，前面接動詞ます形，前後的動作或事態是同時發生的。

例文　歌を 歌いながら 歩きました。
一面唱歌一面走路了。

動詞＋たあとで、動詞＋たあと

…以後…；…以後

(接續) {動詞た形}＋あとで；{動詞た形}＋あと

(意思)【前後關係】表示前項的動作做完後，做後項的動作。是一種按照時間順序，客觀敘述事情發生經過的表現，而前後兩項動作相隔一定的時間發生。中文意思是：「…以後…」。

(例文) 宿題を した あとで、ゲームを します。
做完功課之後再打電玩。

(注意)〖繼續狀態〗後項如果是前項發生後，而繼續的行為或狀態時，就用「あと」。中文意思是：「…以後」。

(例文) 弟は 学校から 帰った あと、ずっと 部屋で 寝て います。
弟弟從學校回家以後，就一直在房裡睡覺。

(比較) **動詞＋てから**
先做…，然後再做…

(接續) {動詞て形}＋から

(說明) 兩個文法都可以表示動作的先後，但「たあとで」表前後關係，前面是動詞た形，單純強調時間的先後關係；「てから」表動作順序，前面則是動詞て形，而且前後兩個動作的關連性比較強。另外，要表示某動作的起點時，只能用「てから」。

(例文) 夜、歯を 磨いて から 寝ます。
晚上刷完牙以後才睡覺。

名詞＋の＋あとで、名詞＋の＋あと

(1)…後、…以後；(2)…後

(接續) {名詞}＋の＋あとで；{名詞}＋の＋あと

意思1 【順序】 只單純表示順序的時候，後面接不接「で」都可以。後接「で」有強調「不是其他時間，而是現在這個時刻」的語感。中文意思是：「…後、…以後」。

例文 仕事の あと、プールへ 行きます。
下班後要去泳池。

意思2 【前後關係】 表示完成前項事情之後，進行後項行為。中文意思是：「…後」。

例文 パーティーの あとで、写真を 撮りました。
派對結束後拍了照片。

比較 **名詞＋の＋まえに**
…前、…的前面

接續 {名詞}＋の＋まえに

說明 兩個文法都表示事情的時間，「のあとで」表示先做前項，再做後項；但「のまえに」表示做前項之前，先做後項。

例文 食事の 前に 手を 洗います。
吃飯前先洗手。

004　　　　　　　　　　　　　　　　　　Track N5-123

動詞＋まえに
…之前，先…

接續 {動詞辭書形}＋まえに

意思 【前後關係】 表示動作的順序，也就是做前項動作之前，先做後項的動作。中文意思是：「…之前，先…」。

例文 寝る 前に 歯を 磨きます。
睡覺前刷牙。

注意 〔辭書形前に～過去形〕 即使句尾動詞是過去形，「まえに」前面還是要接動詞辭書形。

（例 文） 5時に　なる　前に　帰りました。
還不到五點前回去了。

比　較　**動詞＋てから**
先做…，然後再做…

（接 續）{動詞て形}＋から

（說 明）「まえに」表前後關係，表示動作、行為的先後順序，也就是做前項動作之前，先做後項的動作；「てから」表動作順序，結合兩個句子，也表示表示動作、行為的先後順序，強調先做前項的動作或前項事態成立，再進行後句的動作。

（例 文） 家は、よく　調べて　から　買います。
買房子要多調查後再購買。

005　　　　　　　　　　　　　　　　　　　　　　　　Track N5-124

名詞＋の＋まえに
…前、…的前面

（接 續）{名詞}＋の＋まえに

（意 思）**【前後關係】** 表示空間上的前面，或做某事之前先進行後項行為。中文意思是：「…前、…的前面」。

（例 文） この　薬は　食事の　前に　飲みます。
這種藥請於餐前服用。

比　較　**までに**
在…之前、到…時候為止

（接 續）{名詞；動詞辭書形}＋までに

（說 明）「のまえに」表示前後關係。用在表達兩個行為，哪個先實施；「までに」則表示期限。表示動作必須在提示的時間之前完成。

（例 文） これ、何時までに　やれば　いいですか。
這件事，在幾點之前完成就可以了呢？

動詞＋ながら

一邊…一邊…；一面…一面…

接　續 {動詞ます形}＋ながら

意　思 【同時】 表示同一主體同時進行兩個動作，此時後面的動作是主要的動作，前面的動作為伴隨的次要動作。中文意思是：「一邊…一邊…」。

例　文 テレビを　見ながら、ご飯を　食べます。
邊看電視邊吃飯。

注　意 〖**長期的狀態**〗 也可使用於長時間狀態下，所同時進行的動作。中文意思是：「一面…一面…」。

例　文 大学を　出て　から・昼は　銀行で　働きながら、夜は　お店で
ピアノを　弾いて　います。
從大學畢業以後，白天在銀行上班，晚上則在店裡兼差彈奏鋼琴。

比　較 **動詞＋て**

…然後

接　續 {動詞て形}＋て

說　明 「ながら」表同時，表示同時進行兩個動作；「動詞＋て」表動作順序，表示行為動作一個接著一個，按照時間順序進行。

例　文 「いただきます」と　言って　ご飯を　食べます。
說完「我開動了」然後吃飯。

とき

(1) 時候；(2) 時、時候；(3) …的時候

意思1 【時間點－之後】 {動詞過去形}＋とき＋{動詞現在形句子}。「とき」前後的動詞時態也可能不同，表示實現前者後，後者才成立。中文意思是：「時候」。

例文 国に 帰ったとき、いつも 先生の お宅に 行きます。
回國的時候，總是到老師家拜訪。

意思2 【時間點－之前】{動詞現在形}＋とき＋{動詞過去形句子}。強調後者比前者早發生。中文意思是：「時、時候」。

例文 会社を 出るとき、家に 電話しました。
離開公司時，打了電話回家。

意思3 【同時】{名詞＋の；形容動詞＋な；形容詞・動詞普通形}＋とき。表示與此同時並行發生其他的事情。中文意思是：「…的時候」。

例文 寂しいとき、友達に 電話します。
寂寞的時候，會打電話給朋友。

比較 **動詞＋てから**
先做…，然後再做…

接續 {動詞て形}＋から

說明 兩個文法都表示動作的時間，「とき」表同時，前接動詞時，要用動詞普通形，表示前、後項是同時發生的事，也可能前項比後項早發生或晚發生；但「てから」表動作順序，一定是先做前項的動作，再做後句的動作。

例文 洗って から 切ります。
洗好之後再切。

13 変化と時間の変化の表現

變化及時間變化的表現

001 形容詞く＋なります	006 名詞に＋します
002 形容動詞に＋なります	007 もう＋肯定
003 名詞に＋なります	008 まだ＋否定
004 形容詞く＋します	009 もう＋否定
005 形容動詞に＋します	010 まだ＋肯定

001

形容詞く＋なります

變…；變得…

接續 {形容詞詞幹}＋く＋なります

意思 【變化】形容詞後面接「なります」，要把詞尾的「い」變成「く」。表示事物本身產生的自然變化，這種變化並非人為意圖性的施加作用。中文意思是：「變…」。

例文 百合ちゃん、大きく　なりましたね。
小百合，妳長這麼大了呀！

注意 〖人為〗即使變化是人為造成的，若重點不在「誰改變的」，也可用此文法。中文意思是：「變得…」。

例文 塩を　入れて、おいしく　なりました。
加鹽之後變好吃了。

比較 **形容詞く＋します**

使變成…

接續 {形容詞詞幹}＋く＋します

說明 兩個文法都表示變化，但「なります」的焦點是，事態本身產生的自然變化；而「します」的焦點在於，事態是有人為意圖性所造成的變化。

例文 部屋を　暖かく　しました。
房間弄暖和。

形容動詞に＋なります
變成…

(接續) ｛形容動詞詞幹｝＋に＋なります

(意思) 【變化】 表示事物的變化。如上一單元說的，「なります」的變化不是人為有意圖性的，是在無意識中物體本身產生的自然變化。而即使變化是人為造成的，如果重點不在「誰改變的」，也可用此文法。形容動詞後面接「なります」，要把語尾的「だ」變成「に」。中文意思是：「變成…」。

(例文) 「風邪は　どうですか。」「もう　元気に　なりました。」
「感冒好了嗎？」「已經康復了。」

[比較] ## 名詞に＋なります
變成…

(接續) ｛名詞｝＋に＋なります

(說明) 「形容動詞に＋なります」表示變化。表示狀態的自然轉變；「名詞に＋なります」也表示變化。表示事物的自然轉變。

(例文) もう　夏に　なりました。
已經是夏天了。

名詞に＋なります
變成…；成為…

(接續) ｛名詞｝＋に＋なります

(意思) 【變化】 表示在無意識中，事物本身產生的自然變化，這種變化並非人為有意圖性的。中文意思是：「變成…」。

(例文) 今日は　午後から　雨に　なります。
今天將自午後開始下雨。

(注意) 〔人為〕即使變化是人為造成的，如果重點不在「誰改變的」，而是狀態自然轉變的，也可用此文法。中文意思是：「成為…」。

例 文 前は 小さな 村でしたが、今は 大きな 町に なりました。
以前只是一處小村莊，如今已經成為一座大城鎮了。

比 較 **名詞に＋します**
讓…變成…、使其成為…

接 續 {名詞}＋に＋します

說 明 兩個文法都表示變化，但「なります」焦點是事態本身產生的自然變化；而「します」的變化是某人有意圖性去造成的。

例 文 子供を 医者に します。
我要讓孩子當醫生。

004

形容詞く＋します
使變成…

接 續 {形容詞詞幹}＋く＋します

意 思 【變化】表示事物的變化。跟「なります」比較，「なります」的變化不是人為有意圖性的，是在無意識中物體本身產生的自然變化；而「します」是表示人為的有意圖性的施加作用，而產生變化。形容詞後面接「します」，要把詞尾的「い」變成「く」。中文意思是：「使變成…」。

例 文 コーヒーは まだですか。はやく して ください。
咖啡還沒沖好嗎？請快一點！

比 較 **形容動詞に＋します**
使變成…

接 續 {形容動詞詞幹}＋に＋します

說 明 「形容詞く＋します」表變化，表示人為的、有意圖性的使事物產生變化。形容詞後面接「します」，要把詞尾的「い」變成「く」；「形容動詞に＋します」也表變化，表示人為的、有意圖性的使事物產生變化。形容動詞後面接「します」，要把詞尾的「だ」變成「に」。

例 文 運動して、体を 丈夫に します。
去運動讓身體變強壯。

形容動詞に＋します

(1) 讓它變成…；(2) 使變成…

接續 ｛形容動詞詞幹｝＋に＋します

意思1 【命令】如為命令語氣為「にしてください」。中文意思是：「讓它變成…」。

例文 静（しず）かに　して　ください。
請保持安靜！

意思2 【變化】表示事物的變化。如前一單元所說的，「します」是表示人為有意圖性的施加作用，而產生變化。形容動詞後面接「します」，要把詞尾的「だ」變成「に」。中文意思是：「使變成…」。

例文 ゴミを　拾（ひろ）って　公園（こうえん）を　きれいに　します。
撿拾垃圾讓公園恢復乾淨。

比較 **形容動詞に＋なります**

變成…

接續 ｛形容動詞詞幹｝＋に＋なります

說明 「形容動詞に＋します」表變化，表示人為地改變某狀態；「形容動詞に＋なります」也表變化，表示狀態的自然轉變。

例文 彼女（かのじょ）は　最近（さいきん）　きれいに　なりました。
她最近變漂亮了。

名詞に＋します

(1) 請使其成為…；(2) 讓…變成…、使其成為…

接續 ｛名詞｝＋に＋します

意思1 【請求】請求時用「にしてください」。中文意思是：「請使其成為…」。

例文 この　お札（さつ）を　100円玉（ひゃくえんだま）に　して　ください。
請把這張鈔票兌換成百圓硬幣。

| 意思2 | 【變化】表示人為有意圖性的施加作用，而產生變化。中文意思是：「讓…變成…、使其成為…」。 |

| 例文 | 2階は、子供部屋に します。 |

二樓設計成兒童房。

| 比較 | **まだ＋肯定** |

還…

| 接續 | まだ＋{肯定表達方式} |

| 說明 | 「名詞に＋します」表示變化，表示受人為影響而改變某狀態；「まだ＋肯定」表示繼續。表示狀態還存在或動作還是持續著，沒有改變。 |

| 例文 | お茶は まだ 熱いです。 |

茶還很熱。

007　　　　　　　　　　　　　　　　　　　　　　

もう＋肯定

已經…了

| 接續 | もう＋{動詞た形；形容動詞詞幹だ} |

| 意思 | 【完了】和動詞句一起使用，表示行為、事情或狀態到某個時間已經完了。用在疑問句的時候，表示詢問完或沒完。中文意思是：「已經…了」。 |

| 例文 | もう 5時ですよ。帰りましょう。 |

已經五點了呢，我們回去吧。

| 比較 | **もう＋數量詞** |

再…

| 接續 | もう＋{數量詞} |

| 說明 | 「もう＋肯定」讀降調，表示完了，表示某狀態已經出現，某動作已經完成；「もう＋數量詞」表示累加，表示在原來的基礎上，再累加一些數量，或提高一些程度。 |

| 例文 | もう 一杯どう。 |

再來一杯如何？

まだ＋否定
還（沒有）…

接續　まだ＋{否定表達方式}

意思　【未完】表示預定的行為事情或狀態，到現在都還沒進行，或沒有完成。中文意思是：「還（沒有）…」。

例文　熱は まだ 下がりません。
發燒還沒退。

比較　**しか＋否定**
只、僅僅

接續　{名詞（＋助詞）}＋しか〜ない

說明　「まだ＋否定」表示未完，表示某動作或狀態，到現在為止，都還沒進行或發生，或沒有完成。暗示著接下來會做或不久就會完成；「しか＋否定」表示限定，表示對人事物的數量或程度的限定。含有強調數量少、程度輕的心情。

例文　お金は 5,000円しか ありません。
錢只有五千日圓。

もう＋否定
已經不…了

接續　もう＋{否定表達方式}

意思　【否定的狀態】「否定」後接否定的表達方式，表示不能繼續某種狀態了。一般多用於感情方面達到相當程度。中文意思是：「已經不…了」。

例文　銀行に もう お金が ありません。
銀行存款早就花光了。

比較	**もう＋肯定**

已經…了

接續	もう＋｛動詞た形；形容動詞詞幹だ｝

說明	「もう＋否定」讀降調，表示否定的狀態，也就是不能繼續某種狀態或

動作了；「もう＋肯定」讀降調，表完了，表示繼續的狀態，也就是某
狀態已經出現、某動作已經完成了。

例文	病気は　もう　治りました。

病已經治好了。

まだ＋肯定

(1) 還有…；(2) 還…

接續	まだ＋｛肯定表達方式｝

意思1	**【存在】** 表示還留有某些時間或還存在某東西。中文意思是：「還有…」。

例文	時間は　まだ　たくさん　あります。

時間還非常充裕。

意思2	**【繼續】** 表示同樣的狀態，從過去到現在一直持續著。中文意思是：

「還…」。

例文	姉は　まだ　お風呂に　入って　います。

姊姊還在洗澡。

比較	**もう＋否定**

已經不…了

接續	もう＋｛否定表達方式｝

說明	「まだ＋肯定」表示繼續的狀態，表示同樣的狀態，或動作還持續著；

「もう＋否定」表示否定的狀態。後接否定的表達方式，表示某種狀態
已經不能繼續了，或某動作已經沒有了。

例文	もう　飲みたく　ありません。

我已經不想喝了。

14 断定、説明、名称、推測と存在の表現

断定、說明、名稱、推測及存在的表現

001 じゃ	004 でしょう
002 のだ	005 に〜があります／います
003 という＋名詞	006 は〜にあります／います

---

001   Track N5-137

じゃ

(1) 是…；(2) 那麼、那

接 續 {名詞；形容動詞詞幹}＋じゃ

意思1 【では→じゃ】「じゃ」是「では」的縮略形式，也就是縮短音節的形式，一般是用在口語上。多用在跟自己比較親密的人，輕鬆交談的時候。中文意思是：「是…」。

例 文 私は　もう　子供じゃ　ありません。

我已經不是小孩子了！

意思2 【轉換話題】「じゃ」、「じゃあ」、「では」在文章的開頭時（或逗號的後面），表示「それでは（那麼，那就）」的意思。用在轉換新話題或場面，或表示告了一個段落。中文意思是：「那麼、那」。

例 文 時間ですね。じゃあ、始めましょう。

時間到囉，那麼，我們開始吧！

比 較 **でも**

…之類的

接 續 {名詞}＋でも

說 明 「じゃ」是「では」的縮略形式，說法輕鬆，一般用在不拘禮節的對話中；在表達恭敬的語感，或講究格式的書面上，大多使用「では」;「でも」表舉例，用在隨意的舉出優先考慮的例子。

例 文 お帰りなさい。お茶でも　飲みますか。

你回來了。要不要喝杯茶？

のだ

(1) …是…的；(2)（因為）是…

意思1 【主張】用於表示說話者強調個人的主張或決心。中文意思是：「…是…的」。

例文 先生、もう　国へ　帰りたいんです。
老師，我已經想回國了。

意思2 【說明】{形容詞・動詞普通形}＋のだ；{名詞；形容動詞詞幹}＋なのだ。
表示客觀地對話題的對象、狀況進行說明，或請求對方針對某些理由說明情況，一般用在發生了不尋常的情況，而說話人對此進行說明，或提出問題。中文意思是：「（因為）是…」。

例文 お腹が　痛い。今朝の　牛乳が　古かったのだ。
肚子好痛！是今天早上喝的牛奶過期了。

注意 〖口語－んだ〗{形容詞動詞普通形}＋んだ；{名詞；形容動詞詞幹}＋なんだ。尊敬的說法是「のです」，口語的說法常將「の」換成「ん」。

例文 「遅かったですね。」「バスが　来なかったんです。」
「怎麼還沒來呀？」「巴士遲遲不來啊。」

比較 のです

接續 {形容詞・動詞普通形}＋のです；{名詞；形容動詞詞幹}＋なのです

說明 「のだ」表示說明，用在說話人對所見所聞，做更詳盡的解釋說明，或請求對方說明事情的原因。「のだ」用在不拘禮節的對話中；「のです」也表說明，是「のだ」的禮貌說法，說法有禮，是屬於禮貌用語。

例文 ここは　駅に　近くて　便利なのです。
這裡離車站近，很方便。

という＋名詞
叫做…

（接續） {名詞}＋という＋{名詞}

（意思） 【稱呼】 表示說明後面這個事物、人或場所的名字。一般是說話人或聽話人一方，或者雙方都不熟悉的事物。詢問「什麼」的時候可以用「何と」。中文意思是：「叫做…」。

（例文） これは　小松菜（こまつな）と　いう　野菜（やさい）です。
這是一種名叫小松菜的蔬菜。

比較 ## 名詞＋という
叫做…

（接續） {名詞；普通形}＋という

（說明） 「という＋名詞」表示稱呼，用在說話人或聽話人一方，不熟悉的人事物上；「名詞＋という」表示介紹名稱，表示人物姓名或物品、地方的名稱，例如：「私（わたし）は王（ワン）と言（い）います／我姓王」。

（例文） 天野（あまの）さんの　生（う）まれた　町（まち）は、岩手県（いわてけん）の　久慈市（くじし）という　ところでした。
天野先生的出身地是在岩手縣一個叫作久慈市的地方。

でしょう
(1)…對吧；(2)也許…、可能…；大概…吧

（接續） {名詞；形容動詞詞幹；形容詞・動詞普通形}＋でしょう

（意思1） 【確認】 表示向對方確認某件事情，或是徵詢對方的同意。中文意思是：「…對吧」。

（例文） この　お皿（さら）を　割（わ）ったのは　あなたでしょう。
打破這個盤子的人是你沒錯吧？

| 意思2 | 【推測】伴隨降調，表示說話者的推測，說話者不是很確定，不像「です」那麼肯定。中文意思是：「也許…、可能…」。 |

| 例 文 | 明日は　晴れでしょう。 |

明天應該是晴天吧。

| 注 意 | 〖たぶん〜でしょう〗常跟「たぶん」一起使用。中文意思是：「大概…吧」。 |

| 例 文 | この　時間は、先生は　たぶん　いないでしょう。 |

這個時間，老師大概不在吧。

| 比 較 | **です** |

是…

| 接 續 | {名詞；形容動詞詞幹；形容詞・動詞普通形}＋です |

| 說 明 | 「でしょう」讀降調，表示推測，也表示跟對方確認，並要求證實的意思；「です」表示斷定，是以禮貌的語氣對事物等進行斷定、肯定，或對狀態進行說明。 |

| 例 文 | 今日は　暑いです。 |

今天很熱。

---

005   Track N5-141

に〜があります／います

―…有…―

| 接 續 | {名詞}＋に＋{名詞}＋が＋あります／います |

| 意 思 | 【存在】表某處存在某物或人，也就是無生命事物，及有生命的人或動物的存在場所，用「（場所）に（物）があります、（人）がいます」。表示事物存在的動詞有「あります／います」，無生命的事物或自己無法動的植物用「あります」。中文意思是：「…有…」。 |

| 例 文 | テーブルの　上に　花瓶が　あります。 |

桌上擺著花瓶。

| 注 意 | 〖有生命―います〗「います」用在有生命的，自己可以動作的人或動物。 |

公園に 子供が います。
公園裡有小朋友。

（比　較） **は～にあります／います**
…在…

（接　續） {名詞}＋は＋{名詞}＋にあります／います

（說　明） 兩個都是表示存在的句型，「に～があります／います」重點是某處「有什麼」，通常用在傳達新資訊給聽話者時，「が」前面的人事物是聽話者原本不知道的新資訊；「は～にあります／います」則表示某個東西「在哪裡」，「は」前面的人事物是談話的主題，通常聽話者也知道的人事物，而「に」前面的場所則是聽話者原本不知道的新資訊。

（例　文） トイレは あちらに あります。
廁所在那邊。

は～にあります／います
…在…

（接　續） {名詞}＋は＋{名詞}＋にあります／います

（意　思） **【存在】**表示某物或人，存在某場所用「（物）は（場所）にあります／（人）は（場所）にいます」。中文意思是：「…在…」。

（例　文） 私の 父は 台北に います。
我爸爸在台北。

（比　較） **場所＋に**
在…、有…

（接　續） {名詞}＋に

（說　明） 「は～にあります／います」表示存在，表示人或動物的存在；「場所＋に」表示場所，表示人物、動物、物品存在的場所。

（例　文） 木の 下に 妹が います。
妹妹在樹下。

JLPT N4

1 助詞
助詞

001　

疑問詞＋でも
無論、不論、不拘

接 續 ｛疑問詞｝＋でも

意 思 **【全面肯定或否定】**「でも」前接疑問詞時，表示全面肯定或否定，也就是沒有例外，全部都是。句尾大都是可能或容許等表現。中文意思是：「無論、不論、不拘」。

例 文 いつでも寝られます。
任何時候都能倒頭就睡。

注 意 〔×なにでも〕沒有「なにでも」的說法。

比 較 **疑問詞＋も＋肯定**
無論…都…

接 續 ｛疑問詞｝＋も

說 明 「疑問詞＋でも」與「疑問詞＋も」都表示全面肯定，但「疑問詞＋でも」指「從所有當中，不管選哪一個都…」；「疑問詞＋も」指「把所有當成一體來說，都…」的意思。

例 文 この絵とあの絵、どちらも好きです。
這張圖和那幅畫，我兩件都喜歡。

疑問詞＋ても、でも

(1) 不管（誰、什麼、哪兒）…；(2) 無論…

(接續) {疑問詞}＋{形容詞く形}＋ても；{疑問詞}＋{動詞て形}＋も；{疑問詞}＋
{名詞；形容動詞詞幹}＋でも

(意思1) 【不論】 前面接疑問詞，表示不論什麼場合、什麼條件，都要進行後
項，或是都會產生後項的結果。中文意思是：「不管（誰、什麼、哪
兒）」。

(例文) いくら高くても、必要な物は買います。
即使價格高昂，必需品還是得買。

(意思2) 【全部都是】 表示全面肯定或否定，也就是沒有例外，全部都是。中
文意思是：「無論…」。

(例文) 2時間以内なら何を食べても飲んでもいいです。
只要在兩小時之內，可以盡情吃到飽、喝到飽。

比較 疑問詞＋も＋否定

也（不）…

(接續) {疑問詞}＋も＋ません

(說明) 「疑問詞＋ても、でも」表示不管什麼場合，全面肯定或否定；「疑問詞＋
も＋否定」表示全面否定。

(例文) お酒はいつも飲みません。
我向來不喝酒。

疑問詞＋〜か

…呢

(接續) {疑問詞}＋{名詞；形容動詞詞幹；[形容詞・動詞]普通形}＋か

(意思) 【不確定】 表示疑問，也就是對某事物的不確定。當一個完整的句子
中，包含另一個帶有疑問詞的疑問句時，則表示事態的不明確性。中文
意思是：「…呢」。

何時に行くか、忘れてしまいました。

忘記該在幾點出發了。

注 意 〖**省略助詞**〗此時的疑問句在句中扮演著相當於名詞的角色，但後面的助詞「は、が、を」經常被省略。

比 較 **かどうか**

是否…、…與否

接 續 {名詞；形容動詞詞幹；[形容詞・動詞]普通形}＋かどうか

說 明 用「疑問詞＋～か」，表示對「誰、什麼、哪裡」或「什麼時候」等感到不確定；而「かどうか」也表不確定，用在不確定情況究竟是「是」還是「否」時。

例 文 これでいいかどうか、教えてください。

請告訴我這樣是否可行。

かい

…嗎

接 續 {句子}＋かい

意 思 【疑問】放在句尾，表示親暱的疑問。用在句尾讀升調。一般為年長男性用語。中文意思是：「…嗎」。

例 文 昨日は楽しかったかい。

昨天玩得開心吧？

比 較 **句子＋か**

嗎、呢

接 續 {句子}＋か

說 明 「かい」與「か」都表示疑問，放在句尾，但「かい」用在親暱關係之間（對象是同輩或晚輩），「か」可以用在所有疑問句子。

例 文 あなたは横田さんではありませんか。

您不是橫田小姐嗎？

の
…嗎、…呢

（接 續）　{句子}＋の

（意 思）　**【疑問】** 用在句尾，以升調表示提出問題。一般是用在對兒童，或關係
比較親密的人，為口語用法。中文意思是：「…嗎、…呢」。

（例 文）　薬を飲んだのに、まだ熱が下がらないの。
藥都吃了，高燒還沒退嗎？

（比 較）　**の**

（接 續）　{[名・形容動詞詞幹]な；[形容詞・動詞]普通形}＋の

（說 明）　「の」用上昇語調唸，表示疑問；「の」用下降語調唸，表示斷定。

（例 文）　私は彼が大嫌いなの。
我最討厭他了。

だい
…呢、…呀

（接 續）　{句子}＋だい

（意 思）　**【疑問】** 接在疑問詞或含有疑問詞的句子後面，表示向對方詢問的語
氣，有時也含有責備或責問的口氣。成年男性用言，用在口語，說法較
為老氣。中文意思是：「…呢、…呀」。

（例 文）　なぜこれがわからないんだい。
為啥連這點小事也不懂？

（比 較）　**かい**
…嗎

（接 續）　{句子}＋かい

（說 明）「だい」表示疑問，前面常接疑問詞，含有責備或責問的口氣；「かい」
表示疑問或確認，是一種親暱的疑問。

（例 文）君、出身は東北かい。
你來自東北嗎？

までに

在…之前、到…時候為止；到…為止

（接 續）{名詞；動詞辭書形}＋までに

（意 思）【期限】接在表示時間的名詞後面，後接一次性行為的瞬間性動詞，表
示動作或事情的截止日期或期限。中文意思是：「在…之前、到…時候
為止」。

（例 文）水曜日までにこの宿題ができますか。
在星期三之前這份作業做得完嗎？

（注 意）〔範圍－まで〕不同於「までに」，用「まで」後面接持續性的動詞和
行為，表示某事件或動作，一直到某時間點前都持續著。中文意思是：
「到…為止」。

（例 文）電車が来るまで、電話で話しましょう。
電車來之前，在電話裡談吧。

（比 較）**まで**

到…為止

（接 續）{名詞；動詞辭書形}＋まで

（說 明）「までに」表示期限，表示動作在期限之前的某時間點執行；「まで」表
示範圍，表示動作會持續進行到某時間點。

（例 文）昨日は日曜日で、お昼まで寝ていました。
昨天是星期日，所以睡到了中午。

ばかり

(1) 剛…；(2) 總是…、老是…；(3) 淨…、光…

意思1 【時間前後】{動詞た形}＋ばかり。表示某動作剛結束不久，含有說話人感到時間很短的語感。中文意思是：「剛…」。

例文 「ライン読んだ。」「ごめん、今起きたばかりなんだ。」
「你看過 LINE 了嗎？」「抱歉，我剛起床。」

意思2 【重複】{動詞て形}＋ばかり。表示說話人對不斷重複一樣的事，或一直都是同樣的狀態，有不滿、譴責等負面的評價。中文意思是：「總是…、老是…」。

例文 テレビを見てばかりいないで掃除しなさい。
別總是守在電視機前面，快去打掃！

意思3 【強調】{名詞}＋ばかり。表示數量、次數非常多，而且淨是些不想看到、聽到的不理想的事情。中文意思是：「淨…、光…」。

例文 彼はお酒ばかり飲んでいます。
他光顧著拚命喝酒。

比較 **だけ**
只、僅僅

接續 {名詞（＋助詞）}＋だけ；{名詞；形容動詞詞幹な}＋だけ；{[形容詞・動詞]普通形}＋だけ

說明 「ばかり」表示強調，用在數量、次數多，或總是處於某狀態的時候；「だけ」表示限定，用在限定的某範圍。

例文 お金があるだけでは、結婚できません。
光是有錢並不能結婚。

でも
(1) …之類的；(2) 就連…也

(接　續) {名詞}＋でも

(意思1) 【舉例】 用於隨意舉例。表示雖然含有其他的選擇，但還是舉出一個具代表性的例子。中文意思是：「…之類的」。

(例　文) 暇ですね。テレビでも見ますか。
好無聊喔，來看個電視吧。

(意思2) 【極端的例子】 先舉出一個極端的例子，再表示其他一般性的情況當然是一樣的。中文意思是：「就連…也」。

(例　文) 先生でも意味がわからない言葉があります。
其中還包括連老師也不懂語意的詞彙。

(比　較) **ても、でも**
即使…也

(接　續) {形容詞く形}＋ても；{動詞て形}＋も；{名詞；形容動詞詞幹}＋でも

(說　明) 「でも」用在舉出一個極端的例子，要用「名詞＋でも」的接續形式；「ても／でも」表示假定逆接，也就是無論前項如何，也不會改變後項。要用「動詞て形＋も」、「形容詞く＋ても」或「名詞；形容動詞詞幹＋でも」的接續形式。

(例　文) 社会が厳しくても、私は頑張ります。
即使社會嚴苛我也會努力。

指示語、文の名詞化と縮約形

指示詞、句子的名詞化及縮約形

001 こんな	007 さ
002 こう	008 の [は、が、を]
003 そんな	009 こと
004 あんな	010 が
005 そう	011 ちゃ、ちゃう
006 ああ	

001

こんな

這樣的、這麼的、如此的；這樣地

（接 續） こんな＋{名詞}

（意 思） **【程度】** 間接地在講人事物的狀態或程度，而這個事物是靠近說話人的，也可能是剛提及的話題或剛發生的事。中文意思是：「這樣的、這麼的、如此的」。

（例 文） こんな家が欲しいです。
想要一間像這樣的房子。

（注 意） 〖こんなに〗「こんなに」為指示程度，是「這麼，這樣地；如此」的意思，為副詞的用法，用來修飾動詞或形容詞。中文意思是：「這樣地」。

（例 文） 私はこんなにやさしい人に会ったことがない。
我不曾遇過如此體貼的人。

（比 較） **こう**

這樣、這麼

（接 續） こう＋{動詞}

（說 明） 「こんな」表示程度，後面一定要接名詞；「こう」表示方法，後面要接動詞。

（例 文） アメリカでは、こう握手して挨拶します。
在美國都像這樣握手寒暄。

こう
(1)這樣、這麼；(2)這樣

（接續）こう＋{動詞}

（意思1）【方法】表示方式或方法。中文意思是：「這樣、這麼」。

（例文）こうすれば簡単です。
只要這樣做就很輕鬆了。

（意思2）【限定】表示眼前或近處的事物的樣子、現象。中文意思是：「這樣」。

（例文）こう毎日寒いと外に出たくない。
天天冷成這樣，連出門都不願意了。

（比較）**そう**
那樣

（接續）そう＋{動詞}

（說明）「こう」用在眼前的物或近處的事時；「そう」用在較靠近對方或較為遠處的事物。

（例文）息子は野球が好きだ。僕も子供のころそうだった。
兒子喜歡棒球，我小時候也一樣。

そんな
那樣的；那樣地

（接續）そんな＋{名詞}

（意思）【程度】間接的在說人或事物的狀態或程度。而這個事物是靠近聽話人的或聽話人之前說過的。有時也含有輕視和否定對方的意味。中文意思是：「那樣的」。

（例文）そんな服を着ないでください。
請不要穿那樣的服裝。

（注　意）〔そんなに〕「そんなに」為指示程度，是「程度特別高或程度低於預期」的意思，為副詞的用法，用來修飾動詞或形容詞。中文意思是：「那樣地」。

（例　文）そんなに気をつかわないでください。
請不必那麼客套。

（比　較）　**あんな**
那樣的

（接　續）あんな＋{名詞}

（説　明）「そんな」用在離聽話人較近，或聽話人之前說過的事物；「あんな」用在離說話人、聽話人都很遠，或雙方都知道的事物。

（例　文）あんなやり方ではだめだ。
那種作法是行不通的。

あんな
那樣的；那樣地

（接　續）あんな＋{名詞}

（意　思）【程度】間接地說人或事物的狀態或程度。而這是指說話人和聽話人以外的事物，或是雙方都理解的事物。中文意思是：「那樣的」。

（例　文）あんな便利な冷蔵庫が欲しい。
真想擁有那樣方便好用的冰箱！

（注　意）〔あんなに〕「あんなに」為指示程度，是「那麼，那樣地」的意思，為副詞的用法，用來修飾動詞或形容詞。中文意思是：「那樣地」。

（例　文）あんなに怒ると、子供はみんな泣きますよ。
瞧你發那麼大的脾氣，會把小孩子們嚇哭的喔！

| 比　較 | **こんな**

這樣的、這麼的、如此的

| 接　續 | こんな＋{名詞}

| 說　明 | 事物的狀態或程度是那樣就用「あんな」；事物的狀態或程度是這樣就用「こんな」。

| 例　文 | こんな洋服は、いかがですか。

這樣的洋裝如何？

005　　　　　　　　　　　　　　　　　　　　　　　　　　Track N4-014

そう

(1) 那樣；(2) 那樣

| 接　續 | そう＋{動詞}

| 意思1 | **【方法】** 表示方式或方法。中文意思是：「那樣」。

| 例　文 | 母にはそう話をします。

我要告訴媽媽那件事。

| 意思2 | **【限定】** 表示眼前或近處的事物的樣子、現象。中文意思是：「那樣」。

| 例　文 | 私もそういう大人になりたい。

我長大以後也想成為那樣的人。

| 比　較 | **ああ**

那樣

| 接　續 | ああ＋{動詞}

| 說　明 | 「そう」用在離聽話人較近，或聽話人之前說過的事；「ああ」用在離說話人、聽話人都很遠，或雙方都知道的事。

| 例　文 | 彼は怒るといつもああだ。

他一生起氣來一向都是那樣子。

ああ
(1) 那樣；(2) 那樣

接續 ああ＋{動詞}

意思1 【方法】 表示方式或方法。中文意思是：「那樣」。

例文 ああしろこうしろとうるさい。
一下叫我那樣，一下叫我這樣煩死人了！

意思2 【限定】 表示眼前或近處的事物的樣子、現象。中文意思是：「那樣」。

例文 社長はお酒を飲むといつもああだ。
社長只要一喝酒，就會變成那副模樣。

比較 あんな
那樣的

接續 あんな＋{名詞}

說明 「ああ」與「あんな」都用在離說話人、聽話人都很遠，或雙方都知道的事。接續方法是：「ああ＋動詞」，「あんな＋名詞」。

例文 私もあんな家に住みたいです。
我也想住那樣的房子。

さ
…度、…之大

接續 {[形容詞・形容動詞] 詞幹}＋さ

意思 【程度】 接在形容詞、形容動詞的詞幹後面等構成名詞，表示程度或狀態。也接跟尺度有關的如「長さ（長度）、深さ（深度）、高さ（高度）」等，這時候一般是跟長度、形狀等大小有關的形容詞。中文意思是：「…度、…之大」。

例文 この山の高さは、どのくらいだろう。
不曉得這座山的高度是多少呢？

| 比 較 | み |

帶有…、…感

| 接 續 | {[形容詞・形容動詞] 詞幹}＋み |

| 說 明 | 「さ」表示程度，用在客觀地表示性質或程度；「み」表示狀態，用在主觀地表示性質或程度。 |

| 例 文 | 月曜日の放送を楽しみにしています。
我很期待看到星期一的播映。 |

の[は、が、を]

的是…

| 接 續 | {名詞修飾短語}＋の[は、が、を] |

| 意思1 | 【強調】以「短句＋の」的形式表示強調，而想強調句子裡的某一部分，就放在「の」的後面。中文意思是：「的是…」。 |

| 例 文 | この写真の、帽子をかぶっているのは私の妻です。
這張照片中，戴著帽子的是我太太。 |

| 意思2 | 【名詞化】用於前接短句，使其名詞化，成為句子的主語或目的語。 |

| 例 文 | 私はフランス映画を見るのが好きです。
我喜歡看法國電影。 |

| 注 意 | 〖の＝人時地因〗這裡的「の」含有人物、時間、地方、原因的意思。 |

| 比 較 | こと |

| 接 續 | {名詞の；形容動詞詞幹な；[形容詞・動詞] 普通形}＋こと |

| 說 明 | 「の」表示名詞化，基本上用來代替人事物。「見る（看）、聞く（聽）」等表示感受外界事物的動詞，或是「止める（停止）、手伝う（幫忙）、待つ（等待）」等動詞，前面只能接「の」；「こと」，也表示名詞化，代替前面剛提到的或後面提到的事情。「です、だ、である」或「を約束する（約定…）、が大切だ（…很重要）、が必要だ（…必須）」等詞，前面只能接「こと」。另外，固定表現如「ことになる、ことがある」等也只能用「こと」。 |

（例文）言いたいことがあるなら、言えよ。
如果有話想講，就講啊！

009 〔Track N4-018〕

こと

（接續）{名詞の；形容動詞詞幹な；[形容詞・動詞]普通形}＋こと

（意思）【形式名詞】做各種形式名詞用法。前接名詞修飾短句，使其名詞化，成為後面的句子的主語或目的語。

（例文）私は歌を歌うことが好きです。
我喜歡唱歌。

（注意）〖只用こと〗「こと」跟「の」有時可以互換。但只能用「こと」的有：表達「話す（說）、伝える（傳達）、命ずる（命令）、要求する（要求）」等動詞的內容，後接的是「です、だ、である」、固定的表達方式「ことができる」等。

比較 **もの**
東西

（接續）{[名詞の；形容動詞詞幹な；[形容詞・動詞]普通形；助動詞た}＋もの

（說明）「こと」表示形式名詞，代替前面剛提到的或後面提到的事。一般不寫漢字；「もの」也是形式名詞，代替某個實質性的東西。一般也不寫漢字。

（例文）いろいろなものを食べたいです。
想吃各種各樣的東西。

010 〔Track N4-019〕

が

（接續）{名詞}＋が

（意思）【動作或狀態主體】接在名詞的後面，表示後面的動作或狀態的主體。大多用在描寫句。

例 文 雪が降っています。
雪正在下。

比 較 **目的語＋を**

接 續 {名詞}＋を

說 明 「が」接在名詞的後面，表示後面的動作或狀態的主體；「目的語＋を」的「を」用在他動詞的前面，表示動作的目的或對象；「を」前面的名詞，是動作所涉及的對象。

例 文 日本語の手紙を書きます。
寫日文書信。

ちゃ、ちゃう

接 續 {動詞て形}＋ちゃ、ちゃう

意 思 【縮略形】「ちゃ」是「ては」的縮略形式，也就是縮短音節的形式，一般是用在口語上。多用在跟自己比較親密的人，輕鬆交談的時候。

例 文 あ、もう8時。仕事に行かなくちゃ。
啊，已經八點了！得趕快出門上班了。

注意1 〖てしまう→ちゃう〗「ちゃう」是「てしまう」，「じゃう」是「でしまう」的縮略形式。

例 文 飛行機が、出発しちゃう。
飛機要飛走囉！

注意2 〖では→じゃ〗其他如「じゃ」是「では」的縮略形式，「なくちゃ」是「なくては」的縮略形式。

比 較 **じゃ**
是…

接 續 {名詞；形容動詞詞幹}＋じゃ

說 明 「ちゃ」是「ては」的縮略形式；「じゃ」是「では」的縮略形式。

例文 そんなにたくさん飲んじゃだめだ。
喝這麼多可不行喔！

MEMO

3 許可、禁止、義務と命令
許可、禁止、義務及命令

001　　　　　　　　　　　　　　　　　　　　　　　　Track N4-021

てもいい
(1) 可以…嗎；(2) …也行、可以…

接續　{動詞て形}＋もいい

意思1　【要求】如果說話人用疑問句詢問某一行為，表示請求聽話人允許某行為。中文意思是：「可以…嗎」。

例文　このパソコンを使ってもいいですか。
請問可以借用一下這部電腦嗎？

意思2　【許可】表示許可或允許某一行為。如果說的是聽話人的行為，表示允許聽話人某一行為。中文意思是：「…也行、可以…」。

例文　ここに荷物を置いてもいいですよ。
包裹可以擺在這裡沒關係喔。

比較　**といい**
要是…該多好

接續　{名詞だ；[形容詞・形容動詞・動詞]辭書形}＋といい

說明　「てもいい」用在允許做某事；「といい」用在希望某個願望能成真。

例文　夫の給料がもっと多いといいのに。
真希望我先生的薪水能多一些呀！

なくてもいい
不…也行、用不著…也可以

(接 續) {動詞否定形(去い)}＋くてもいい

(意 思) 【許可】表示允許不必做某一行為，也就是沒有必要，或沒有義務做前面的動作。中文意思是：「不…也行、用不著…也可以」。

(例 文) 作文は、明日出さなくてもいいですか。
請問明天不交作文可以嗎？

(注意1) 〖×なくてもいかった〗要注意的是「なくてもいかった」或「なくてもいければ」是錯誤用法，正確是「なくてもよかった」或「なくてもよければ」。

(例 文) 間に合うのなら、急がなくてもよかった。
如果時間還來得及，不必那麼趕也行。

(注意2) 〖文言－なくともよい〗較文言的表達方式為「なくともよい」。

(例 文) あなたは何も心配しなくともよい。
你可以儘管放一百二十個心！

(比 較) **てもいい**
…也行、可以…

(接 續) {動詞て形}＋もいい

(說 明) 「なくてもいい」表示允許不必做某一行為；「てもいい」表示許可或允許某一行為。

(例 文) 宿題が済んだら、遊んでもいいよ。
如果作業寫完了，要玩也可以喔。

てもかまわない
即使…也沒關係、…也行

(接續) {[動詞・形容詞] て形}＋もかまわない；{形容動詞詞幹；名詞}＋でもか
まわない

(意思) 【讓步】表示讓步關係。雖然不是最好的，或不是最滿意的，但妥協一
下，這樣也可以。比「てもいい」更客氣一些。中文意思是：「即使…
也沒關係、…也行」。

(例文) ホテルの場所は駅から遠くても、安ければかまわない。
即使旅館位置離車站很遠，只要便宜就無所謂。

比較　てはいけない
不准…、不許…、不要…

(接續) {動詞て形}＋はいけない

(說明)「てもかまわない」表示讓步，表示即使是前項，也沒有關係；「てはい
けない」表示禁止，也就是告訴對方不能做危險或會帶來傷害的事情。

(例文) ベルが鳴るまで、テストを始めてはいけません。
在鈴聲響起前不能動筆作答。

なくてもかまわない
不…也行、用不著…也沒關係

(接續) {動詞否定形 (去い)}＋くてもかまわない

(意思) 【許可】表示沒有必要做前面的動作，不做也沒關係，是「なくてもい
い」的客氣說法。中文意思是：「不…也行、用不著…也沒關係」。

(例文) 話したくなければ、話さなくてもかまいません。
如果不願意講出來，不告訴我也沒關係。

(注意)〖＝大丈夫等〗「かまわない」也可以換成「大丈夫（沒關係）、問題な
い（沒問題）」等表示「沒關係」的表現。

例 文　出席するなら、返事はしなくても問題ない。
假如會參加，不回覆也沒問題。

比 較　**ないこともない、ないことはない**
並不是不…、不是不…

接 續　{動詞否定形}＋ないこともない、ないことはない

說 明　「なくてもかまわない」表示許可，表示不那樣做也沒關係；「ないこともない」表示消極肯定，表示也有某種的可能性，是用雙重否定來表現消極肯定的說法。

例 文　ちょっと急がないといけないが、あと1時間でできないことはない。
假如非得稍微趕一下，倒也不是不能在一個小時之內做出來。

005　　　　　　　　　　　　　　　　　　　　　　　　　　Track N4-025

てはいけない

(1) 不可以…、請勿… ; (2) 不准…、不許…、不要…

接 續　{動詞て形}＋はいけない

意思1　**【申明禁止】** 是申明禁止、規制等的表現。常用在交通標誌、禁止標誌或衣服上洗滌表示等。中文意思是：「不可以…、請勿…」。

例 文　このアパートでは、ペットを飼ってはいけません。
這棟公寓不准居住者飼養寵物。

意思2　**【禁止】** 表示禁止，基於某種理由、規則，直接跟聽話人表示不能做前項事情，由於說法直接，所以一般限於用在上司對部下、長輩對晚輩。中文意思是：「不准…、不許…、不要…」。

例 文　テスト中は、ノートを見てはいけません。
作答的時候不可以偷看筆記本。

比 較　**てはならない**
不能…、不要…、不許、不應該

接 續　{動詞て形}＋はならない

| 說 明 | 兩者都表示禁止。「てはならない」表示有義務或責任，不可以去做某件事情；「てはならない」比「てはいけない」的義務或責任的語感都強，有更高的強制力及拘束力。常用在法律文上。 |

| 例 文 | 昔話では、「見てはならない」と言われたら必ず見ることになっている。
在老故事裡，只要被叮囑「絕對不准看」，就一定會忍不住偷看。 |

な
不准⋯、不要⋯

| 接 續 | {動詞辭書形}＋な |

| 意 思 | 【禁止】 表示禁止。命令對方不要做某事、禁止對方做某事的說法。由於說法比較粗魯，所以大都是直接面對當事人說。一般用在對孩子、兄弟姊妹或親友時。也用在遇到緊急狀況或吵架的時候。中文意思是：「不准⋯、不要⋯」。 |

| 例 文 | ここで煙草を吸うな。
不准在這裡抽菸！ |

| 比 較 | な（あ） |

| 接 續 | {[名・形容動詞詞幹] だ；[形容詞・動詞] 普通形；助動詞た}＋な（あ） |

| 說 明 | 「な」前接動詞時，有表示禁止或感嘆（強調情感）這兩個用法，也用「なあ」的形式。因為接續一樣，所以要從句子的情境、文脈及語調來判斷。用在表示感嘆時，也可以接動詞以外的詞。 |

| 例 文 | いいな、僕もテレビに出たかったなあ。
真好啊，我也好想上電視啊！ |

なければならない
必須…、應該…

(接　續) {動詞否定形}＋なければならない

(意　思) 【義務】表示無論是自己或對方，從社會常識或事情的性質來看，不那樣做就不合理，有義務要那樣做。中文意思是：「必須…、應該…」。

(例　文) 学生は学校のルールを守らなければならない。
學生必須遵守校規。

(注意1) 〖疑問－なければなりませんか〗表示疑問時，可使用「なければなりませんか」。

(例　文) 日本はチップを払わなければなりませんか。
請問在日本是否一定要支付小費呢？

(注意2) 〖口語－なきゃ〗「なければ」的口語縮約形為「なきゃ」。有時只說「なきゃ」，並將後面省略掉。

(例　文) 危ない。信号は守らなきゃだめですよ。
危險！要看清楚紅綠燈再過馬路喔！

(比　較) **べき (だ)**
必須…、應當…

(接　續) {動詞辭書形}＋べき (だ)

(說　明) 「なければならない」表示義務，是指基於規則或當時的情況，而必須那樣做；「べき (だ)」表示勸告，這時是指身為人應該遵守的原則，常用在勸告或命令對方有義務那樣做的時候。

(例　文) 約束は守るべきだ。
應該遵守承諾。

なくてはいけない

必須…、不…不可

（接　續）{動詞否定形（去い）}＋くてはいけない

（意　思）【義務】表示義務和責任，多用在個別的事情，或對某個人，口氣比較強硬，所以一般用在上對下，或同輩之間，口語常說「なくては」或「なくちゃ」。中文意思是：「必須…、不…不可」。

（例　文）宿題は必ずしなくてはいけません。
一定要寫功課才可以。

（注意1）〖普遍想法〗表示社會上一般人普遍的想法。

（例　文）暗い道では、気をつけなくてはいけないよ。
走在暗路時，一定要小心才行喔！

（注意2）〖決心〗表達說話者自己的決心。

（例　文）今日中にこの仕事を終わらせなくてはいけない。
今天以內一定要完成這份工作。

| 比　較 | **ないわけにはいかない** |

不能不…、必須…

（接　續）{動詞否定形}＋ないわけにはいかない

（說　明）「なくてはいけない」表示義務，用在上對下或說話人的決心，表示必須那樣做，說話人不一定有不情願的心情；「ないわけにはいかない」也表義務，是根據社會情理或過去經驗，表示雖然不情願，但必須那樣做。

（例　文）放っておくと命にかかわるから、手術をしないわけにはいかない。
置之不理會有生命危險，所以非得動手術不可。

なくてはならない
必須…、不得不…

接 續 {動詞否定形（去い）}＋くてはならない

意 思 **【義務】** 表示根據社會常理來看，受某種規範影響，或是有某種義務，必須去做某件事情。中文意思是：「必須…、不得不…」。

例 文 会議の資料をもう一度書き直さなくてはならない。

不得不重寫一遍會議資料。

注 意 〖口語－なくちゃ〗「なくては」的口語縮約形為「なくちゃ」，有時只說「なくちゃ」，並將後面省略掉（此時難以明確指出省略的是「いけない」還是「ならない」，但意思大致相同）。

例 文 仕事が終わらない。今日は残業しなくちゃ。

工作做不完，今天只好加班了。

比 較 **なくてもいい**
不…也行、用不著…也可以

接 續 {動詞否定形（去い）}＋くてもいい

說 明 「なくてはならない」表示義務，是根據社會常理或規範，不得不那樣做；「なくてもいい」表示許可，表示不那樣做也可以，不是這樣的情況也行，跟「なくても大丈夫だ」意思一樣。

例 文 暖かいから、暖房をつけなくてもいいです。

很溫暖，所以不開暖氣也無所謂。

命令形
給我…、不要…

接 續 （句子）＋{動詞命令形}＋（句子）

意 思 **【命令】** 表示語氣強烈的命令。一般用在命令對方的時候，給人有粗魯的感覺，且大都是直接面對當事人說。通常用在對孩子、兄弟姊妹或親友時。中文意思是：「給我…、不要…」。

汚いな。早く掃除しろ。

髒死了，快點打掃！

〖**教育宣導等**〗也用在遇到緊急狀況、吵架、運動比賽或交通號誌等的時候。

例 文 火事だ、早く逃げろ。

失火啦，快逃啊！

比 較 **なさい**
要…、請…

接 續 {動詞ます形} ＋なさい

說 明 「命令形」是帶有粗魯的語氣命令對方；「なさい」是語氣較緩和的命令，前面要接動詞ます形。

例 文 生徒たちを、教室に集めなさい。

叫學生到教室集合。

なさい
要…、請…

接 續 {動詞ます形} ＋なさい

意 思 【命令】表示命令或指示。一般用在上級對下級，父母對小孩，老師對學生的情況。比起命令形，此句型稍微含有禮貌性，語氣也較緩和。由於這是用在擁有權力或支配能力的人，對下面的人說話的情況，使用的場合是有限的。中文意思是：「要…、請…」。

例 文 漢字の正しい読み方を書きなさい。

請寫下漢字的正確發音。

比 較 **てください**
請…

接 續 {動詞て形} ＋ください

説明 「なさい」表示命令、指示或勧誘，用在老師對學生、父母對孩子等關
係之中；「てください」表示命令、請求、指示他人為説話人做某事。

例文 本屋で雑誌を買ってきてください。
請到書店買一本雑誌回來。

MEMO

意志と希望
意志及希望

001　　　　　　　　　　　　　　　　　　　　　　　　　Track N4-032

てみる
試著（做）…

（接續）{動詞て形}＋みる

（意思）**【嘗試】**「みる」是由「見る」延伸而來的抽象用法，常用平假名書寫。表示雖然不知道結果如何，但嘗試著做前接的事項，是一種試探性的行為或動作，一般是肯定的說法。中文意思是：「試著（做）…」。

（例文）問題の答えを考えてみましょう。
讓我們一起來想一想這道題目的答案。

（注意）〖**かどうか～てみる**〗常跟「か、かどうか」一起使用。

|比 較| **てみせる**
做給…看

（接續）{動詞て形}＋みせる

（說明）「てみる」表示嘗試去做某事；「てみせる」表示做某事給某人看。

（例文）子供に挨拶の仕方を教えるには、まず親がやってみせたほうがいい。
關於教導孩子向人請安問候的方式，最好先由父母親自示範給他們看。

（よ）うとおもう

我打算…；我要…；我不打算…

接 續	{動詞意向形}＋（よ）うとおもう

意 思 【意志】表示說話人告訴聽話人，說話當時自己的想法、未來的打算或意圖，比起不管實現可能性是高或低都可使用的「たいとおもう」，「（よ）うとおもう」更具有採取某種行動的意志，且動作實現的可能性很高。中文意思是：「我打算…」。

例 文 夏休みは、アメリカへ行こうと思います。
我打算暑假去美國。

注意1 〖某一段時間〗用「（よ）うとおもっている」，表示說話人在某一段時間持有的打算。中文意思是：「我要…」。

例 文 いつか留学しようと思っています。
我一直在計畫出國讀書。

注意2 〖強烈否定〗「（よ）うとはおもわない」表示強烈否定。中文意思是：「我不打算…」。

例 文 今日は台風なので、買い物に行こうとは思いません。
今天颱風來襲，因此沒打算出門買東西。

比 較 **（よ）うとする**

想…、打算…

接 續	{動詞意向形}＋（よ）うとする

說 明 「（よ）うとおもう」表示意志，表示說話人打算那樣做；「（よ）うとする」也表意志，表示某人正打算要那樣做。

例 文 そのことを忘れようとしましたが、忘れられません。
我想把那件事給忘了，但卻無法忘記。

（よ）う

(1)（一起）…吧；(2)…吧

(接 續) {動詞意向形}＋（よ）う

(意思1) **【提議】** 用來提議、邀請別人一起做某件事情。「ましょう」是較有禮貌的說法。中文意思是：「（一起）…吧」。

(例 文) もう遅いから、帰ろうよ。

已經很晚了，該回去了啦。

(意思2) **【意志】** 表示說話者的個人意志行為，準備做某件事情。中文意思是：「…吧」。

(例 文) 金曜日だから、飲みにいこうか。

今天是星期五，我們去喝個痛快吧！

(比 較) **つもりだ**

打算…、準備…

(接 續) {動詞辭書形}＋つもりだ

(說 明) 「（よ）う」表示意志，表示說話人要做某事，也可用在邀請別人一起做某事；「つもりだ」也表意志，表示某人打算做某事的計畫。主語除了說話人以外，也可用在第三人稱。注意，如果是馬上要做的計畫，不能使用「つもりだ」。

(例 文) しばらく会社を休むつもりだ。

打算暫時向公司請假。

（よ）うとする

(1) 才…；(2) 想…、打算…；不想…、不打算…

(接 續) {動詞意向形}＋（よ）うとする

(意思1) **【將要】** 表示某動作還在嘗試但還沒達成的狀態，或某動作實現之前，而動作或狀態馬上就要開始。中文意思是：「才…」。

例文　シャワーを浴びようとしたら、電話が鳴った。
正準備沖澡的時候，電話響了。

意思2　【意志】表示動作主體的意志、意圖。主語不受人稱的限制。表示努力地去實行某動作。中文意思是：「想…、打算…」。

例文　彼はダイエットをしようとしている。
他正想減重。

注意　〖否定形〗否定形「（よ）うとしない」是「不想…、不打算…」的意思，不能用在第一人稱上。

例文　子供が私の話を聞こうとしない。
小孩不聽我的話。

比較　**てみる**
試著（做）…

接續　{動詞て形}＋みる

說明　「ようとする」表示意志，前接意志動詞，表示現在就要做某動作的狀態，或想做某動作但還沒有實現的狀態；「てみる」表示嘗試，前接動詞て形，表示嘗試做某事。

例文　仕事で困ったことが起こり、高崎さんに相談してみた。
工作上發生了麻煩事，找了高崎女士商量。

005　　　　　　　　　　　　　　　　　　　　　　　Track N4-036

にする
(1) 我要…、我點…；(2) 決定…

接續　{名詞；副助詞}＋にする

意思1　【決定】常用於購物或點餐時，決定買某樣商品。中文意思是：「我要…、我點…」。

例文　この赤いシャツにします。
我要這件紅襯衫。

意思2 【選擇】 表示抉擇，決定、選定某事物。中文意思是：「決定…」。

例文 今日は料理をする時間がないので、外食にしよう。
今天沒時間做飯，我們在外面吃吧。

比較 **がする**
感到…、覺得…、有…味道

接續 {名詞} ＋がする

說明 「にする」表示選擇，表示決定選擇某事物，常用在點餐等時候；「がする」表示樣態，表示感覺器官所受到的感覺。

例文 今朝から頭痛がします。
今天早上頭就開始痛。

ことにする
(1) 習慣… ；(2) 決定… ；已決定…

接續 {動詞辭書形；動詞否定形} ＋ことにする

意思1 【習慣】 用「ことにしている」的形式，則表示因某決定，而養成了習慣或形成了規矩。中文意思是：「習慣…」。

例文 毎日、日記を書くことにしています。
現在天天都寫日記。

意思2 【決定】 表示說話人以自己的意志，主觀地對將來的行為做出某種決定、決心。中文意思是：「決定…」。

例文 先生に言うと怒られるので、だまっていることにしよう。
要是報告老師准會挨罵，還是閉上嘴巴別講吧。

注意 〔已經決定〕 用過去式「ことにした」表示決定已經形成，大都用在跟對方報告自己決定的事。中文意思是：「已決定…」。

例文 冬休みは北海道に行くことにした。
寒假去了北海道。

比　較	ことになる

（被）決定…

接　續	{動詞辭書形；動詞否定形}＋ことになる

說　明	「ことにする」表示決定，用在說話人以自己的意志，決定要那樣做；「ことになる」也表決定，用在說話人以外的人或團體，所做出的決定，或是婉轉表達自己的決定。

例　文	来月新竹に出張することになった。

下個月要去新竹出差。

007

つもりだ

打算…、準備…；不打算…；並非有意要…

接　續	{動詞辭書形}＋つもりだ

意　思	【意志】表示說話人的意志、預定、計畫等，也可以表示第三人稱的意志。有說話人的打算是從之前就有，且意志堅定的語氣。中文意思是：「打算…、準備…」。

例　文	煙草が高くなったから、もう吸わないつもりです。

香菸價格變貴了，所以打算戒菸了。

注意1	〖否定形〗「ないつもりだ」為否定形。中文意思是：「不打算…」。

例　文	結婚したら、両親とは住まないつもりだ。

結婚以後，我並不打算和父母住在一起。

注意2	〖強烈否定形〗「つもりはない」表「不打算…」之意，否定意味比「ないつもりだ」還要強。

例　文	明日台風がきても、会社を休むつもりはない。

如果明天有颱風，不打算不上班。

注意3	〖並非有意〗「つもりではない」表示「そんな気はなかったが…（並非有意要…）」之意。中文意思是：「並非有意要…」。

例　文	はじめは、代表になるつもりではなかったのに…。

其實起初我壓根沒想過要擔任代表……。

比 較	（よ）うとおもう

我打算…

接 續	｛動詞意向形｝＋（よ）うとおもう

說 明	「つもり」表示堅決的意志，也就是已經有準備實現的意志；「ようとおもう」前接動詞意向形，表示暫時性的意志，也就是只有打算，也有可能撤銷、改變的意志。

例 文	今度は彼氏と来ようと思う。

下回想和男友一起來。

てほしい

希望…、想…；希望不要…

意 思	【希望－動作】｛動詞て形｝＋ほしい。表示說話者希望對方能做某件事情，或是提出要求。中文意思是：「希望…、想…」。

例 文	給料を上げてほしい。

真希望能調高薪資。

注 意	〖否定－ないでほしい〗｛動詞否定形｝＋でほしい。表示否定，為「希望（對方）不要…」。

例 文	私がいなくなっても、悲しまないでほしいです。

就算我離開了，也希望大家不要傷心。

比 較	がほしい

…想要…

接 續	｛名詞｝＋が＋ほしい

說 明	「てほしい」用在希望對方能夠那樣做；「がほしい」用在說話人希望得到某個東西。

例 文	私は自分の部屋がほしいです。

我想要有自己的房間。

がる、がらない

覺得…、不覺得…；想要…、不想要…

接續 {[形容詞・形容動詞] 詞幹}＋がる、がらない

意思 【感覺】 表示某人說了什麼話或做了什麼動作，而給說話人留下這種想法，有這種感覺，想這樣做的印象，「がる」的主體一般是第三人稱。中文意思是：「覺得…、不覺得…；想要…、不想要…」。

例文 恥ずかしがらなくていいですよ。大きな声で話してください。

沒關係，不需要害羞，請提高音量講話。

注意1 〖を＋ほしい〗 當動詞為「ほしい」時，搭配的助詞為「を」，而非「が」。

例文 彼女はあのお店のかばんを、いつもほしがっている。

她一直很想擁有那家店製作的包款。

注意2 〖現在狀態〗 表示現在的狀態用「ている」形，也就是「がっている」。

例文 両親が忙しいので、子供は寂しがっている。

爸媽都相當忙碌，使得孩子總是孤伶伶的。

比較 **たがる**

想…

接續 {動詞ます形}＋たがる

說明 「がる」表示感覺，用於第三人稱的感覺、情緒等；「たがる」表示希望，用於第三人稱想要達成某個願望。

例文 娘は、まだ小さいのに台所の仕事を手伝いたがります。

女兒還很小，卻很想幫忙廚房的工作。

たがる、たがらない
想…；不想…

（接續）〔動詞ます形〕＋たがる、たがらない

（意思）【希望】是「たい的詞幹」＋「がる」來的。用在表示第三人稱，顯露在外表的願望或希望，也就是從外觀就可看對方的意願。中文意思是：「想…」。

（例文）子供がいつも私のパソコンに触りたがる。
小孩總是喜歡摸我的電腦。

（注意1）〖否定－たがらない〗以「たがらない」形式，表示否定。中文意思是：「不想…」。

（例文）最近、若い人たちはあまり結婚したがらない。
近來，許多年輕人沒什麼意願結婚。

（注意2）〖現在狀態〗表示現在的狀態用「ている」形，也就是「たがっている」。

（例文）入院中の父はおいしいお酒を飲みたがっている。
正在住院的父親直嚷著想喝酒。

（比較）**たい**
想要…

（接續）〔動詞ます形〕＋たい

（說明）「たがる」表示希望，用在第三人稱想要達成某個願望；「たい」也表希望，則是第一人稱內心希望某一行為能實現，或是強烈的願望。

（例文）私は医者になりたいです。
我想當醫生。

といい

要是…該多好；要是…就好了

（接　續）{名詞だ；[形容詞・形容動詞・動詞] 辭書形} ＋といい

（意　思）【願望】表示說話人希望成為那樣之意。句尾出現「けど、のに、が」時，含有這願望或許難以實現等不安的心情。中文意思是：「要是…該多好」。

（例　文）電車、もう少し空いているといいんだけど。
要是搭電車的人沒那麼多該有多好。

（注　意）〖近似たらいい等〗意思近似於「たらいい（要是…就好了）、ばいい（要是…就好了）」。中文意思是：「要是…就好了」。

（例　文）週末は晴れるといいですね。
希望週末是個大晴天，那就好囉。

（比　較）**がいい**

最好…

（接　續）{動詞辭書形} ＋がいい

（說　明）「といい」表示希望成為那樣的願望；「がいい」表示希望壞事發生的心情。

（例　文）悪人はみな、地獄に落ちるがいい。
壞人最好都下地獄。

5 判断と推量
判斷及推測

001 はずだ	007 かどうか
002 はずがない、はずはない	008 だろう
003 そう	009 （だろう）とおもう
004 ようだ	010 とおもう
005 らしい	011 かもしれない
006 がする	

001　　　　　　　　　　　　　　　　　　　　　　　　　　**Track N4-043**

はずだ
(1) 怪不得…；(2)（按理說）應該…

接續　{名詞の；形容動詞詞幹な；[形容詞・動詞] 普通形}＋はずだ

意思1　【理解】表示說話人對原本不可理解的事物，在得知其充分的理由後，而感到信服。中文意思是：「怪不得…」。

例文　寒いはずだ。雪が降っている。
難怪這麼冷，原來外面正在下雪。

意思2　【推斷】表示說話人根據事實、理論或自己擁有的知識來推測出結果，是主觀色彩強，較有把握的推斷。中文意思是：「（按理說）應該…」。

例文　毎日5時間も勉強しているから、次は合格できるはずだ。
既然每天都足足用功五個鐘頭，下次應該能夠考上。

比較　## はずがない、はずはない
不可能…、不會…、沒有…的道理

接續　{名詞の；形容動詞詞幹な；[形容詞・動詞] 普通形}＋はずがない、はずはない

說明　「はずだ」表示推斷，是說話人根據事實或理論，做出有把握的推斷；「はずがない」也表推斷，是說話人推斷某事不可能發生。

例文　そんなところに行って安全なはずがなかった。
去那種地方絕不可能安全的！

はずがない、はずはない
不可能…、不會…、沒有…的道理

(接続) {名詞の；形容動詞詞幹な；[形容詞・動詞]普通形}＋はずがない、はずはない

(意思) 【推斷】表示說話人根據事實、理論或自己擁有的知識，來推論某一事物不可能實現。是主觀色彩強，較有把握的推斷。中文意思是：「不可能…、不會…、沒有…的道理」。

(例文) 漢字を1日100個も、覚えられるはずがない
怎麼可能每天背下一百個漢字呢！

(注意) 〖口語－はずない〗用「はずない」，是較口語的用法。

(例文) ここから学校まで急いでも10分で着くはずない。
從這裡到學校就算拚命衝，也不可能在十分鐘之內趕到。

(比較) **にちがいない**
一定是…、准是…

(接続) {名詞；形容動詞詞幹；[形容詞・動詞]普通形}＋にちがいない

(說明) 「はずがない」表示肯定推測，說話人推斷某事不可能發生；「にちがいない」表示推斷，表示說話人根據經驗或直覺，做出非常肯定的判斷某事會發生。

(例文) 彼女はかわいくてやさしいから、もてるに違いない。
她既可愛又溫柔，想必一定很受大家的喜愛。

そう
好像…、似乎…

(接続) {[形容詞・形容動詞]詞幹；動詞ます形}＋そう

(意思) 【樣態】表示說話人根據親身的見聞，如周遭的狀況或事物的外觀，而下的一種判斷。中文意思是：「好像…、似乎…」。

例文 このケーキ、おいしそう。
これ塊蛋糕看起來好好吃。

注意1 〖よい－よさそう〗形容詞「よい」、「ない」接「そう」，會變成「よさそう」、「なさそう」。

例文 「ここにあるかな。」「なさそうだね。」
「那東西會在這裡嗎？」「好像沒有喔。」

注意2 〖女性－そうね〗會話中，當說話人為女性時，有時會用「そうね」。

例文 眠そうね。昨日何時に寝たの。
你看起來快睡著了耶。昨天幾點睡的？

比較 そうだ
聽說…、據說…

接續 {[名詞・形容詞・形容動詞・動詞]普通形}＋そうだ

說明 「そう」表示樣態，前接動詞ます形或形容詞・形容動詞詞幹，用在根據親身的見聞，意思是「好像」；「そうだ」表示傳聞，前接用言終止形或「名詞＋だ」，用在說話人表示自己聽到的或讀到的信息時，意思是「聽說」。

例文 新聞によると、今度の台風はとても大きいそうだ。
報上說這次的颱風會很強大。

ようだ
(1)像…一樣的、如…似的；(2)好像…

意思1 【比喻】{名詞の；動詞辭書形；動詞た形}＋ようだ。把事物的狀態、形狀、性質及動作狀態，比喻成一個不同的其他事物。中文意思是：「像…一樣的、如…似的」。

例文 彼はまるで子供のように遊んでいる。
瞧瞧他玩得像個孩子似的。

意思2 【推斷】{名詞の；形容動詞詞幹な；[形容詞・動詞]普通形}＋ようだ。用在說話人從各種情況，來推測人或事物是後項的情況，通常是說話人主觀、根據不足的推測。中文意思是：「好像…」。

例文 野田さんは、お酒が好きなようだった。
聽說野田先生以前很喜歡喝酒。

注意〔活用同形容動詞〕「ようだ」的活用跟形容動詞一樣。後接動詞時，必須將「だ」改成「に」。

比較 みたい（だ）、みたいな
好像…

接續{名詞；形容動詞詞幹；[動詞・形容詞]普通形}＋みたい（だ）、みたいな

説明「ようだ」跟「みたいだ」意思都是「好像」，都是不確定的推測，但「ようだ」前接名詞時，用「N＋の＋ようだ」；「みたいだ」大多用在口語，前接名詞時，用「N＋みたいだ」。

例文 何だかだるいな。風邪をひいたみたいだ。
怎麼覺得全身倦怠，好像感冒了。

005 Track N4-047

らしい

(1)像…樣子、有…風度；(2)好像…、似乎…；(3)說是…、好像…

接續{名詞；形容動詞詞幹；[形容詞・動詞]普通形}＋らしい

意思1【樣子】表示充分反應出該事物的特徵或性質。中文意思是：「像…樣子、有…風度」。

例文 日本らしいお土産を買って帰ります。
我會買些具有日本傳統風格的伴手禮帶回去。

意思2【據所見推測】表示從眼前可觀察的事物等狀況，來進行想像性的客觀推測。中文意思是：「好像…、似乎…」。

例文 人身事故があった。電車が遅れるらしい。
電車行駛時發生了死傷事故，恐怕會延遲抵達。

意思3【據傳聞推測】表示從外部來的，是說話人自己聽到的內容為根據，來進行客觀推測。含有推測、責任不在自己的語氣。中文意思是：「說是…、好像…」。

167

例文 天気予報によると、明日は大雨らしい。

氣象預報指出，明日將會下大雨。

比較 **ようだ**

好像…

接續 {名詞の；形容動詞詞幹な；[形容詞・動詞] 普通形} ＋ようだ

說明 「らしい」通常傾向根據傳聞或客觀的證據，做出推測；「ようだ」比較是以自己的想法或經驗，做出推測。

例文 後藤さんは、お肉がお好きなようだった。

聽說後藤先生早前喜歡吃肉。

がする

感到…、覺得…、有…味道

接續 {名詞} ＋がする

意思 **【樣態】**前面接「かおり（香味）、におい（氣味）、味（味道）、音（聲音）、感じ（感覺）、気（感覺）、吐き気（噁心感）」等表示氣味、味道、聲音、感覺等名詞，表示說話人通過感官感受到的感覺或知覺。中文意思是：「感到…、覺得…、有…味道」。

例文 今は晴れているけど、明日は雨が降るような気がする。

今天雖然是晴天，但我覺得明天好像會下雨。

比較 **ようにする**

爭取做到…

接續 {動詞辭書形；動詞否定形} ＋ようにする

說明 「がする」表示樣態，表示感覺，沒有自己的意志和意圖；「ようにする」表示意志，表示說話人自己將前項的行為、狀況當作目標而努力，或是說話人建議聽話人採取某動作、行為，是擁有自己的意志和意圖的。

例文 人の悪口を言わないようにしましょう。

努力做到不去說別人的壞話吧！

007

かどうか

是否…、…與否

(接　續) {名詞；形容動詞詞幹；[形容詞・動詞] 普通形}＋かどうか

(意　思) 【不確定】表示從相反的兩種情況或事物之中選擇其一。「かどうか」前面的部分是不知是否屬實。中文意思是：「是否…、…與否」。

(例　文) あの店の料理はおいしいかどうか分かりません。
我不知道那家餐廳的菜到底好不好吃。

(比　較) **か～か～**

…或是…

(接　續) {名詞}＋か＋{名詞}＋か；{形容詞普通形}＋か＋{形容詞普通形}＋か；{形容動詞詞幹}＋か＋{形容動詞詞幹}＋か；{動詞普通形}＋か＋{動詞普通形}＋か

(說　明) 「かどうか」前面的部分接不知是否屬實的事情或情報；「か～か～」表示在幾個當中，任選其中一個。「か」的前後放的是確實的事情或情報。

(例　文) 古沢さんか清水さんか、どちらかがやります。
會由古澤小姐或清水小姐其中一位來做。

だろう

…吧

(接　續) {名詞；形容動詞詞幹；[形容詞・動詞] 普通形}＋だろう

(意　思) 【推斷】使用降調，表示說話人對未來或不確定事物的推測，且說話人對自己的推測有相當大的把握。中文意思是：「…吧」。

(例　文) 彼は来ないだろう。
他大概不會來吧。

(注意1) 〔**常接副詞**〕常跟副詞「たぶん（大概）、きっと（一定）」等一起使用。

(例　文) 明日の試験はたぶん難しいだろう。
明天的考試恐怕很難喔。

注意2 〖**女性用－でしょう**〗口語時女性多用「でしょう」。

例 文 今夜はもっと寒くなるでしょう。

今晚可能會變得更冷吧。

比 較 **（だろう）とおもう**

（我）想…、（我）認為…

接 續 {[名詞・形容詞・形容動詞・動詞] 普通形}＋（だろう）とおもう

說 明 「だろう」表示推斷，可以用在把自己的推測跟對方說，或自言自語時；
「（だろう）とおもう」也表推斷，只能用在跟對方說自己的推測，而且
也清楚表達這個推測是說話人個人的見解。

例 文 彼は独身だろうと思います。

我猜想他是單身。

（だろう）とおもう

（我）想…、（我）認為…

接 續 {[名詞・形容詞・形容動詞・動詞] 普通形}＋（だろう）とおもう

意 思 【推斷】意思幾乎跟「だろう（…吧）」相同，不同的是「とおもう」
比「だろう」更清楚地講出推測的內容，只不過是說話人主觀的判斷，
或個人的見解。而「だろうとおもう」由於說法比較婉轉，所以讓人感
到比較鄭重。中文意思是：「（我）想…、（我）認為…」。

例 文 今日中に仕事が終わらないだろうと思っている。

我認為今天之內恐怕無法完成工作。

比 較 **とおもう**

覺得…、認為…、我想…、我記得…

接 續 {[名詞・形容詞・形容動詞・動詞] 普通形}＋とおもう

說 明 「（だろう）とおもう」表示推斷，表示說話人對未來或不確定事物的推
測；「とおもう」也表推斷，表示說話者有這樣的想法、感受及意見。

（例　文）お金を好きなのは悪くないと思います。

我認為愛錢並沒有什麼不對。

010

とおもう

覺得…、認為…、我想…、我記得…

（接　續）{[名詞・形容詞・形容動詞・動詞]普通形}＋とおもう

（意　思）**【推斷】**表示說話者有這樣的想法、感受及意見，是自己依照情況而做出的預測、推想。「とおもう」只能用在第一人稱。前面接名詞或形容動詞時要加上「だ」。中文意思是：「覺得…、認為…、我想…、我記得…」。

（例　文）日本語の勉強は面白いと思う。

我覺得學習日文很有趣。

（比　較）**とおもっている**

認為…

（接　續）{[名詞・形容詞・形容動詞・動詞]普通形}＋とおもっている

（説　明）「とおもう」表示推斷，表示說話人當時的想法、意見等；「とおもっている」也表推斷，表示想法從之前就有了，一直持續到現在。另外，「とおもっている」的主語沒有限制一定是說話人。

（例　文）私はあの男が犯人だと思っている。

我一直都認為那男的是犯人。

011

かもしれない

也許…、可能…

（接　續）{名詞；形容動詞詞幹；[形容詞・動詞]普通形}＋かもしれない

（意　思）**【推斷】**表示說話人說話當時的一種不確切的推測。推測某事物的正確性雖低，但是有可能的。肯定跟否定都可以用。跟「かもしれない」相比，「とおもいます」、「だろう」的說話者，對自己推測都有較大的把握。其順序是：とおもいます＞だろう＞かもしれない。中文意思是：「也許…、可能…」。

| 例 文 | パソコンの調子が悪いです。故障かもしれません。

電腦操作起來不太順，或許故障了。

| 比 較 | **はずだ**

（按理說）應該…

| 接 續 | {名詞の；形容動詞詞幹な；[形容詞・動詞] 普通形}＋はずだ

| 説 明 | 「かもしれない」表示推斷，用在正確性較低的推測；「はずだ」也表推斷，是說話人根據事實或理論，做出有把握的推斷。

| 例 文 | 金曜日の３時ですか。大丈夫なはずです。

星期五的三點嗎？應該沒問題。

MEMO

6 可能、難易、程度、引用と対象

可能、難易、程度、引用及對象

001

ことがある

(1) 有過…但沒有過…；(2) 有時…、偶爾…

接 續 ｛動詞辭書形；動詞否定形｝＋ことがある

意思1 【經驗】也有用「ことはあるが、ことはない」的形式，通常內容為談話者本身經驗。中文意思是：「有過…但沒有過…」。

例 文 私は遅刻することはあるが、休むことはない。
我雖然曾遲到，但從沒請過假。

意思2 【不定】表示有時或偶爾發生某事。中文意思是：「有時…、偶爾…」。

例 文 友達とカラオケに行くことがある。
我和朋友去過卡拉OK。

注 意 〔**常搭配頻度副詞**〕常搭配「ときどき（有時）、たまに（偶爾）」等表示頻度的副詞一起使用。

例 文 私たちはときどき、仕事の後に飲みに行くことがあります。
我們經常會在下班後相偕喝兩杯。

比 較 ことができる

能…、會…

接 續 ｛動詞辭書形｝＋ことができる

說 明 「ことがある」表示不定，表示有時或偶爾發生某事；「ことができる」表示能力，也就是能做某動作、行為。

例 文 3回目の受験で、やっと N4 に合格することができた。
第三次應考，終於通過了日檢 N4 測驗。

ことができる
(1) 可能、可以；(2) 能…、會…

接 續 {動詞辭書形}＋ことができる

意思1 【可能性】表示在外部的狀況、規定等客觀條件允許時可能做。中文意思是：「可能、可以」。

例 文 午後3時まで体育館を使うことができます。
在下午三點之前可以使用體育館。

意思2 【能力】表示技術上、身體的能力上，是有能力做的。中文意思是：「能…、會…」。

例 文 中山さんは 100 m 泳ぐことができます。
中山同學能夠游一百公尺。

注 意 〔更書面語〕這種說法比「可能形」還要書面語一些。

比 較 (ら)れる
會…、能…

接 續 {[一段動詞・カ變動詞] 可能形}＋られる；{五段動詞可能形；サ變動詞可能形さ}＋れる

說 明 「ことができる」跟「(ら)れる」都表示技術上，身體能力上，具有某種能力，但接續不同，前者用「動詞辭書形＋ことができる」；後者用「一段動詞・カ變動詞可能形＋られる」或「五段動詞可能形；サ變動詞可能形さ＋れる」。另外，「ことができる」是比較書面的用法。

例 文 マリさんはお箸が使えますか。
瑪麗小姐會用筷子嗎？

（ら）れる

(1) 會…、能…；(2) 可能、可以

（接 續）　{[一段動詞・力變動詞] 可能形}＋られる；{五段動詞可能形；サ變動詞可能形さ}＋れる

（意思1）　【能力】表示可能，跟「ことができる」意思幾乎一樣。只是「可能形」比較口語。表示技術上、身體的能力上，是具有某種能力的。中文意思是：「會…、能…」。

（例 文）　森さんは 100 m を 11 秒で走れる。
　　　　　森同學跑百公尺只要十一秒。

（注 意）　〖助詞變化〗日語中他動詞的對象用「を」表示，但是在使用可能形的句子裡「を」常會改成「が」，但「に、へ、で」等保持不變。

（例 文）　私は英語とフランス語が話せます。
　　　　　我會說英語和法語。

（意思2）　【可能性】從周圍的客觀環境條件來看，有可能做某事。中文意思是：「可能、可以」。

（例 文）　いつかあんな高い車が買えるといいですね。
　　　　　如果有一天買得起那種昂貴的車，該有多好。

（注 意）　〖否定形－（ら）れない〗否定形是「（ら）れない」為「不會…；不能…」的意思。

（例 文）　土曜日なら大丈夫ですが、日曜日は出かけられません。
　　　　　星期六的話沒問題，如果是星期天就不能出門了。

（比 較）　**できる**

會…、能…

（接 續）　{名詞}＋ができる

（說 明）　「（ら）れる」與「できる」都表示在某條件下，有可能會做某事。

（例 文）　今週は忙しくてテニスができませんでした。
　　　　　這週很忙，所以沒能打網球。

やすい
容易…、好…

（接続）{動詞ます形}＋やすい

（意思）【容易】 表示該行為、動作很容易做，該事情很容易發生，或容易發生某種變化，亦或是性質上很容易有那樣的傾向，與「にくい」相對。中文意思是：「容易…、好…」。

（例文）ここは便利で住みやすい。
這地方生活便利，住起來很舒適。

（注意）〖變化跟い形容詞同〗「やすい」的活用變化跟「い形容詞」一樣。

（例文）山口先生の話は分かりやすくて面白いです。
山口教授講起話來簡單易懂又風趣。

（比較）にくい
不容易…、難…

（接続）{動詞ます形}＋にくい

（説明）「やすい」和「にくい」意思相反，「やすい」表示某事很容易做；「にくい」表示某事做起來有難度。

（例文）このコンピューターは、使いにくいです。
這台電腦很不好用。

にくい
不容易…、難…

（接続）{動詞ます形}＋にくい

（意思）【困難】 表示該行為、動作不容易做，該事情不容易發生，或不容易發生某種變化，亦或是性質上很不容易有那樣的傾向。「にくい」的活用跟「い形容詞」一樣。與「やすい（容易…、好…）」相對。中文意思是：「不容易…、難…」。

（例文）この薬は、苦くて飲みにくいです。
這種藥很苦，不容易嚥下去。

（比較）**づらい**
…難、不便…、不好

（接續）{動詞ます形}＋づらい

（說明）「にくい」是敘述客觀的不容易、不易的狀態；「づらい」是說話人由於心理或肉體上的因素，感覺做某事有困難。

（例文）石が多くて歩きづらい。
石子多，不好走。

006　　　　　　　　　　　　　　　　　　Track N4-059

すぎる
太…、過於…

（接續）{[形容詞・形容動詞]詞幹；動詞ます形}＋すぎる

（意思）**【程度】**表示程度超過限度，超過一般水平、過份的或因此不太好的狀態。中文意思是：「太…、過於…」。

（例文）昨日は食べすぎてしまった。胃が痛い。
昨天吃太多了，胃好痛。

（注意1）〔否定形〕前接「ない」，常用「なさすぎる」的形式。

（例文）学生なのに勉強しなさすぎるよ。
現在還是學生，未免太不用功了吧！

（注意2）〔よすぎる〕另外，前接「良い（いい／よい）」（優良），不會用「いすぎる」，必須用「よすぎる」。

（例文）初めて会った人にお金を貸すとは、人が良すぎる。
第一次見面的人就借錢給對方，心腸未免太軟了。

比 較	すぎ

過…

接 續	{時間・年齡}＋すぎ

說 明	「すぎる」表示程度，用在程度超過一般狀態；「すぎ」也表程度，用在時間或年齡的超過。

例 文	50すぎになると体力が落ちる。

一過 50 歲體力就大減了。

數量詞＋も

(1) 好…；(2) 多達…

接 續	{數量詞}＋も

意思1	【數量多】　用「何＋助數詞＋も」，像是「何回も（好幾回）、何度も（好幾次）」等，表示實際的數量或次數並不明確，但說話者感覺很多。中文意思是：「好…」。

例 文	昨日はコーヒーを何杯も飲んだ。

昨天喝了好幾杯咖啡。

意思2	【強調】　前面接數量詞，用在強調數量很多、程度很高的時候，由於因人物、場合等條件而異，所以前接的數量詞雖不一定很多，但還是表示很多。中文意思是：「多達…」。

例 文	彼はウイスキーを3本も買った。

他足足買了三瓶威士忌。

比 較	ばかり

淨…、光…

接 續	{名詞}＋ばかり

說 明	「數量詞＋も」與「ばかり」都表示強調數量很多，但「ばかり」的前面接的是名詞或動詞て形。

例 文	漫画ばかりで、本は全然読みません。

光看漫畫，完全不看書。

そうだ

聽說…、據說…

接續　{ [名詞・形容詞・形容動詞・動詞] 普通形}＋そうだ

意思　【傳聞】表示傳聞。表示不是自己直接獲得的，而是從別人那裡、報章雜誌或信上等處得到該信息。中文意思是：「聽說…、據說…」。

例文　平野さんの話によると、あの二人は来月結婚するそうです。
我聽平野先生說，那兩人下個月要結婚了。

注意1　〖消息來源〗表示信息來源的時候，常用「によると（根據）」或「～の話では（說是…）」等形式。

例文　メールによると、花子さんは来月引っ越しをするそうです。
電子郵件裡提到，花子小姐下個月要搬家了。

注意2　〖女性－そうよ〗說話人為女性時，有時會用「そうよ」。

例文　おばあさんの話では、おじいさんは若いころモテモテだったそうよ。
據奶奶的話說，爺爺年輕時很多女人倒追他呢！

比較　**ということだ**

聽說…、據說…

接續　{簡體句}＋ということだ

說明　兩者都表示傳聞。「そうだ」不能改成「そうだった」，不過「ということだ」可以改成「ということだった」。另外，當知道傳聞與事實不符，或傳聞內容是推測的時候，不用「そうだ」，而是用「ということだ」。

例文　来週から暑くなるということだから、扇風機を出しておこう。
聽說下星期會變熱，那就先把電風扇拿出來吧。

という

(1) 叫做…；(2) 說…（是）…

接續　{名詞；普通形}＋という

意思1　【介紹名稱】前面接名詞，表示後項的人名、地名等名稱。中文意思是：「叫做…」。

例文　森田さんという男の人をご存知ですか。
您認識一位姓森田的先生嗎？

意思2　【說明】用於針對傳聞、評價、報導、事件等內容加以描述或說明。中文意思是：「說…（是）…」。

例文　鈴木さんが来年、京都へ転きんするという噂を聞いた。
我聽說了鈴木小姐明年將會調派京都上班的傳聞。

比較　**と言う**

某人說…（是）…

接續　{句子}＋と言う

說明　「という」表示說明，針對傳聞等內容提出來作說明；「と言う」表示引用，表示引用某人說過、寫過，或是聽到的內容。

例文　田中さんは「明日アメリカに行く」と言っていましたよ。
田中先生說：「我明天去美國」。

ということだ

聽說…、據說…

接續　{簡體句}＋ということだ

意思　【傳聞】表示傳聞，直接引用的語感強。直接或間接的形式都可以使用，而且可以跟各種時態的動詞一起使用。一定要加上「という」。中文意思是：「聽說…、據說…」。

例文　王さんは N2 に合格したということだ。
聽說王同學通過了 N2 級測驗。

| 比 較 | **という** |

說是…

| 接 續 | {名詞；普通形}＋という |

| 說 明 | 「ということだ」表示傳聞；「という」表示說明，也表示不確定但已經流傳許久的傳說。 |

| 例 文 | うちの会社は経営がうまくいっていないという噂だ。 |

傳出我們公司目前經營不善的流言。

について (は)、につき、についても、についての

(1) 由於…；(2) 有關…、就…、關於…

| 接 續 | {名詞}＋について (は)、につき、についても、についての |

| 意思1 | 【原因】要注意的是「につき」也有「由於…」的意思，可以根據前後文來判斷意思。 |

| 例 文 | 閉店につき、店の商品はすべて 90 % 引きです。 |

由於即將結束營業，店內商品一律以一折出售。

| 意思2 | 【對象】表示前項先提出一個話題，後項就針對這個話題進行說明。中文意思是：「有關…、就…、關於…」。 |

| 例 文 | 私はこの町の歴史について調べています。 |

我正在調查這座城鎮的歷史。

| 比 較 | **にたいして** |

向…、對 (於)…

| 接 續 | {名詞}＋にたいして |

| 說 明 | 「について」表示對象，用來提示話題，再作說明；「にたいして」也表示對象，表示動作施予的對象。 |

| 例 文 | 息子は、音楽に対して人一倍興味が強いです。 |

兒子對音樂的興趣非常濃厚。

7 変化、比較、経験と付帯

變化、比較、經驗及附帶狀況

001　　　　　　　　　　　　　　　　　　　　　　　　　　　Track N4-065

ようになる

（變得）…了

接　續　{動詞辞書形；動詞可能形}＋ようになる

意　思　【變化】表示是能力、狀態、行為的變化。大都含有花費時間，使成為習慣或能力。動詞「なる」表示狀態的改變。中文意思是：「（變得）…了」。

例　文　日本に来て、漢字が少し読めるようになりました。
來到日本以後，漸漸能看懂漢字了。

比　較　**ように**

請…、希望…

接　續　{動詞辞書形；動詞否定形}＋ように

說　明　「ようになる」表示變化，表示花費時間，才能養成的習慣或能力；「ように」表示祈求，表示希望成為狀態、或希望發生某事態。

例　文　世界が平和になりますように。
祈求世界和平。

ていく
(1)…下去；(2)…起來；(3)…去

(接續)　{動詞て形}＋いく

(意思1)　【變化】表示動作或狀態的變化。中文意思是：「…下去」。

(例文)　子供は大きくなると、親から離れていく。
孩子長大之後，就會離開父母的身邊。

(意思2)　【繼續】表示動作或狀態，越來越遠地移動，或動作的繼續、順序，多指從現在向將來。中文意思是：「…起來」。

(例文)　今後は子供がもっと少なくなっていくでしょう。
看來今後小孩子會變得更少吧。

(意思3)　【方向－由近到遠】保留「行く」的本意，也就是某動作由近而遠，從說話人的位置、時間點離開。中文意思是：「…去」。

(例文)　主人はゴルフに行くので、朝早く出て行った。
外子要去打高爾夫球，所以一大早就出門了。

(比較)　**てくる**
　…來

(接續)　{動詞て形}＋くる

(說明)　「ていく」跟「てくる」意思相反，「ていく」表示某動作由近到遠，或是狀態由現在朝向未來發展；「てくる」表示某動作由遠到近，或是去某處做某事再回來。

(例文)　大きな石がけから落ちてきた。
巨石從懸崖掉了下來。

てくる
(1)…起來；(2)…來；(3)…（然後再）來…；(4)…起來、…過來

(接 續)　{動詞て形}＋くる

(意思1)　【變化】表示變化的開始。中文意思是：「…起來」。

(例 文)　風が吹いてきた。
　　　　颳起風了。

(意思2)　【方向－由遠到近】保留「来る」的本意，也就是由遠而近，向說話人的位置、時間點靠近。中文意思是：「…來」。

(例 文)　あちらに富士山が見えてきましたよ。
　　　　遠遠的那邊可以看到富士山喔。

(意思3)　【去了又回】表示在其他場所做了某事之後，又回到原來的場所。中文意思是：「…（然後再）來…」。

(例 文)　先週ディズニーランドへ行ってきました。
　　　　上星期去了迪士尼樂園。

(意思4)　【繼續】表示動作從過去到現在的變化、推移，或從過去一直繼續到現在。中文意思是：「…起來、…過來」。

(例 文)　この歌は人々に愛されてきた。
　　　　這首歌曾經廣受大眾的喜愛。

(比 較)　**ておく**
先…、暫且…

(接 續)　{動詞て形}＋おく

(說 明)　「てくる」表示繼續，表示動作從過去一直繼續到現在，也表示出去再回來；「ておく」表示準備，表示為了達到某種目的，先採取某行為做好準備，並使其結果的狀態持續下去。

(例 文)　お客さんが来るから、掃除をしておこう。
　　　　有客人要來，所以先打掃吧。

ことになる

(1) 也就是說… ; (2) 規定… ; (3)（被）決定…

接 續　{動詞辭書形；動詞否定形}＋ことになる

意思1　【換句話說】指針對事情，換一種不同的角度或說法，來探討事情的真意或本質。中文意思是：「也就是說…」。

例 文　最近雨の日が多いので、つゆに入ったことになりますか。
最近常常下雨，已經進入梅雨季了嗎？

意思2　【約束】以「ことになっている」的形式，表示人們的行為會受法律、約定、紀律及生活慣例等約束。中文意思是：「規定…」。

例 文　夏は、授業中に水を飲んでもいいことになっている。
目前允許夏季期間上課時得以飲水。

意思3　【決定】表示決定。指說話人以外的人、團體或組織等，客觀地做出了某些安排或決定。中文意思是：「（被）決定…」。

例 文　ここで煙草を吸ってはいけないことになった。
已經規定禁止在這裡吸菸了。

注 意　〖婉轉宣布〗用於婉轉宣布自己決定的事。

例 文　夏に帰国することになりました。
決定在夏天回國了。

比 較　**ようになる**

（變得）…了

接 續　{動詞辭書形；動詞可能形}＋ようになる

說 明　「ことになる」表示決定，表示決定的結果。而某件事的決定跟自己的意志是沒有關係的；「ようになる」表示變化，表示行為能力或某種狀態變化的結果。

例 文　練習して、この曲はだいたい弾けるようになった。
練習後，這首曲子大致會彈了。

ほど～ない
不像…那麼…、沒那麼…

接 續 {名詞；動詞普通形} ＋ほど～ない

意 思 【比較】 表示兩者比較之下，前者沒有達到後者那種程度。這個句型是以後者為基準，進行比較的。中文意思是：「不像…那麼…、沒那麼…」。

例 文 外は雨だけど、傘をさすほど降っていない。
外面雖然下著雨，但沒有大到得撐傘才行。

比 較 **くらい／ぐらい～はない**
沒什麼是…、沒有…像…一樣、沒有…比…的了

接 續 {名詞} ＋くらい／ぐらい＋ {名詞} ＋はない

說 明 「ほど～ない」表示比較，表示前者比不上後者，其中的「ほど」不能跟「くらい」替換；「くらい～はない」表示最上級，表示沒有任何人事物能比得上前者。

例 文 お母さんくらいいびきのうるさい人はいない。
再沒有比媽媽的鼾聲更吵的人了。

と～と、どちら
在…與…中，哪個…

接 續 {名詞} ＋と＋ {名詞} ＋と、どちら（のほう）が

意 思 【比較】 表示從兩個裡面選一個。也就是詢問兩個人或兩件事，哪一個適合後項。在疑問句中，比較兩個人或兩件事，用「どちら」。東西、人物及場所等都可以用「どちら」。中文意思是：「在…與…中，哪個…」。

例 文 ビールとワインと、どちらがよろしいですか。
啤酒和紅酒，哪一種比較好呢？

比 較	**のなかで**

…之中、…當中

接 續	{名詞}＋のなかで

說 明 「と～と、どちら」表示比較，用在從兩個項目之中，選出一項適合後面敘述的；「のなかで」表示範圍，用在從廣闊的範圍裡，選出最適合後面敘述的。

例 文 私は四季の中で、秋が一番好きです。
四季中我最喜歡秋天。

---

007   Track N4-071

たことがある
(1) 曾經…過；(2) 曾經…

接 續 {動詞過去式}＋たことがある

意思1 【特別經驗】表示經歷過某個特別的事件，且事件的發生離現在已有一段時間，大多和「小さいころ（小時候）、むかし（以前）、過去に（過去）、今までに（到現在為止）」等詞前後呼應使用。中文意思是：「曾經…過」。

例 文 富士山に登ったことがある。
我爬過富士山。

意思2 【一般經驗】指過去曾經體驗過的一般經驗。中文意思是：「曾經…」。

例 文 スキーをしたことがありますか。
請問您滑過雪嗎？

比 較	**ことがある**

有時…、偶爾…

接 續	{動詞辭書形；動詞否定形}＋ことがある

說 明 「たことがある」表示一般經驗，用在過去的經驗；「ことがある」表示不定，表示有時候會做某事。

例 文 友人とお酒を飲みに行くことがあります。
偶爾會跟朋友一起去喝酒。

ず（に）
不…地、沒…地

（接　續）{動詞否定形（去ない）}＋ず（に）

（意　思）【否定】「ず」雖是文言，但「ず（に）」現在使用得也很普遍。表示以否定的狀態或方式來做後項的動作，或產生後項的結果，語氣較生硬，具有副詞的作用，修飾後面的動詞，相當於「ない（で）」。中文意思是：「不…地、沒…地」。

（例　文）今週はお金を使わずに生活ができた。
這一週成功完成了零支出的生活。

（注　意）〖せずに〗當動詞為サ行變格動詞時，要用「せずに」。

（例　文）学校から帰ってきて、宿題をせずに出て行った。
一放學回來，連功課都沒做就又跑出門了。

比較　**まま**
…著

（接　續）{名詞の；形容詞辭書形；形容動詞詞幹な；動詞た形}＋まま

（說　明）「ず（に）」表示否定，表示沒做前項動作的狀態下，做某事；「まま」表示附帶狀況，表示維持前項的狀態下，做某事。

（例　文）日本酒は冷たいままで飲むのが好きだ。
我喜歡喝冰的日本清酒。

8 行為の開始と終了等

行為的開始與結束等

001   Track N4-073

ておく

(1) …著；(2) 先…、暫且…

接　續　{動詞て形}＋おく

意思1　【結果持續】表示考慮目前的情況，採取應變措施，將某種行為的結果保持下去或放置不管。中文意思是：「…著」。

例　文　友達が来るからケーキを買っておこう。
朋友要來作客，先去買個蛋糕吧。

意思2　【準備】表示為將來做準備，也就是為了以後的某一目的，事先採取某種行為。中文意思是：「先…、暫且…」。

例　文　漢字は、授業の前に予習しておきます。
漢字的部分會在上課前先預習。

注　意　〖口語縮約形〗「ておく」口語縮約形式為「とく」，「でおく」的縮約形式是「どく」。例如：「言っておく（話先講在前頭）」縮略為「言っとく」。

例　文　田中君に明日 10 時に来て、って言っとくね。
記得轉告田中，明天十點來喔！

比　較　## 他動詞＋てある

…著、已…了

接　續　{他動詞て形}＋ある

（說 明） 「ておく」表示準備，表示為了某目的，先做某動作；「てある」表示動作的結果，表示抱著某個目的做了某事，而且已完成動作的狀態持續到現在。

（例 文） 果物は冷蔵庫に入れてある。
水果已經放在冰箱裡了。

はじめる
開始…

（接 續） {動詞ます形}＋はじめる

（意 思） 【起點】表示前接動詞的動作、作用的開始，也就是某動作、作用很清楚地從某時刻就開始了。前面可以接他動詞，也可以接自動詞。中文意思是：「開始…」。

（例 文） 先月から猫を飼い始めました。
從上個月開始養貓了。

（注 意） 〖はじめよう〗可以和表示意志的「（よ）う／ましょう」一起使用。

（比 較） **だす**
…起來、開始…

（接 續） {動詞ます形}＋だす

（說 明） 兩者都表示起點，「はじめる」跟「だす」用法差不多，但動作開始後持續一段時間用「はじめる」；突發性的某動作用「だす」。另外，表說話人意志的句子不用「だす」。

（例 文） 空が急に暗くなって、雨が降り出した。
天空突然暗下來，開始下起雨來了。

だす
…起來、開始…

（接續）{動詞ます形}＋だす

（意思）【起點】表示某動作、狀態的開始。有以人的意志很難抑制其發生，也有短時間內突然、匆忙開始的意思。中文意思是：「…起來、開始…」。

（例文）会議中に社長が急に怒り出した。
開會時社長突然震怒了。

（注意）〔╳說話意志〕不能使用在表示說話人意志時。

（比較）## かけ（の）、かける
做一半、剛…、開始…

（接續）{動詞ます形}＋かけ（の）、かける

（說明）「だす」表示起點，繼續的動作中，說話者的著眼點在開始的部分；「かけ（の）」表示中途，表示動作已開始，做到一半。著眼點在進行過程中。

（例文）読みかけの本が５、６冊たまっている。
剛看一點開頭的書積了五六本。

ところだ
剛要…、正要…

（接續）{動詞辭書形}＋ところだ

（意思）【將要】表示將要進行某動作，也就是動作、變化處於開始之前的階段。中文意思是：「剛要…、正要…」。

（例文）今から山に登るところだ。
現在正準備爬山。

（注意）〔用在意圖行為〕不用在預料階段，而是用在有意圖的行為，或很清楚某變化的情況。

比　較	**ているところだ**
	正在…、…的時候

接　續	{動詞て形}＋いるところだ
說　明	「ところだ」表示將要，是指正開始要做某事；「ているところだ」表示時點，是指正在做某事，也就是動作進行中。
例　文	社長は今奥の部屋で銀行の人と会っているところです。 社長目前正在裡面的房間和銀行人員會談。

ているところだ

正在…、…的時候

接　續	{動詞て形}＋いるところだ
意　思	**【時點】** 表示正在進行某動作，也就是動作、變化處於正在進行的階段。中文意思是：「正在…、…的時候」。
例　文	警察は昨日の事故の原因を調べているところです。 警察正在調查昨天那起事故的原因。
注　意	〔連接句子〕如為連接前後兩句子，則可用「ているところに」。
例　文	彼の話をしているところに、彼がやってきた。 正說他，他人就來了。

比　較	**ていたところだ**
	正在…

接　續	{動詞て形}＋いたところだ
說　明	「ているところだ」表時點，表示動作、變化正在進行中的時間；「ていたところだ」也表時點，表示從過去到句子所說的時點為止，該狀態一直持續著。
例　文	今、ご飯を食べていたところだ。 現在剛吃完飯。

たところだ
剛…

接續　{動詞た形}＋ところだ

意思　【時點】表示剛開始做動作沒多久，也就是在「…之後不久」的階段。
中文意思是：「剛…」。

例文　さっき、仕事が終わったところです。
工作就在剛才結束了。

注意　〖發生後不久〗跟「たばかりだ」比較，「たところだ」強調開始做某
事的階段，但「たばかりだ」則是一種從心理上感覺到事情發生後不久
的語感。

例文　この洋服は先週買ったばかりです。
這件衣服上週剛買的。

比較　ているところ
正在…

接續　{動詞て形}＋いるところ

說明　兩者都表示時點，意思是「剛…」之意，但「たところだ」只表示事情
剛發生完的階段，「ているところ」則是事情正在進行中的階段。

例文　心を落ち着けるために、手紙を書いているところです。
為了讓心情平靜下來，現在正在寫信。

てしまう
(1)…完；(2)…了

接續　{動詞て形}＋しまう

意思1　【完成】表示動作或狀態的完成，常接「すっかり（全部）、全部（全
部）」等副詞、數量詞。如果是動作繼續的動詞，就表示積極地實行並
完成其動作。中文意思是：「…完」。

例 文 おいしかったので、全部食べてしまった。

因為太好吃了，結果統統吃光了。

意思2 【感慨】表示出現了說話人不願意看到的結果，含有遺憾、惋惜、後悔等語氣，這時候一般接的是無意志的動詞。中文意思是:「…了」。

例 文 電車に忘れ物をしてしまいました。

把東西忘在電車上了。

注 意 〔口語縮約形－ちゃう〕若是口語縮約形的話「てしまう」是「ちゃう」,「でしまう」是「じゃう」。

例 文 ごめん、昨日のワイン飲んじゃった。

對不起，昨天那瓶紅酒被我喝完了。

比 較 **おわる**

結束、完了、…完

接 續 {動詞ます形}＋おわる

說 明 「てしまう」跟「おわる」都表示動作結束、完了，但「てしまう」用「動詞て形＋しまう」，常有說話人積極地實行，或感到遺憾、惋惜、後悔的語感;「おわる」用「動詞ます形＋おわる」，是單純的敘述。

例 文 日記は、もう書き終わった。

日記已經寫好了。

おわる
結束、完了、…完

接 續 {動詞ます形}＋おわる

意 思 【終點】接在動詞ます形後面，表示事情全部做完了，或動作或作用結束了。動詞主要使用他動詞。中文意思是:「結束、完了、…完」。

例 文 学校が終わったら、すぐに家に帰ってください。

放學後，請立刻回家。

| 比　較 | **だす** |

…起來、開始…

| 接　續 | {動詞ます形}＋だす |

| 說　明 | 「おわる」表示終點，表示事情全部做完了，或動作或作用結束了；「だす」表示起點，表示某動作、狀態的開始。 |

| 例　文 | 話はまだ半分なのに、もう笑い出した。 |

事情才說到一半，大家就笑起來了。

009

つづける

(1) 連續…、繼續…；(2) 持續…

| 接　續 | {動詞ます形}＋つづける |

| 意思1 | 【繼續】表示連續做某動作，或還繼續、不斷地處於同樣的狀態。中文意思是：「連續…、繼續…」。 |

| 例　文 | 明日は一日中雨が降り続けるでしょう。 |

明日應是全天有雨。

| 意思2 | 【意圖行為的開始及結束】表示持續做某動作、習慣，或某作用仍然持續的意思。中文意思是：「持續…」。 |

| 例　文 | 先生からもらった辞書を今も使いつづけている。 |

老師贈送的辭典，我依然愛用至今。

| 注　意 | 〖注意時態〗現在的事情用「つづけている」，過去的事情用「つづけました」。 |

| 比　較 | **つづけている** |

持續…

| 接　續 | {動詞ます形}＋つづけている |

| 說　明 | 「つづける」跟「つづけている」都是指某動作處在「繼續」的狀態，但「つづけている」表示動作、習慣到現在仍持續著。 |

| 例　文 | 傷から血が流れ続けている。 |

傷口血流不止。

まま
…著

接續 ｛名詞の；形容詞辭書形；形容動詞詞幹な；動詞た形｝＋まま

意思 【附帶狀況】 表示附帶狀況，指一個動作或作用的結果，在這個狀態還持續時，進行了後項的動作，或發生後項的事態。「そのまま」表示就這樣，不要做任何改變。中文意思是：「…著」。

例文 クーラーをつけたままで寝てしまった。
冷氣開著沒關就這樣睡著了。

比較 **まだ**
還…

說明 「まま」表示附帶狀況，表示在前項沒有變化的情況下就做了後項；「まだ」表示繼續，表示某狀態從過去一直持續到現在，或表示某動作到目前為止還繼續著。

例文 別れた恋人のことがまだ好きです。
依然對已經分手的情人戀戀不忘。

理由、目的と並列

理由、目的及並列

001 し	004 ようにする
002 ため (に)	005 のに
003 ように	006 とか〜とか

001　　　　　　　　　　　　　　　　　　　　　　　　　　Track N4-083

し

(1) 既…又…、不僅…而且…；(2) 因為…

接 續　{[形容詞・形容動詞・動詞] 普通形}＋し

意思 1　【並列】用在並列陳述性質相同的複數事物同時存在，或說話人認為兩事物是有相關連的時候。中文意思是：「既…又…、不僅…而且…」。

例 文　田中先生は面白いし、みんなに親切だ。
田中老師不但幽默風趣，對大家也很和氣。

意思 2　【理由】表示理由，但暗示還有其他理由。是一種表示因果關係較委婉的說法，但前因後果的關係沒有「から」跟「ので」那麼緊密。中文意思是：「因為…」。

例 文　日本は物価が高いし、忙しいし、生活が大変です。
居住日本不容易，不僅物價高昂，而且人人繁忙。

比 較　**から**

因為…

接 續　{[形容詞・動詞] 普通形}＋から；{名詞；形容動詞詞幹}＋だから

說 明　「し」跟「から」都可表示理由，但「し」暗示還有其他理由，「から」則表示說話人的主觀理由，前後句的因果關係較明顯。

例 文　雨が降っているから、今日は出かけません。
因為正在下雨，所以今天不出門。

ため（に）
(1) 以…為目的，做…、為了…；(2) 因為…所以…

意思1　【目的】{名詞の；動詞辭書形}＋ため（に）。表示為了某一目的，而有後面積極努力的動作、行為，前項是後項的目標，如果「ため（に）」前接人物或團體，就表示為其做有益的事。中文意思是：「以…為目的，做…、為了…」。

例文　試合に勝つために、一生懸命練習をしています。
為了贏得比賽，正在拚命練習。

意思2　【理由】{名詞の；[動詞・形容詞]普通形；形容動詞詞幹な}＋ため（に）。表示由於前項的原因，引起後項不尋常的結果。中文意思是：「因為…所以…」。

例文　事故のために、電車が遅れている。
由於發生事故，電車將延後抵達。

比較　**ので**
因為…

接續　{[形容詞・動詞]普通形}＋ので；{名詞；形容動詞詞幹}＋なので

說明　「ため（に）」跟「ので」都可以表示原因，但「ため（に）」後面會接一般不太發生，比較不尋常的結果，前接名詞時用「Ｎ＋のため（に）」；「ので」後面多半接自然會發生的結果，前接名詞時用「Ｎ＋なので」。

例文　うちの子は勉強が嫌いなので困ります。
我家的孩子討厭讀書，真讓人困擾。

ように
(1) 請…、希望…；(2) 以便…、為了…

接續　{動詞辭書形；動詞否定形}＋ように

意思1　【祈求】表示祈求、願望、希望、勸告或輕微的命令等。有希望成為某狀態，或希望發生某事態，向神明祈求時，常用「動詞ます形＋ますように」。中文意思是：「請…、希望…」。

例　文　明日晴れますように。
祈禱明天是個大晴天。

注　意　〔提醒〕用在老師提醒學生時或上司提醒部屬時。

例　文　山田さんに、あとで事務所に来るように言ってください。
請轉告山田先生稍後過來事務所一趟。

意思2　【目的】表示為了實現「ように」前的某目的，而採取後面的行動或手段，以便達到目的。中文意思是：「以便…、為了…」。

例　文　よく眠れるように、牛乳を飲んだ。
為了能夠睡個好覺而喝了牛奶。

比　較　**ため（に）**
以…為目的，做…、為了…

接　續　{名詞の；動詞辭書形}＋ため（に）

說　明　「ように」跟「ため（に）」都表示目的，但「ように」用在為了某個期待的結果發生，所以前面常接不含人為意志的動詞（自動詞或動詞可能形等）；「ため（に）」用在為了達成某目標，所以前面常接有人為意志的動詞。

例　文　ダイエットのために、ジムに通う。
為了瘦身，而上健身房運動。

　　　　　　　　　　　　　　　　　　　　　　　　　Track N4-086

ようにする

(1) 使其…；(2) 爭取做到…、盡量做到…；(3) 設法使…

接　續　{動詞辭書形；動詞否定形}＋ようにする

意思1　【目的】表示對某人或事物，施予某動作，使其起作用。中文意思是：「使其…」。

例　文　ソファーを移動して、寝ながらテレビを見られるようにした。
把沙發搬開，以便躺下來也能看到電視了。

| 意思2 | 【意志】表示說話人自己將前項的行為、狀況當作目標而努力，或是說話人建議聽話人採取某動作、行為時。中文意思是：「爭取做到…、盡量做到…」。 |

（例文）子供は電車では立つようにしましょう。
小孩在電車上就盡量讓他站著吧。

| 意思3 | 【習慣】如果要表示下決心要把某行為變成習慣，則用「ようにしている」的形式。中文意思是：「設法使…」。 |

（例文）毎日、自分で料理を作るようにしています。
目前每天都自己做飯。

| 比　較 | **ようになる** |

（變得）…了

| 接　續 | {動詞辭書形；動詞可能形}＋ようになる |

| 說　明 | 「ようにする」表示習慣，指設法做到某件事；「ようになる」表示變化，表示養成了某種習慣、狀態或能力。 |

（例文）心配しなくても、そのうちできるようになるよ。
不必擔心，再過一些時候就會了呀。

005

のに

用於…、為了…

| 接　續 | {動詞辭書形}＋のに；{名詞}＋に |

| 意　思 | 【目的】是表示將前項詞組名詞化的「の」，加上助詞「に」而來的。表示目的、用途、評價及必要性。中文意思是：「用於…、為了…」。 |

（例文）N4 に合格するのに、どれぐらい時間がいりますか。
若要通過 N4 測驗，需要花多久時間準備呢？

| 注　意 | 〖省略の〗後接助詞「は」時，常會省略掉「の」。 |

（例文）病気を治すには、時間が必要だ。
治好病，需要時間。

| 比較 | **ため（に）**
以…為目的、做…、為了…

| 接續 | {名詞の；動詞辭書形}＋ため（に）

| 說明 | 「のに」跟「ため（に）」都表示目的，但「のに」用在「必要、用途、評價」上；「ため（に）」用在「目的、利益」上。另外，「のに」後面要接「使う（使用）、必要だ（必須）、便利だ（方便）、かかる（花［時間、金錢］）」等詞，用法沒有像「ため（に）」那麼自由。

| 例文 | 日本に留学するため、一生懸命日本語を勉強しています。
為了去日本留學而正在拚命學日語。

とか～とか

(1) 又…又…；(2) …啦…啦、…或…、及…

| 接續 | {名詞；［形容詞・形容動詞・動詞］辭書形}＋とか＋{名詞；［形容詞・形容動詞・動詞］辭書形}＋とか

| 意思1 | 【不明確】列舉出相反的詞語時，表示說話人不滿對方態度變來變去，或弄不清楚狀況。中文意思是：「又…又…」。

| 例文 | 息子夫婦は、子供を産むとか産まないとか言って、もう７年ぐらいになる。
我兒子跟媳婦一會兒又說要生小孩啦，一會兒又說不生小孩啦，這樣都過七年了。

| 意思2 | 【列舉】「とか」上接同類型人事物的名詞之後，表示從各種同類的人事物中選出幾個例子來說，或羅列一些事物，暗示還有其它，是口語的說法。中文意思是：「…啦…啦、…或…、及…」。

| 例文 | 寝る前は、コーヒーとかお茶とかを、あまり飲まないほうがいいです。
建議睡覺前最好不要喝咖啡或是茶之類的飲料。

| 注意 | 〔只用とか〕有時「とか」僅出現一次。

| 例文 | 日曜日は家事をします。掃除とか。
星期天通常做家事，譬如打掃之類的。

比 較	**たり～たりする**
	又是…，又是…

接 續	{動詞た形}＋り＋{動詞た形}＋り＋する

說 明	「とか～とか」與「たり～たりする」都表示列舉。但「たり」的前面只能接動詞。

例 文	ゆうべのパーティーでは、飲んだり食べたり歌ったりしました。
	在昨晚那場派對上吃吃喝喝又唱了歌。

MEMO

10 条件、順接と逆接

條件、順接及逆接

と

(1) 一…竟… ;(2) 一…就

接續 {[名詞・形容詞・形容動詞・動詞] 普通形(只能用在現在形及否定形)} ＋
と

意思1 【契機】 表示指引道路。也就是以前項的事情為契機,發生了後項的事
情。中文意思是:「一…竟…」。

例文 箱を開けると、人形が入っていた。
打開盒子一看,裡面裝的是玩具娃娃。

意思2 【條件】 表示陳述人和事物的一般條件關係,常用在機械的使用方法、
說明路線、自然的現象及反覆的習慣等情況,此時不能使用表示說話人
的意志、請求、命令、許可等語句。中文意思是:「一…就」。

例文 春になると、桜が咲きます。
春天一到,櫻花就會綻放。

比較 たら

要是…、如果要是…了、…了的話

接續 {[名詞・形容詞・形容動詞・動詞] た形} ＋ら

說明 「と」表示條件,通常用在一般事態的條件關係,後面不接表示意志、
希望、命令及勸誘等詞;「たら」也表條件,多用在單一狀況的條件關
係,跟「と」相比,後項限制較少。

（例文）雨が降ったら、運動会は1週間延びます。

如果下雨的話，運動會將延後一週舉行。

ば

(1) 假如…的話；(2) 假如…、如果…就…；(3) 如果…的話

（接續）{[形容詞・動詞] 假定形；[名詞・形容動詞] 假定形}＋ば

（意思1）【限制】後接意志或期望等詞，表示後項受到某種條件的限制。中文意思是：「假如…的話」。

（例文）時間があれば、明日映画に行きましょう。

有時間的話，我們明天去看電影吧。

（意思2）【條件】後接未實現的事物，表示條件。對特定的人或物，表示對未實現的事物，只要前項成立，後項也當然會成立。前項是焦點，敘述需要的是什麼，後項大多是被期待的事。中文意思是：「假如…、如果…就…」。

（例文）急げば次の電車に間に合います。

假如急著搭電車，還來得及搭下一班。

（意思3）【一般條件】敘述一般客觀事物的條件關係。如果前項成立，後項就一定會成立。中文意思是：「如果…的話」。

（例文）大雪が降れば、学校が休みになる。

若是下大雪，學校就會停課。

（注意）〔諺語〕也用在諺語的表現上，表示一般成立的關係。「よし」為「よい」的古語用法。

（例文）終わりよければ全てよし、という言葉があります。

有句話叫做：一旦得到好成果，過程如何不重要。

（比較）**なら**

如果…就…

（接續）{名詞；形容動詞詞幹；[動詞・形容詞] 辭書形}＋なら

說明 「ば」表示一般條件，前接［形容詞・動詞・形容動詞］假定形，表示前項成立，後項就會成立；「なら」表示條件，前接動詞・形容詞終止形、形容動詞詞幹或名詞，指說話人接收了對方說的話後，假設前項要發生，提出意見等。另外，「なら」前接名詞時，也可表示針對某人事物進行說明。

例文 そんなにおいしいなら、私も今度その店に連れていってください。

如果真有那麼好吃，下次也請帶我去那家店。

たら

(1) …之後、…的時候；(2) 要是…、如果要是…了、…了的話

接續 {［名詞・形容詞・形容動詞・動詞］た形}＋ら

意思1 【契機】 表示確定的未來，知道前項的（將來）一定會成立，以其為契機做後項。中文意思是：「…之後、…的時候」。

例文 病気がなおったら、学校へ行ってもいいよ。

等到病好了以後，可以去上學無妨喔。

意思2 【假定條件】 表示假定條件，當實現前面的情況時，後面的情況就會實現，但前項會不會成立，實際上還不知道。中文意思是：「要是…、如果要是…了、…了的話」。

例文 大学を卒業したら、すぐ働きます。

等到大學畢業以後，我就要立刻就業。

比較 たら～た

原來…、發現…、才知道…

接續 {［名詞・形容詞・形容動詞・動詞］た形}＋ら～た

說明 「たら」表示假定條件；「たら～た」表示確定條件。

例文 仕事が終わったら、もう9時だった。

工作做完，已經是九點了。

たら～た
原來…、發現…、才知道…

（接續）{[名詞・形容詞・形容動詞・動詞] た形 }＋ら～た

（意思）**【確定條件】** 表示說話者完成前項動作後，有了新發現，或是發生了後項的事情。中文意思是：「原來…、發現…、才知道…」。

（例文）食べすぎたら太った。
暴飲暴食的結果是變胖了。

比較　**と**
一…就

（接續）{[名詞・形容詞・形容動詞・動詞] 普通形（只能用在現在形及否定形）}＋と

（說明）「たら～た」表示前項成立後，發生了某事，或說話人新發現了某件事，這時前、後項的主詞不會是同一個；「と」表示前項一成立，就緊接著做某事，或發現了某件事，前、後項的主詞有可能一樣。此外，「と」也可以用在表示一般條件，這時後項就不一定接た形。

（例文）雪が溶けると、春になる。
積雪融化以後就是春天到臨。

なら
如果…就…；…的話；要是…的話

（接續）{名詞；形容動詞詞幹；[動詞・形容詞] 辭書形 }＋なら

（意思）**【條件】** 表示接受了對方所說的事情、狀態、情況後，說話人提出了意見、勸告、意志、請求等。中文意思是：「如果…就…」。

（例文）「この時計は 3,000 円ですよ。」「えっ、そんなに安いなら、買います。」
「這支手錶只要三千圓喔。」「嗄？既然那麼便宜，我要買一支！」

注意1 〖**先舉例再說明**〗 可用於舉出一個事物列為話題，再進行說明。中文
意思是：「…的話」。

例文 中国料理なら、あの店が一番おいしい。

如果要吃中國菜，那家餐廳最好吃。

注意2 〖**假定條件－のなら**〗 以對方發話內容為前提進行發言時，常會在
「なら」的前面加「の」，「の」的口語說法為「ん」。中文意思是：「要是…
的話」。

例文 そんなに眠いんなら、早く寝なさい。

既然那麼睏，趕快去睡覺！

比較 **たら**
要是…、如果要是…了、…了的話

接續 {[名詞・形容詞・形容動詞・動詞] た形}＋ら

說明 「なら」表示條件，指說話人接收了對方說的話後，假設前項要發生，
提出意見等；「たら」也表條件，當實現前面的情況時，後面的情況就
會實現，但前項會不會成立，實際上還不知道。

例文 いい天気だったら、富士山が見えます。

要是天氣好，就可以看到富士山。

---

006 Track N4-094

たところ

結果…、果然…

接續 {動詞た形}＋ところ

意思 【**結果**】 順接用法。表示完成前項動作後，偶然得到後面的結果、消
息，含有說話者覺得訝異的語感。或是後項出現了預期中的好結果。前
項和後項之間沒有絕對的因果關係。中文意思是：「結果…、果然…」。

例文 病院に行ったところ、病気が見つかった。

去到醫院後，被診斷出罹病了。

たら～た

原來…、發現…、才知道…

接　續 {[名詞・形容詞・形容動詞・動詞] た形}＋ら～た

說　明 「たところ」表示結果，後項是以前項為契機而成立，或是因為前項才發現的，後面不一定會接た形；「たら～た」表示確定條件，表示前項成立後，發生了某事，或說話人新發現了某件事，後面一定會接た形。

例　文 お風呂に入ったら、ぬるかった。
泡進浴缸後才知道水不熱。

ても、でも

即使…也

接　續 {形容詞く形}＋ても；{動詞て形}＋も；{名詞；形容動詞詞幹}＋でも

意　思 **【假定逆接】** 表示後項的成立，不受前項的約束，是一種假定逆接表現，後項常用各種意志表現的說法。中文意思是：「即使…也」。

例　文 そんな事は小学生でも知っている。
那種事情連小學生都知道！

注　意 〔**常接副詞**〕 表示假定的事情時，常跟「たとえ（比如）、どんなに（無論如何）、もし（假如）、万が一（萬一）」等副詞一起使用。

例　文 たとえ熱があっても、明日の会議には出ます。
就算發燒，我還是會出席明天的會議。

比　較 **疑問詞＋ても、でも**

不管（誰、什麼、哪兒）…

接　續 {疑問詞}＋{形容詞く形}＋ても；{疑問詞}＋{動詞て形}＋も；{疑問詞}＋{名詞；形容動詞詞幹}＋でも

說　明 「ても／でも」表示假定逆接，表示即使前項成立，也不會影響到後項；「疑問詞＋ても／でも」表示不論，表示不管前項是什麼情況，都會進行或產生後項。

（例　文）いくら忙しくても、必ず運動します。
我不管再怎麼忙，一定要做運動。

008   Track N4-096

けれど（も）、けど
雖然、可是、但…

（接　續）{[形容詞・形容動詞・動詞]普通形・丁寧形}＋けれど（も）、けど

（意　思）【逆接】逆接用法。表示前項和後項的意思或內容是相反的、對比的。是「が」的口語說法。「けど」語氣上會比「けれど（も）」還來的隨便。中文意思是：「雖然、可是、但…」。

（例　文）たくさん寝たけれども、まだ眠い。
儘管已經睡了很久，還是覺得睏。

（比　較）が
但是…

（接　續）{名詞です（だ）；形容動詞詞幹だ；[形容詞・動詞]丁寧形（普通形）}＋が

（說　明）「けれど（も）」與「が」都表示逆接。「けれど（も）」是「が」的口語說法。

（例　文）鶏肉は食べますが、牛肉は食べません。
我吃雞肉，但不吃牛肉。

009   Track N4-097

のに
(1)明明…、卻…、但是…；(2)雖然…、可是…

（接　續）{[名詞・形容動詞]な；[動詞・形容詞]普通形}＋のに

（意思1）【對比】表示前項和後項呈現對比的關係。中文意思是：「明明…、卻…、但是…」。

（例　文）兄は静かなのに、弟はにぎやかだ。
哥哥沉默寡言，然而弟弟喋喋不休。

意思2 【逆接】 表示逆接，用於後項結果違反前項的期待，含有說話者驚訝、懷疑、不滿、惋惜等語氣。中文意思是：「雖然…、可是…」。

例文 働きたいのに、仕事がない。
很想做事，卻找不到工作。

比較 けれど（も）、けど
雖然、可是、但…

接續 {[形容詞・形動容詞・動詞]普通形（丁寧形）}＋けれど（も）、けど

說明 「のに」跟「けれど（も）」都表示前、後項是相反的，但要表達結果不符合期待，說話人的不滿、惋惜等心情時，大都用「のに」。

例文 嘘のようだけれども、本当の話です。
聽起來雖然像是編造的，但卻是真實的事件。

MEMO

11 授受表現
授受表現

001　　　　　　　　　　　　　　　　　　　　　　　　　　　Track N4-098

あげる
給予…、給…

接 續　{名詞}＋{助詞}＋あげる

意 思　**【物品受益－給同輩】** 授受物品的表達方式。表示給予人（說話人或說話一方的親友等），給予接受人有利益的事物。句型是「給予人是（が）接受人に～をあげます」。給予人是主語，這時候接受人跟給予人大多是地位、年齡同等的同輩。中文意思是：「給予…、給…」。

例 文　「チョコレートあげる。」「え、本当に、嬉しい。」
「巧克力送你！」「啊，真的嗎？太開心了！」

比 較　**やる**
給予…、給…

接 續　{名詞}＋{助詞}＋やる

說 明　「あげる」跟「やる」都是「給予」的意思，「あげる」基本上用在給同輩東西；「やる」用在給晚輩、小孩或動植物東西。

例 文　犬にチョコレートをやってはいけない。
不可以餵狗吃巧克力。

002

てあげる
（為他人）做…

接　續 {動詞て形}＋あげる

意　思 **【行為受益－為同輩】** 表示自己或站在一方的人，為他人做前項利益的行為。基本句型是「給予人は（が）接受人に～を動詞てあげる」。這時候接受人跟給予人大多是地位、年齡同等的同輩。是「てやる」的客氣說法。中文意思是：「（為他人）做…」。

例　文 おじいさんに道を教えてあげました。
為老爺爺指路了。

比　較 **てやる**
給…（做…）

接　續 {動詞て形}＋やる

說　明 「てあげる」跟「てやる」都是「（為他人）做」的意思，「てあげる」基本上用在為同輩做某事；「てやる」用在為晚輩、小孩或動植物做某事。

例　文 息子の８歳の誕生日に、自転車を買ってやるつもりです。
我打算在兒子八歲生日的時候，買一輛腳踏車送他。

さしあげる
給予…、給…

接　續 {名詞}＋{助詞}＋さしあげる

意　思 **【物品受益－下給上】** 授受物品的表達方式。表示下面的人給上面的人物品。句型是「給予人は（が）接受人に～をさしあげる」。給予人是主語，這時候接受人的地位、年齡、身份比給予人高。是一種謙虛的說法。中文意思是：「給予…、給…」。

例　文 彼のご両親に何を差し上げたらいいですか。
該送什麼禮物給男友的父母才好呢？

| 比 較 | **いただく** |

承蒙…、拜領…

| 接 續 | {名詞}＋{助詞}＋いただく |

| 說 明 | 「さしあげる」用在給地位、年齡、身份較高的對象東西；「いただく」用在說話人從地位、年齡、身份較高的對象那裡得到東西。 |

| 例 文 | 鈴木先生にいただいたお皿が、割れてしまいました。 |

把鈴木老師送的盤子弄破了。

004

てさしあげる

（為他人）做…

| 接 續 | {動詞て形}＋さしあげる |

| 意 思 | **【行為受益－下為上】** 表示自己或站在自己一方的人，為他人做前項有益的行為。基本句型是「給予人は（が）接受人に～を動詞てさしあげる」。給予人是主語。這時候接受人的地位、年齡、身份比給予人高。是「てあげる」更謙虛的說法。由於有將善意行為強加於人的感覺，所以直接對上面的人說話時，最好改用「お～します」，但不是直接當面說就沒關係。中文意思是：「（為他人）做…」。 |

| 例 文 | お客様にお茶をいれて差し上げてください。 |

請為貴賓奉上茶。

| 比 較 | **ていただく** |

承蒙…

| 接 續 | {動詞て形}＋いただく |

| 說 明 | 「てさしあげる」用在為地位、年齡、身份較高的對象做某事；「ていただく」用在他人替說話人做某事，而這個人的地位、年齡、身份比說話人還高。 |

| 例 文 | 花子は先生に推薦状を書いていただきました。 |

花子請老師寫了推薦函。

やる
給予…、給…

(接續)　{名詞}＋{助詞}＋やる

(意思)　【物品受益－上給下】授受物品的表達方式。表示給予同輩以下的
人，或小孩、動植物有利益的事物。句型是「給予人は（が）接受人に～
をやる」。這時候接受人大多為關係親密，且年齡、地位比給予人低。
或接受人是動植物。中文意思是：「給予…、給…」。

(例文)　赤ちゃんにミルクをやる。
餵小寶寶喝奶。

比較　さしあげる
給予…、給…

(接續)　{名詞}＋{助詞}＋さしあげる

(說明)　「やる」用在接受者是動植物，也用在家庭內部的授受事件；「さしあげ
る」用在接受東西的人是尊長的情況下。

(例文)　私は毎年先生に年賀状をさしあげます。
我每年都寫賀年卡給老師。

てやる
(1)一定…；(2)給…（做…）

(接續)　{動詞て形}＋やる

(意思1)　【意志】由於說話人的憤怒、憎恨或不服氣等心情，而做讓對方有些困
擾的事，或說話人展現積極意志時使用。中文意思是：「一定…」。

(例文)　今年は大学に合格してやる。
今年一定要考上大學！

(意思2)　【行為受益－上為下】表示以施恩或給予利益的心情，為下級或晚輩
（或動、植物）做有益的事。中文意思是：「給…（做…）」。

例文 娘に英語を教えてやりました。
給女兒教了英語。

比較 **てもらう**
（我）請（某人為我做）…

接續 {動詞て形}＋もらう

説明 「てやる」給對方施恩，為對方做某種有益的事；「てもらう」表示人物 X 從人物 Y（親友等）那裡得到某物品。

例文 友達にお金を貸してもらった。
向朋友借了錢。

007　　　　　　　　　　　　　　　　　　　　　Track N4-104

もらう
接受…、取得…、從…那兒得到…

接續 {名詞}＋{助詞}＋もらう

意思 **【物品受益－同輩、晚輩】** 表示接受別人給的東西。這是以說話人是接受人，且接受人是主語的形式，或說話人站是在接受人的角度來表現。句型是「接受人は（が）給予人に～をもらう」。這時候接受人跟給予人大多是地位、年齡相當的同輩。或給予人也可以是晚輩。中文意思是：「接受…、取得…、從…那兒得到…」。

例文 妹は友達にお菓子をもらった。
妹妹的朋友給了她糖果。

比較 **くれる**
給…

接續 {名詞}＋{助詞}＋くれる

説明 「もらう」用在從同輩、晚輩那裡得到東西；「くれる」用在同輩、晚輩給我（或我方）東西。

例文 娘が私に誕生日プレゼントをくれました。
女兒送給我生日禮物。

てもらう
（我）請（某人為我做）…

接　續　{動詞て形}＋もらう

意　思　【行為受益－同輩、晚輩】表示請求別人做某行為，且對那一行為帶著感謝的心情。也就是接受人由於給予人的行為，而得到恩惠、利益。一般是接受人請求給予人採取某種行為的。這時候接受人跟給予人大多是地位、年齡同等的同輩。句型是「接受人は（が）給予人に（から）～を動詞てもらう」。或給予人也可以是晚輩。中文意思是：「（我）請（某人為我做）…」。

例　文　留学生に英語を教えてもらいます。
請留學生教我英文。

比　較　## てくれる
（為我）做…

接　續　{動詞て形}＋くれる

說　明　「てもらう」用「接受人は（が）給予人に（から）～を～てもらう」句型，表示他人替接受人做某事，而這個人通常是接受人的同輩、晚輩或親密的人；「てくれる」用「給予人は（が）接受人に～を～てくれる」句型，表示同輩、晚輩或親密的人為我（或我方）做某事。

例　文　同僚がアドバイスをしてくれた。
同事給了我意見。

いただく
承蒙…、拜領…

接　續　{名詞}＋{助詞}＋いただく

| 意思 | 【物品受益－上給下】表示從地位、年齡高的人那裡得到東西。這是以說話人是接受人，且接受人是主語的形式，或說話人站在接受人的角度來表現。句型是「接受人は（が）給予人に～をいただく」。用在給予人身份、地位、年齡比接受人高的時候。比「もらう」說法更謙虛，是「もらう」的謙讓語。中文意思是：「承蒙…、拜領…」。 |

例文 先生の奥様にすてきなセーターをいただきました。
師母送了我一件上等的毛衣。

比較 **もらう**
接受…、取得…、從…那兒得到…

接續 {名詞}＋{助詞}＋もらう

說明 「いただく」與「もらう」都表示接受、取得、從那兒得到。但「いただく」用在說話人從地位、年齡、身分較高的對象那裡得到的東西；「もらう」用在從同輩、晚輩那裡得到東西。

例文 私は次郎さんに花をもらいました。
我收到了次郎給的花。

---

010 Track N4-107

ていただく
承蒙…

接續 {動詞て形}＋いただく

意思 【行為受益－上為下】表示接受人請求給予人做某行為，且對那一行為帶著感謝的心情。這是以說話人站在接受人的角度來表現。用在給予人身份、地位、年齡都比接受人高的時候。句型是「接受人は（が）給予人に（から）～を動詞ていただく」。這是「てもらう」的自謙形式。中文意思是：「承蒙…」。

例文 私は田中さんに京都へつれて行っていただきました。
田中先生帶我一起去了京都。

| 比 較 | **てさしあげる**
（為他人）做…

| 接 續 | {動詞て形}＋さしあげる

| 説 明 | 「ていただく」用在他人替説話人做某事，而這個人的地位、年齡、身分比説話人還高；「てさしあげる」用在為地位、年齡、身分較高的對象做某事。

| 例 文 | 私は先生の車を車庫に入れてさしあげました。
我幫老師把車停進了車庫。

くださる

給…、贈…

| 接 續 | {名詞}＋{助詞}＋くださる

| 意 思 | **【物品受益－上給下】**對上級或長輩給自己（或自己一方）東西的恭敬説法。這時候給予人的身份、地位、年齡要比接受人高。句型是「給予人は（が）接受人に～をくださる」。給予人是主語，而接受人是説話人，或説話人一方的人（家人）。中文意思是：「給…、贈…」。

| 例 文 | 先生がご自分の書かれた本をくださいました。
老師將親自撰寫的大作送給了我。

| 比 較 | **さしあげる**

給予…、給…

| 接 續 | {名詞}＋{助詞}＋さしあげる

| 説 明 | 「くださる」用「給予人は（が）接受人に～をくださる」句型，表示身份、地位、年齡較高的人給予我（或我方）東西；「さしあげる」用「給予人は（が）接受人に～をさしあげる」句型，表示給予身份、地位、年齡較高的對象東西。

| 例 文 | 退職する先輩に記念品を差し上げた。
贈送了紀念禮物給即將離職的前輩。

てくださる

（為我）做…

接 續 ｛動詞て形｝＋くださる

意 思 【行為受益－上為下】是「てくれる」的尊敬說法。表示他人為我，或為我方的人做前項有益的事，用在帶著感謝的心情，接受別人的行為時，此時給予人的身份、地位、年齡要比接受人高。中文意思是：「（為我）做…」。

例 文 先生、私の作文を見てくださいませんか。

老師，可以請您批改我的作文嗎？

注 意 〖主語＝給予人；接受方＝說話人〗常用「給予人は（が）接受人に（を・の…）～を動詞てくださる」之句型，此時給予人是主語，而接受人是說話人，或說話人一方的人。

例 文 結婚式で、社長が私たちに歌を歌ってくださいました。

在結婚典禮上，社長為我們唱了一首歌。

比 較 **てくれる**

（為我）做…

接 續 ｛動詞て形｝＋くれる

說 明 「てくださる」表示身份、地位、年齡較高的對象為我（或我方）做某事；「てくれる」表示同輩、晚輩為我（或我方）做某事。

例 文 田中さんが仕事を手伝ってくれました。

田中先生幫了我工作上的忙。

くれる
給…

（接續） {名詞}＋{助詞}＋くれる

（意思） **【物品受益－同輩、晚輩】** 表示他人給說話人（或說話一方）物品。這時候接受人跟給予人大多是地位、年齡相當的同輩。句型是「給予人は（が）接受人に～をくれる」。給予人是主語，而接受人是說話人，或說話人一方的人（家人）。給予人也可以是晚輩。中文意思是：「給…」。

（例文） マリーさんがくれた国のお土産は、コーヒーでした。
瑪麗小姐送我的故鄉伴手禮是咖啡。

｜比較｜ やる
給予…、給…

（接續） {名詞}＋{助詞}＋やる

（說明） 「くれる」用在同輩、晚輩給我（或我方）東西；「やる」用在給晚輩、小孩或動植物東西。

（例文） 小鳥には、何をやったらいいですか。
該餵什麼給小鳥吃才好呢？

てくれる
（為我）做…

（接續） {動詞て形}＋くれる

（意思） **【行為受益－同輩】** 表示他人為我，或為我方的人做前項有益的事，用在帶著感謝的心情，接受別人的行為，此時接受人跟給予人大多是地位、年齡同等的同輩。中文意思是：「（為我）做…」。

（例文） 小林さんが日本料理を作ってくれました。
小林先生為我們做了日本料理。

（注意1） 〔行為受益－晚輩〕給予人也可能是晚輩。

例文 子供たちも、私の作った料理は「おいしい」と言ってくれました。
孩子們稱讚了我做的菜「很好吃」。

注意2 〖主語＝給予人；接受方＝說話人〗 常用「給予人は（が）接受人に～を動詞てくれる」之句型，此時給予人是主語，而接受人是說話人，或說話人一方的人。

例文 林さんは私に自転車を貸してくれました。
林小姐把腳踏車借給了我。

比較 **てくださる**
（為我）做…

接續 ｛動詞て形｝＋くださる

說明 「てくれる」與「てくださる」都表示他人為我做某事。「てくれる」用在同輩、晚輩為我（或我方）做某事；「てくださる」用在身分、地位、年齡較高的人為我（或我方）做某事。

例文 先生がいい仕事を紹介してくださった。
老師介紹了一份好工作給我。

MEMO

Chapter

12 受身、使役、使役受身と敬語

被動、使役、使役被動及敬語

001 （ら）れる	007 お／ご～になる
002 （さ）せる	008 お／ご～する
003 （さ）せられる	009 お／ご～いたす
004 名詞＋でございます	010 お／ご～ください
005 （ら）れる	011 （さ）せてください
006 お／ご＋名詞	

001

Track N4-112

（ら）れる

(1) 在…；(2) 被…；(3) 被…

接 續 ｛［一段動詞・カ變動詞］被動形｝＋られる；｛五段動詞被動形；サ變動詞被動形さ｝＋れる

意思1 【客觀說明】 表示社會活動等普遍為大家知道的事，是種客觀的事實描述。中文意思是：「在…」。

例 文 卒業式は３月に行われます。
畢業典禮將於三月舉行。

意思2 【間接被動】 由於某人的行為或天氣等自然現象的作用，而間接受到麻煩（受害或被打擾）。中文意思是：「被…」。

例 文 電車で誰かに足をふまれました。
在電車上被某個人踩了腳。

意思3 【直接被動】 表示某人直接承受到別人的動作。中文意思是：「被…」。

例 文 警察に住所と名前を聞かれた。
被警察詢問了住址和姓名。

比 較 **（さ）せる**

讓…、叫…、令…

接 續 ｛［一段動詞・カ變動詞］使役形；サ變動詞詞幹｝＋させる；｛五段動詞使役形｝＋せる

（説明）「（ら）れる」（被…）表示「被動」，指某人承受他人施加的動作；「（さ）せる」（讓…）是「使役」用法，指某人強迫他人做某事。

（例文）子供にもっと勉強させるため、塾に行かせることにした。
為了讓孩子多讀一點書，我讓他去上補習班了。

（さ）せる
(1) 把…給；(2) 讓…、隨…、請允許…；(3) 讓…、叫…、令…

（接續）{[一段動詞・カ變動詞] 使役形；サ變動詞詞幹}＋させる；{五段動詞使役形}＋せる

（意思1）**【誘發】** 表示某人用言行促使他人自然地做某種行為，常搭配「泣く（哭）、笑う（笑）、怒る（生氣）」等當事人難以控制的情緒動詞。中文意思是：「把…給」。

（例文）父はいつも家族みんなを笑わせる。
爸爸總是逗得全家人哈哈大笑。

（意思2）**【許可】** 以「させておく」形式，表示允許或放任。也表示婉轉地請求承認。中文意思是：「讓…、隨…、請允許…」。

（例文）バスに乗る前にトイレはすませておいてください。
搭乘巴士之前請先去洗手間。

（意思3）**【強制】** 表示某人強迫他人做某事，由於具有強迫性，只適用於長輩對晚輩或同輩之間。中文意思是：「讓…、叫…、令…」。

（例文）母は子供に野菜を食べさせました。
媽媽強迫小孩吃了蔬菜。

（比較）**（さ）せられる**
被迫…、不得已…

（接續）{動詞使役形}＋（さ）せられる

（說明）「（さ）せる」（讓…）是「使役」用法，指某人強迫他人做某事；「（さ）せられる」（被迫…）是「使役被動」用法，表示被某人強迫做某事。

納豆は嫌いなのに、栄養があるからと食べさせられた。

雖然討厭納豆，但是因為覺得有營養，所以不得已還是吃了。

---

003   Track N4-114

（さ）せられる

被迫…、不得已…

接 續　{動詞使役形}＋（さ）せられる

意 思　**【被迫】** 表示被迫。被某人或某事物強迫做某動作，且不得不做。含有不情願、感到受害的心情。這是從使役句的「ＸがＹにＮをＶ‐させる」變成為「ＹがＸにＮをＶ‐させられる」來的，表示Ｙ被Ｘ強迫做某動作。中文意思是：「被迫…、不得已…」。

例 文　会長に、ビールを飲ませられた。

被會長強迫喝了啤酒。

比 較　**させてもらう**

請允許我…、請讓我…

接 續　{動詞使役形}＋もらう

說 明　「（さ）せられる」表示被迫，表示人物Ｙ被人物Ｘ強迫做不願意做的事；「させてもらう」表示許可，表示由於對方允許自己的請求，讓自己得到恩惠或從中受益的意思。

例 文　詳しい説明をさせてもらえませんか。

可以容我做詳細的說明嗎？

---

004   Track N4-115

名詞＋でございます

是…

接 續　{名詞}＋でございます

意思 【斷定】「です」是「だ」的鄭重語，而「でございます」是比「です」更鄭重的表達方式。日語除了尊敬語跟謙讓語之外，還有一種叫鄭重語。鄭重語用於和長輩或不熟的對象交談時，也可用在車站、百貨公司等公共場合。相較於尊敬語用於對動作的行為者表示尊敬，鄭重語則是對聽話人表示尊敬。中文意思是：「是…」。

例文 はい、山田でございます。
您好，敝姓山田。

注意 〖あります的鄭重表現〗除了是「です」的鄭重表達方式之外，也是「あります」的鄭重表達方式。

例文 子供服売り場は、4階にございます。
兒童服飾專櫃位於四樓。

比較 です

接續 {名詞；形容動詞詞幹；形容詞普通形}＋です

說明 「でございます」是比「です」還鄭重的語詞，主要用在接待貴賓、公共廣播等狀況。如果只是跟長輩、公司同事有禮貌地對談，一般用「です」就行了。

例文 これは箱です。
這是箱子。

005

（ら）れる

接續 {[一段動詞・カ變動詞]被動形}＋られる；{五段動詞被動形；サ變動詞被動形さ}＋れる

意思 【尊敬】表示對對方或話題人物的尊敬，就是在表敬意之對象的動作上用尊敬助動詞。尊敬程度低於「お〜になる」。

例文 今年はもう花見に行かれましたか。
您今年已經去賞過櫻花了嗎？

お～になる

接 續　お＋{動詞ます形}＋になる；ご＋{サ變動詞詞幹}＋になる

說 明　「（ら）れる」跟「お～になる」都是尊敬語，用在抬高對方行為，以表示對他人的尊敬，但「お～になる」的尊敬程度比「（ら）れる」高。

例 文　先生の奥さんがお倒れになったそうです。
聽說師母病倒了。

お／ご＋名詞

您…、貴…

接 續　お＋{名詞}；ご＋{名詞}

意 思　**【尊敬】** 後接名詞（跟對方有關的行為、狀態或所有物），表示尊敬、鄭重、親愛，另外，還有習慣用法等意思。基本上，名詞如果是日本原有的和語就接「お」，如「お仕事（您的工作）、お名前（您的姓名）」。中文意思是：「您…、貴…」。

例 文　こちらにお名前をお書きください。
請在這裡留下您的大名。

注意1　〖ご＋中國漢語〗如果是中國漢語則接「ご」如「ご住所（您的住址）、ご兄弟（您的兄弟姊妹）」。

例 文　田中社長はご病気で、お休みです。
田中社長身體不適，目前正在靜養。

注意2　〖**例外**〗但是接中國漢語也有例外情況。

例 文　１日に２リットルのお水を飲みましょう。
建議每天喝個 2000cc 的水吧！

比 較　**お／ご～いたす**

我為您（們）做…

接 續　お＋{動詞ます形}＋いたす；ご＋{サ變動詞詞幹}＋いたす

説明　「お／ご＋名詞」表示尊敬，「お／ご～いたす」表示謙讓。「お／ご＋名詞」的「お／ご」後面接名詞；「お／ご～いたす」的「お／ご」後面接動詞ます形或サ變動詞詞幹。

例文　資料は私が来週の月曜日にお届けいたします。
我下週一會將資料送達。

007　　　　　　　　　　　　　　　　　　　　　　　　　　　　Track N4-118

お／ご～になる

接続　お＋{動詞ます形}＋になる；ご＋{サ變動詞詞幹}＋になる

意思　【尊敬】動詞尊敬語的形式，比「（ら）れる」的尊敬程度要高。表示對對方或話題中提到的人物的尊敬，這是為了表示敬意而抬高對方行為的表現方式，所以「お～になる」中間接的就是對方的動作。

例文　社長は、もうお帰りになったそうです。
社長似乎已經回去了。

注意　〖ご＋サ変動詞＋になる〗當動詞為サ行變格動詞時，用「ご～になる」的形式。

例文　部長、これをご使用になりますか。
部長，這個您是否需要使用？

比較　**お～する**
我為您（們）做…

接続　お＋{動詞ます形}＋する

説明　「お／ご～になる」是表示動詞的尊敬語形式；「お～する」是表示動詞的謙讓語形式。

例文　2、3日中に電話でお知らせします。
這兩三天之內會以電話通知您。

お／ご～する

我為您（們）做…

（接　續）　お＋{動詞ます形}＋する；ご＋{サ變動詞詞幹}＋する

（意　思）　**【謙讓】**　表示動詞的謙讓形式。對要表示尊敬的人，透過降低自己或自己這一邊的人，以提高對方地位，來向對方表示尊敬。中文意思是：「我為您（們）做…」。

（例　文）　私が荷物をお持ちします。
行李請交給我代為搬運。

（注　意）　〖ご＋サ変動詞＋する〗　當動詞為サ行變格動詞時，用「ご～する」的形式。

（例　文）　英語と中国語で、ご説明します。
請容我使用英文和中文為您說明。

（比　較）　## お／ご～いたす

我為您（們）做…

（接　續）　お＋{動詞ます形}＋いたす；ご＋{サ變動詞詞幹}＋いたす

（說　明）　「お～する」跟「お～いたす」都是謙讓語，用在降低我方地位，以對對方表示尊敬，但語氣上「お～いたす」是比「お～する」更謙和的表達方式。

（例　文）　会議室へご案内いたします。
請隨我到會議室。

お／ご～いたす

我為您（們）做…

（接　續）　お＋{動詞ます形}＋いたす；ご＋{サ變動詞詞幹}＋いたす

（意　思）　**【謙讓】**　這是比「お～する」語氣上更謙和的謙讓形式。對要表示尊敬的人，透過降低自己或自己這一邊的人的說法，以提高對方地位，來向對方表示尊敬。中文意思是：「我為您（們）做…」。

（例文）これからもよろしくお願いいたします。

往後也請多多指教。

（注意）〖ご＋サ変動詞＋いたす〗當動詞為サ行變格動詞時，用「ご〜い
たす」的形式。

（例文）会議の資料は、こちらでご用意いたします。

會議資料將由我方妥善準備。

比較 **お／ご〜いただく**

懇請您…

（接續）お＋{動詞ます形}＋いただく；ご＋{サ變動詞詞幹}＋いただく

（説明）「お〜いたす」是自謙的表達方式。通過自謙的方式表示對對方的尊敬，
表示自己為對方做某事；「お〜いただく」是一種更顯禮貌鄭重的自謙
表達方式。是禮貌地請求對方做某事。

（例文）以上、ご理解いただけましたでしょうか。

以上，您是否理解了。

010 Track N4-121

お／ご〜ください

請…

（接續）お＋{動詞ます形}＋ください；ご＋{サ變動詞詞幹}＋ください

（意思）【尊敬】尊敬程度比「てください」要高。「ください」是「くださる」
的命令形「くだされ」演變而來的。用在對客人、屬下對上司的請求，
表示敬意而抬高對方行為的表現方式。中文意思是：「請…」。

（例文）どうぞ、こちらにおかけください。

這邊請，您請坐。

（注意1）〖ご＋サ変動詞＋ください〗當動詞為サ行變格動詞時，用「ご〜
ください」的形式。

（例文）では、詳しくご説明ください。

那麼，請您詳細說明！

〔無法使用〕「する（上面無接漢字，單獨使用的時候）」跟「来る」
無法使用這個文法。

| 比 較 | **てください**
請…

| 接 續 | {動詞て形}＋ください
| 說 明 | 「お～ください」跟「てください」都表示請託或指示，但「お～くだ
さい」的說法比「てください」更尊敬，主要用在上司、客人身上；「て
ください」則是一般有禮貌的說法。
| 例 文 | 食事の前に手を洗ってください。
用餐前請先洗手。

（さ）せてください
請允許…、請讓…做…

| 接 續 | {動詞使役形；サ變動詞詞幹}＋(さ)せてください
| 意 思 | 【謙讓－請求允許】 表示「我請對方允許我做前項」之意，是客氣地
請求對方允許、承認的說法。用在當說話人想做某事，而那一動作一般
跟對方有關的時候。中文意思是：「請允許…、請讓…做…」。
| 例 文 | ここに荷物を置かせてください。
請讓我把包裹放在這裡。

| 比 較 | **てください**
請…

| 接 續 | {動詞て形}＋ください
| 說 明 | 「（さ）せてください」表示客氣地請對方允許自己做某事，所以「做」
的人是說話人；「てください」表示請對方做某事，所以「做」的人是
聽話人。
| 例 文 | 大きな声で読んでください。
請大聲朗讀。

JLPT **N3**

1 時の表現
時間的表現

001

ていらい
自從…以來，就一直…、…之後

意 思 **【起點】**{動詞て形}＋て以来。表示自從過去發生某事以後，直到現在為止的整個階段，後項一直持續某動作或狀態。不用在後項行為只發生一次的情況，也不用在剛剛發生不久的事。跟「てから」相似，是書面語。中文意思是：「自從…以來，就一直…、…之後」。

例 文 このアパートに引っ越して来て以来、なぜだか夜眠れない。
不曉得為什麼，自從搬進這棟公寓以後，晚上總是睡不著。

注 意 〖サ變動詞的N＋以来〗{サ變動詞語幹}＋以来。前接サ變動詞時，可以用「サ變動詞語幹＋以来」的形式，也可以用「サ變動詞語幹＋して以来」的形式。

例 文 岸君とは、卒業以来一度も会っていない。
我和岸君從畢業以後，連一次面都沒見過。

比 較 **たところが**
可是…、然而…、誰知

接 續 {動詞た形}＋たところが

說 明 「ていらい」表起點，表示前項的行為或狀態發生至今，後項也一直持續著；「たところが」表期待，表示做了前項動作後結果，就發生了後項的事情，或變成這種狀況。

例 文 彼のために言ったところが、かえって恨まれてしまった。

為了他好才這麼說的，誰知卻被他記恨。

さいちゅうに、さいちゅうだ

正在…

接 續 {名詞の；動詞て形＋ている}＋最中に、最中だ

意 思 **【進行中】**「最中だ」表示某一狀態、動作正在進行中。「最中に」常用在某一時刻，突然發生了什麼事的場合，或正當在最高峰的時候被打擾了。相當於「～している途中に、～している途中だ」。中文意思是：「正在…」。

例 文 大切な試合の最中に怪我をして、みんなに迷惑をかけた。

在最重要的比賽中途受傷，給各位添了麻煩。

注 意 〔**省略に**〕有時會將「最中に」的「に」省略，只用「最中」。

例 文 みんなで部長の悪口を言っている最中、部長が席に戻って来た。

大家講部長的壞話正說得口沫橫飛，不巧部長就在這時候回到座位了。

比 較 **さい（は）、さいに（は）**

…的時候、在…時、當…之際

接 續 {名詞の；動詞普通形}＋際（は）、際に（は）

說 明 「さいちゅうに」表進行中，表示正在做某件事情的時候，突然發生了其他事情；「さい（は）」表時候，表示動作、行為進行的時候。也就是面臨某一特殊情況或時刻。

例 文 仕事の際には、コミュニケーションを大切にしよう。

在工作時，要著重視溝通。

たとたん（に）
剛…就…、剎那就…

(接續) {動詞た形}＋たとたん（に）

(意思) 【時間前後】 表示前項動作和變化完成的一瞬間，發生了後項的動作和變化。由於是說話人當場看到後項的動作和變化，因此伴有意外的語感，相當於「したら、その瞬間に」。中文意思是：「剛…就…、剎那就…」。

(例文) その子供（こども）は、座（すわ）ったとたんに寝（ね）てしまった。
那個孩子才剛坐下就睡著了。

(比較) **とともに**
與…同時，也…

(接續) {名詞；動詞辭書形}＋とともに

(說明) 「たとたん（に）」表時間前後，表示前項動作完成的瞬間，馬上又發生了後項的事情；「とともに」表同時，表示隨著前項的進行，後項也同時進行或發生。

(例文) 時代（じだい）の流（なが）れとともに、人々（ひとびと）の食生活（しょくせいかつ）も変化（へんか）してきている。
隨著時代的變遷，人們的飲食習慣也跟著產生變化。

さい（は）、さいに（は）
…的時候、在…時、當…之際

(接續) {名詞の；動詞普通形}＋際（は）、際に（は）

(意思) 【時點】 表示動作、行為進行的時候。也就是面臨某一特殊情況或時刻。一般用在正式場合，日常生活中較少使用。相當於「ときに」。中文意思是：「…的時候、在…時、當…之際」。

(例文) 明日（あす）、御社（おんしゃ）へ伺（うかが）う際（さい）に、詳（くわ）しい資料（しりょう）をお持（も）ち致（いた）します。
明天拜訪貴公司時，將會帶去詳細的資料。

比 較	**ところに**

…的時候、正在…時

接 續	{名詞の；形容詞辭書形；動詞て形＋いる；動詞た形}＋ところに

說 明	「さい（は）」表時點，表示在做某個行為的時候；「ところに」也表時點，表示在做某個動作的當下，同時發生了其他事情。

例 文	出かけようとしたところに、電話が鳴った。 正要出門時，電話鈴就響了。

005　　　　　　　　　　　　　　　　　　Track N3-005

ところに

…的時候、正在…時

接 續	{名詞の；形容詞辭書形；動詞て形＋ている；動詞た形}＋ところに

意 思	【時點】表示行為主體正在做某事的時候，發生了其他的事情。大多用在妨礙行為主體的進展的情況，有時也用在情況往好的方向變化的時候。相當於「ちょうど〜しているときに」。中文意思是：「…的時候、正在…時」。

例 文	君、いいところに来たね。これ、1枚コピーして。 你來得正好！這個拿去印一張。

比 較	**さいちゅうに、さいちゅうだ**

正在…

接 續	{名詞の；動詞て形＋いる}＋最中に、最中だ

說 明	「ところに」表時點，表示在做某個動作的當下，同時發生了其他事情；「さいちゅうに」表進行中，表示正在做某件事情的時候突然發生了其他事情。

例 文	大事な試験の最中に、急にお腹が痛くなってきた。 在重要的考試時，肚子突然痛起來。

ところへ

…的時候、正當…時，突然…、正要…時，（…出現了）

接續 {名詞の；形容詞辭書形；動詞て形＋ている；動詞た形}＋ところへ

意思 【時點】 表示行為主體正在做某事的時候，偶然發生了另一件事，並對行為主體產生某種影響。下文多是移動動詞。相當於「ちょうど～しているときに」。中文意思是：「…的時候、正當…時，突然…、正要…時，（…出現了）」。

例文 先月家を買ったところへ、今日部長から転勤を命じられた。
上個月才剛買下新家，今天就被部長命令調派到外地上班了。

比較 **たとたん（に）**

剛…就…、剎那就…

接續 {動詞た形}＋たとたん（に）

說明 「ところへ」表時點，表示前項「正好在…時候（情況下）」，偶然發生了後項的其他事情，而這一事情的發生，改變了當前的情況；「たとたんに」表時間前後，表示前項動作完成的瞬間，馬上又發生了後項的動作和變化。由於說話人是親身經歷後項的動作和變化，因此句尾要接過去式，並且伴有意外的語感。

例文 窓を開けたとたんに、ハエが飛び込んできた。
一打開窗戶，蒼蠅立刻飛了進來。

ところを

正…時、…之時、正當…時…

接續 {名詞の；形容動詞詞幹な；[形容詞・動詞]普通形}＋ところを

意思 【時點】 表示正當A的時候，發生了B的狀況。後項的B所發生的事，是對前項A的狀況有直接的影響或作用的行為。含有說話人擔心給對方添麻煩或造成對方負擔的顧慮。相當於「ちょうど～しているときに」。中文意思是：「正…時、…之時、正當…時…」。

（例 文） お話し中のところを失礼します。高橋様がいらっしゃいました。

不好意思，打擾您打電話，高橋先生已經到了。

（比 較） **さい（は）、さいに（は）**

…的時候、在…時、當…之際

（接 續） {名詞の；動詞普通形}＋際（は）、際に（は）

（說 明） 「ところを」表時點，表示行為主體正在做某事的時候，偶然發生了其他的事情。大多用在妨礙行為主體的進展的情況，有時也用在情況往好的方向變化的時候；「さい（は）」表時候，表示動作、行為進行的時候。

（例 文） お降りの際は、お忘れ物のないようご注意ください。

下車時請別忘了您隨身攜帶的物品。

008

うちに

趁…做…、在…之內…做…；在…之內，自然就…

（接 續） {名詞の；形容動詞詞幹な；[形容詞・動詞]辭書形}＋うちに

（意 思） **【期間】** 表示在前面的環境、狀態持續的期間，做後面的動作。強調的重點是狀態的變化，不是時間的變化。相當於「（している）間に」。中文意思是：「趁…做…、在…之內…做…」。

（例 文） 子供が寝ているうちに、買い物に行ってきます。

趁著孩子睡著時出門買些東西。

（注 意） 〖**變化**〗前項接持續性的動作，後項接預料外的結果或變化，而且是不知不覺、自然而然發生的結果或變化。中文意思是：「在…之內，自然就…」。

（例 文） その子は、お母さんを待っているうちに寝てしまった。

那孩子在等待母親回來時，不知不覺就睡著了。

（比 較） **まえに**

…之前，先…

（接 續） {動詞辭書形}＋まえに

說 明 「Aうちに」表期間，表示在A狀態還沒有結束前，先做某個動作；「Aま
えに」表前後關係，是用來客觀描述做A這個動作前，先做後項的動作。

例 文 私はいつも、寝る前に歯を磨きます。
我都是睡前刷牙。

までに (は)
…之前、…為止

接 續 {名詞；動詞辭書形}＋までに (は)

意 思 【期限】 前面接和時間有關的名詞，或是動詞，表示某個截止日、某個
動作完成的期限。中文意思是：「…之前、…為止」。

例 文 12時までには寝るようにしている。
我現在都在十二點之前睡覺。

比 較 **のまえに**
…前、…的前面

接 續 {名詞}＋の＋まえに

說 明 「までに (は)」表期限，表示某個動作完成的期限、截止日；「のまえに」
表前後關係，表示動作的順序，也就是做前項動作之前，先做後項的動
作。也表示空間上的前面。

例 文 仕事の前にコーヒーを飲みます。
工作前先喝杯咖啡。

2 原因、理由、結果

原因、理由、結果

001　　　　　　　　　　　　　　　　　　　　　　　　　　Track N3-010

せいか

可能是（因為）…、或許是（由於）…的緣故吧

（接續）{名詞の；形容動詞詞幹な；[形容詞・動詞]普通形}＋せいか

（意思）【原因】表示不確定的原因，說話人雖無法斷言，但認為也許是因為前項的關係，而產生後項負面結果，相當於「ためか」。中文意思是：「可能是（因為）…、或許是（由於）…的緣故吧」。

（例文）私の結婚が決まったせいか、最近父は元気がない。
也許是因為我決定結婚了，最近爸爸無精打采的。

（注意）〔正面結果〕後面也可接正面結果。

（例文）しっかり予習をしたせいか、今日は授業がよくわかった。
可能是徹底預習過的緣故，今天的課程我都聽得懂。

（比較） **がゆえ（に）、がゆえの、（が）ゆえだ**

因為是…的關係；…有的…

（接續）{[名詞・形容動詞詞幹]（である）；[形容詞・動詞]普通形}＋が故（に）、が故の、（が）故だ

（說明）「せいか」表原因，表示發生了不好的事態，但是說話者自己也不太清楚原因出在哪裡，只能做個大概的猜測；「がゆえ」也表原因，表示句子之間的因果關係，前項是理由，後項是結果。

例 文　電話で話しているときもついおじぎをしてしまうのは、日本人で
あるが故だ。

由於身為日本人，連講電話時也會不由自主地鞠躬行禮。

002　　　　　　　　　　　　　　　　　　　　　　　　　　　

せいで、せいだ

由於…、因為…的緣故、都怪…

接 續　{名詞の；形容動詞詞幹な；[形容詞・動詞]普通形}＋せいで、せいだ

意 思　【原因】表示發生壞事或會導致某種不利情況的原因，還有責任的所
在。「せいで」是「せいだ」的中頓形式。相當於「～が原因だ、ため」。
中文意思是：「由於…、因為…的緣故、都怪…」。

例 文　台風のせいで、新幹線が止まっている。

由於颱風之故，新幹線電車目前停駛。

注意1　〔否定句〕否定句為「せいではなく、せいではない」。

例 文　病気になったのは君のせいじゃなく、君のお母さんのせいでもな
い。誰のせいでもないよ。

生了病不是你的錯，也不是你母親的錯，那不是任何人的錯啊！

注意2　〔疑問句〕疑問句會用「せい＋表推量的だろう＋疑問終助詞か」。

例 文　おいしいのにお客が来ない。店の場所が不便なせいだろうか。

明明很好吃卻沒有顧客上門，會不會是因為餐廳的地點太偏僻了呢？

比 較　**せいか**

可能是（因為）…、或許是（由於）…的緣故吧

接 續　{名詞の；形容動詞詞幹な；[形容詞・動詞]普通形}＋せいか

說 明　「せいで」表原因，表示發生壞事或會導致某種不利情況的原因，還有
責任的所在。含有責備對方的語意；「せいか」也表原因，表示發生了
不好的事態，但是說話者自己也不太清楚原因出在哪裡，只能做個大概
的猜測。

例 文　年のせいか、体の調子が悪い。

也許是年紀大了，身體的情況不太好。

おかげで、おかげだ
多虧…、托您的福、因為…

接續　{名詞の；形容動詞詞幹な；形容詞普通形・動詞た形}＋おかげで、おかげだ

意思　【原因】由於受到某種恩惠，導致後面好的結果，與「から、ので」作用相似，但感情色彩更濃，常帶有感謝的語氣。中文意思是：「多虧…、托您的福、因為…」。

例文　母が90になっても元気なのは、歯が丈夫なおかげだ。
家母高齡九十仍然老當益壯，必須歸功於牙齒健康。

注意　〖消極〗後句如果是消極的結果時，一般帶有諷刺的意味，相當於「のせいで」。

例文　隣にスーパーができたおかげで、うちの店は潰れそうだよ。
都怪隔壁開了間新超市，害我們這家店都快關門大吉啦！

比較　**せいで、せいだ**
由於…、因為…的緣故、都怪…

接續　{名詞の；形容動詞詞幹な；[形容詞・動詞]普通形}＋せいで、せいだ

說明　「おかげで」表原因，表示因為前項而產生後項好的結果，帶有感謝的語氣；「せいで」也表原因，表示由於某種原因導致不好的、消極的結果。

例文　おやつを食べ過ぎたせいで、太った。
因為吃了太多的點心，所以變胖了。

につき
因…、因為…

接續　{名詞}＋につき

意思 【原因】接在名詞後面，表示其原因、理由。一般用在書信中比較鄭重的表現方法，或用在通知、公告、海報等文體中。相當於「のため、～という理由で」。中文意思是：「因…、因為…」。

例文 体調不良につき、欠席させていただきます。
因為身體不舒服，請允許我請假。

比較 **による**
因…造成的…、由…引起的…

接續 {名詞}＋による

說明 「につき」表原因，是書面用語，用來說明事物或狀態的理由；「による」也表原因，表示所依據的原因、方法、方式、手段。後項的結果是因為前項的行為、動作而造成的。

例文 不注意による大事故が起こった。
因為不小心，而引起重大事故。

005

によって（は）、により
(1) 因為…；(2) 由…；(3) 依照…的不同而不同；(4) 根據…

接續 {名詞}＋によって（は）、により

意思1 【理由】表示事態的因果關係，「により」大多用於書面，後面常接動詞被動態，相當於「～が原因で」。中文意思是：「因為…」。

例文 彼は自動車事故により、体の自由を失った。
他由於遭逢車禍而成了殘疾人士。

意思2 【被動句的動作主體】用於某個結果或創作物等，是因為某人的行為或動作而造成、成立的。中文意思是：「由…」。

例文 電話は、1876年グラハム・ベルによって発明された。
電話是由格拉漢姆・貝爾於1876年發明的。

意思3 【對應】表示後項結果會對應前項事態的不同，而有各種可能性。中文意思是：「依照…的不同而不同」。

（例 文） 場合によっては、契約内容を変更する必要がある。
有時必須視當時的情況而變更合約內容。

（意思4） 【手段】 表示事態所依據的方法、方式、手段。中文意思是：「根據…」。

（例 文） 実験によって、薬の効果が明らかになった。
藥效經由實驗而得到了證明。

（比 較） **にもとづいて、にもとづき、にもとづく、にもとづいた**
根據…、按照…、基於…

（接 續） {名詞}＋に基づいて、に基づき、に基づく、に基づいた

（說 明） 「によって（は）」表手段，表示做後項事情的方法、手段；「にもとづいて」表依據，表示以前項為依據或基礎，進行後項的動作。

（例 文） この雑誌の記事は、事実に基づいていない。
這本雜誌上的報導沒有事實根據。

による
因…造成的…、由…引起的…

（接 續） {名詞}＋による

（意 思） 【原因】 表示造成某種事態的原因。「による」前接所引起的原因。中文意思是：「因…造成的…、由…引起的…」。

（例 文） 運転手の信号無視による事故が続いている。
一連發生多起駕駛人闖紅燈所導致的車禍。

（比 較） **ので**
因為…

（接 續） {[形容詞・動詞] 普通形}＋ので；{名詞；形容動詞詞幹}な＋ので

（說 明） 「による」表原因，表示造成某種事態的原因。後項的結果是因為前項的行為、動作而造成的；「ので」也表原因、理由。是客觀地敘述前項和後項的自然的因果關係，後項大多是已經發生或確定的事情。

（例 文） 寒いので、コートを着ます。
因為很冷，所以穿大衣。

ものだから

就是因為…，所以…

（接續）{[名詞・形容動詞詞幹] な；[形容詞・動詞] 普通形}＋ものだから

（意思）**【原因】** 表示原因、理由，相當於「から、ので」常用在因為事態的程度很厲害，因此做了某事。中文意思是：「就是因為…，所以…」。

（例文）久しぶりに会ったものだから、懐かしくて涙が出た。

畢竟是久違重逢，不禁掉下了思念的淚水。

（注意）〔**說明理由**〕含有對事情感到出意料之外、不是自己願意的理由，而進行辯白，主要為口語用法。口語用「もんだから」。

（例文）道に迷ったものだから、途中でタクシーを拾った。

由於迷路了，因此半路攔了計程車。

|比 較| **ことだから**

由於

（接續）{名詞の}＋ことだから

（說明）「ものだから」表原因，用來解釋理由。表示會導致後項的狀態，是因為前項的緣故。「ことだから」也表原因。表示「（不是別的）正是因為是他，所以才…的吧」說話人自己的判斷依據。說話人通過對所提到的人的性格及行為的瞭解，而做出的判斷。

（例文）今年はうちの商品ずいぶん売れたことだから、きっとボーナスもたくさん出るだろう。

今年我們公司的產品賣了不少，想必會發很多獎金吧。

もので

因為…、由於…

（接續）{形容動詞詞幹な；[形容詞・動詞] 普通形}＋もので

意思	【理由】意思跟「ので」基本相同，但強調原因跟理由的語氣比較強。前項的原因大多為意料之外或不是自己的意願，後項為此進行解釋、辯白。結果是消極的。意思跟「ものだから」一樣。後項不能用命令、勸誘、禁止等表現方式。中文意思是：「因為…、由於…」。

例文 携帯電話を忘れたもので、ご連絡できず、すみませんでした。
由於忘了帶手機而無法與您聯絡，非常抱歉。

比較 ことから

因為…

接續 {名詞である；形容動詞詞幹な；[形容詞・動詞]普通形}＋ことから

說明 「もので」表理由，用來解釋原因、理由，帶有辯駁的感覺，後項通常是由前項自然導出的客觀結果；「ことから」也表理由，表示原因或者依據。根據前項的情況，來判斷出後面的結果或結論。是說明事情的經過跟理由的句型。句末常用「がわかる」等形式。

例文 つまらないことから大喧嘩になってしまいました。
因為雞毛蒜皮小事演變成了一場大爭吵。

009　　　　　　　　　　　　　　　　　　Track N3-018

もの、もん

(1) 就是因為…嘛；(2) 因為…嘛

接續 {[名詞・形容動詞詞幹]んだ；[形容詞・動詞]普通形んだ}＋もの、もん

意思1 【強烈斷定】表示說話人很堅持自己的正當性，而對理由進行辯解。中文意思是：「就是因為…嘛」。

例文 母親ですもの。子供を心配するのは当たり前でしょう。
我可是當媽媽的人呀，擔心小孩不是天經地義的嗎？

注意 〔口語〕更隨便的口語說法用「もん」。

例文 田中君は絶対に来るよ。昨日約束したもん。
田中一定會來嘛！他昨天答應人家了。

【說明理由】說明導致某事情的緣故。含有沒辦法，事情的演變自然就是這樣的語氣。助詞「もの、もん」接在句尾，多用在會話中，年輕女性或小孩子較常使用。跟「だって」一起使用時，就有撒嬌的語感。中文意思是：「因為…嘛」。

例 文　「なんで笑うの。」「だって可笑しいんだもん。」
　　　　「妳笑什麼？」「因為很好笑嘛！」

比 較　**ものだから**
　　　　就是因為…，所以…

接 續　{[名詞・形容動詞詞幹] な；[形容詞・動詞] 普通形}＋ものだから

說 明　「もの」表說明理由，帶有撒嬌、任性、不滿的語氣，多為女性或小孩使用，用在說話者針對理由進行辯解；「ものだから」表理由，用來解釋理由，通常用在情況嚴重時，表示出乎意料或身不由己。

例 文　隣のテレビがやかましかったものだから、抗議に行った。
　　　　因為隔壁的電視太吵了，所以跑去抗議。

010　　　　　　　　　　　　　　　　　　　　　　　　　　　　Track N3-019

んだもん
因為…嘛、誰叫…

接 續　{[名詞・形容動詞詞幹] な}＋んだもん；{[動詞・形容詞] 普通形}＋んだもん

意 思　【理由】用來解釋理由，是口語說法。語氣偏向幼稚、任性、撒嬌，在說明時帶有一種辯解的意味。也可以用「んだもの」。中文意思是：「因為…嘛、誰叫…」。

例 文　「まだ起きてるの。」「明日テストなんだもん。」
　　　　「還沒睡？」「明天要考試嘛。」

比 較　**もの、もん**
　　　　因為…嘛

接 續　{[名詞・形容動詞詞幹] んだ；[形容詞・動詞] 普通形んだ}＋もの、もん

| 說　明 | 「んだもん」表理由，有種幼稚、任性、撒嬌的語氣；「もん」表說明理由，來自「もの」，接在句尾，表示說話人因堅持自己的正當性，而說明個人的理由，為自己進行辯解。「もん」，比「もの」更口語。 |

| 例　文 | 花火を見に行きたいわ。だってとってもきれいだもの。 |
| | 我想去看煙火，因為很美嘛！ |

011　　　　　　　　　　　　　　　　　　　　　　

わけだ

(1) 也就是說…；(2) 當然…、難怪…

| 接　續 | {形容動詞詞幹な；[形容詞・動詞]普通形}＋わけだ |

| 意思1 | 【換個說法】表示兩個事態是相同的，只是換個說法而論。中文意思是：「也就是說…」。 |

| 例　文 | 卒業したら帰国するの。じゃ、来年帰るわけね。 |
| | 畢業以後就要回國了？那就是明年要回去囉。 |

| 意思2 | 【結論】表示按事物的發展，事實、狀況合乎邏輯地必然導致這樣的結果。與側重於說話人想法的「はずだ」相比較，「わけだ」傾向於由道理、邏輯所導出結論。中文意思是：「當然…、難怪…」。 |

| 例　文 | 美術大学の出身なのか。絵が得意なわけだ。 |
| | 原來你是美術大學畢業的啊！難怪這麼會畫圖。 |

| 比　較 | **にちがいない** |

一定是…、准是…

| 接　續 | {名詞；形容動詞詞幹；[形容詞・動詞]普通形}＋に違いない |

| 說　明 | 「わけだ」表結論，表示說話者本來覺得很不可思議，但知道事物背後的原因後便能理解認同。「にちがいない」表肯定推測，表示說話者的推測，語氣十分確信肯定。 |

| 例　文 | この写真は、ハワイで撮影されたに違いない。 |
| | 這張照片，肯定是在夏威夷拍的。 |

ところだった

（差一點兒）就要…了、險些…了；差一點就…可是…

接　續　{動詞辭書形}＋ところだった

意　思　**【結果】**表示差一點就造成某種後果，或達到某種程度，含有慶幸沒有造成那一後果的語氣，是對已發生的事情的回憶或回想。中文意思是：「（差一點兒）就要…了、險些…了」。

例　文　電車があと１本遅かったら、飛行機に乗り遅れるところだった。
萬一搭晚了一班電車，就趕不上飛機了。

注　意　〔懊悔〕「ところだったのに」表示差一點就可以達到某程度，可是沒能達到，而感到懊悔。中文意思是：「差一點就…可是…」。

例　文　今帰るところだったのに、部長に捕まって飲みに行くことになった。
我正要回去，卻被部長抓去喝酒了。

比　較　**ところだ**

剛要…、正要…

接　續　{動詞辭書形}＋ところだ

說　明　「ところだった」表結果，表示驚險的事態，只差一點就要發生不好的事情；「ところだ」表將要，表示主語即將採取某種行動，或是即將發生某個事情。

例　文　これから、校長先生が話をするところです。
接下來是校長致詞時間。

3 推量、判断、可能性
推測、判斷、可能性

---

001 Track N3-022

にきまっている
肯定是…、一定是…

接　續　{名詞；[形容詞・動詞]普通形}＋に決まっている

意　思　【自信推測】 表示說話人根據事物的規律，覺得一定是這樣，不會例外，沒有模稜兩可，是種充滿自信的推測，語氣比「きっと～だ」還要有自信。中文意思是：「肯定是…、一定是…」。

例　文　こんなに頑張ったんだから、合格に決まってるよ。
都已經那麼努力了，肯定考得上的！

注　意　〖斷定〗 表示說話人根據社會常識，認為理所當然的事。

例　文　子供は外で元気に遊んだほうがいいに決まっている。
不用說，小孩子自然是在外面活潑玩耍才好。

比　較　## わけがない、わけはない
不會…、不可能…

接　續　{形容動詞詞幹な；[形容詞・動詞]普通形}＋わけがない、わけはない

說　明　「にきまっている」表自信推測，表示說話者很有把握的推測，覺得事情一定是如此；「わけがない」表強烈主張，表示沒有某種可能性，是很強烈的否定。

例　文　人形が独りでに動くわけがない。
洋娃娃不可能自己會動。

にちがいない
一定是…、准是…

(接續)　{名詞；形容動詞詞幹；[形容詞・動詞]普通形}＋に違いない

(意思)　**【肯定推測】** 表示說話人根據經驗或直覺，做出非常肯定的判斷，相當於「きっと～だ」。中文意思是：「一定是…、准是…」。

(例文)　その子は目が真っ赤だった。ずっと泣いていたに違いない。
　　　　那女孩的眼睛紅通通的，一定哭了很久。

比較　より（ほか）ない、ほか（しかたが）ない
只有…、除了…之外沒有…

(接續)　{名詞；動詞辭書形}＋より（ほか）ない；{動詞辭書形}＋ほか（しかたが）ない

(說明)　「にちがいない」表肯定推測，表示說話人根據經驗或直覺，做出非常肯定的判斷；「よりしかたがない」表讓步，表示沒有其他的辦法了，只能採取前項行為。含有無奈的情緒。

(例文)　もう時間がない。こうなったら一生懸命やるよりほかない。
　　　　時間已經來不及了，事到如今，只能拚命去做了

（の）ではないだろうか、（の）ではないかとおもう
(1)是不是…啊、不就…嗎；(2)我想…吧

(接續)　{名詞；[形容詞・動詞]普通形}＋（の）ではないだろうか、（の）ではないかと思う

(意思1)　**【推測】** 表示推測或委婉地建議。是對某事是否會發生的一種推測，有一定的肯定意味。中文意思是：「是不是…啊、不就…嗎」。

(例文)　信じられないな。彼の話は全部嘘ではないだろうか。
　　　　真不敢相信！他說的是不是統統都是謊言啊？

意思2 【判斷】「(の)ではないかと思う」是「ではないか＋思う」的形式。表示說話人對某事物的判斷，含有徵詢對方同意自己的判斷的語意。中文意思是：「我想…吧」。

例 文 君のしていることは全て無駄ではないかと思う。
我懷疑你所做的一切都是白費的。

比 較 っけ
是不是…來著、是不是…呢

接 續 {名詞だ(った)；形容動詞詞幹だ(った)；[動詞・形容詞]た形}＋っけ

說 明 「(の)ではないだろうか」表判斷，利用反詰語氣帶出說話者的想法、主張；「っけ」表確認，用在想確認自己記不清，或已經忘掉的事物時。接在句尾。

例 文 ところで、あなたは誰だっけ。
話說回來，請問你哪位來著？

みたい (だ)、みたいな

(1) 像…一樣的；(2) 想要嘗試…；(3) 好像…

意思1 【比喻】針對後項像什麼樣的東西，進行舉例並加以說明。後接名詞時，要用「みたいな＋名詞」。中文意思是：「像…一樣的」。

例 文 生まれてきたのは、お人形みたいな女の子でした。
生下來的是個像洋娃娃一樣漂亮的女孩。

意思2 【嘗試】{動詞て形}＋てみたい。由表示試探行為或動作的「てみる」，再加上表示希望的「たい」而來。跟「みたい(だ)」的最大差別在於，此文法前面必須接「動詞て形」，且後面不能接「だ」，用於表示想嘗試某行為。中文意思是：「想要嘗試…」。

例 文 南の島へ行ってみたい。
我好想去南方的島嶼。

| 意思3 | 【推測】{名詞;形容動詞詞幹;[動詞・形容詞]普通形}＋みたい（だ）、みたいな。表示說話人憑自己的觀察或感覺，做出不是很確定的推測或判斷。中文意思是：「好像…」。 |

| 例　文 | 君、具合が悪いみたいだけど、大丈夫。
你好像身體不舒服，要不要緊？ |

| 比　較 | **ようだ**
好像… |

| 接　續 | {名詞の;形容動詞詞幹な;[形容詞・動詞]普通形}＋ようだ |

| 說　明 | 「みたいだ」表推測，表示說話人憑自己的觀察或感覺，而做出不是很確切的推斷;「ようだ」也表推測。說話人從自己的觀察、感覺，而推測出的結論，大多是根據眼前親眼目睹的直接信息。 |

| 例　文 | 公務員になるのは、難しいようです。
要成為公務員好像很難。 |

おそれがある
恐怕會…、有…危險

| 接　續 | {名詞の;形容動詞詞幹な;[形容詞・動詞]辭書形}＋恐れがある |

| 意　思 | 【推測】表示擔心有發生某種消極事件的可能性，常用在新聞報導或天氣預報中，後項大多是不希望出現的內容。中文意思是：「恐怕會…、有…危險」。 |

| 例　文 | 東北地方は、今夜から大雪になる恐れがあります。
東北地區從今晚起恐將降下大雪。 |

| 注　意 | 〔**不利**〕通常此文法只限於用在不利的事件，相當於「心配がある」。 |

| 例　文 | このおもちゃは小さな子供が怪我をする恐れがある。
這款玩具有可能造成兒童受傷。 |

| 比較 | **かもしれない**

也許…、可能…

| 接續 | {名詞;形容動詞詞幹;[形容詞・動詞] 普通形} ＋かもしれない

| 說明 | 「おそれがある」表推測,表示說話人擔心有可能會發生不好的事情, 常用在新聞或天氣預報等較為正式場合;「かもしれない」也表推測, 表示說話人不確切的推測。推測內容的正確性雖然不高、極低,但是有 可能發生。是可能性最低的一種推測。肯定跟否定都可以用。

| 例文 | 風が強いですね、台風かもしれませんね。

風真大,也許是颱風吧!

---

006   Track N3-027

ないこともない、ないことはない

(1) 應該不會不…;(2) 並不是不…、不是不…

| 接續 | {動詞否定形} ＋ないこともない、ないことはない

| 意思1 | 【推測】 後接表示確認的語氣時,為「應該不會不…」之意。

| 例文 | 試験までまだ３か月もありますよ。あなたならできないことはな いでしょう。

距離考試還有整整三個月呢。憑你的實力,總不至於考不上吧。

| 意思2 | 【消極肯定】 使用雙重否定,表示雖然不是全面肯定,但也有那樣的 可能性,是種有所保留的消極肯定說法,相當於「することはする」。 中文意思是:「並不是不…、不是不…」。

| 例文 | ３万円くらい払えないことはないけど、払いたくないな。

我不是付不起區區三萬圓,而是不願意付啊。

| 比較 | **っこない**

不可能…、決不…

| 接續 | {動詞ます形} ＋っこない

| 說明 | 「ないこともない」表消極肯定,利用雙重否定來表達有採取某種行為的 可能性(是程度極低的可能性);「っこない」表可能性,是說話人的判斷。 表示強烈否定某事發生的可能性。大多使用可能的表現方式。

例 文 こんな長い文章、すぐには暗記できっこないです。

這麼長的文章，根本沒辦法馬上背起來呀！

つけ
是不是…來著、是不是…呢

接　續 {名詞だ（った）；形容動詞詞幹だ（った）；[動詞・形容詞]た形}＋つけ

意　思 【確認】用在想確認自己記不清，或已經忘掉的事物時。「っけ」是終助詞，接在句尾。也可以用在一個人自言自語，自我確認的時候。當對象為長輩或是身分地位比自己高時，不會使用這個句型。中文意思是：「是不是…來著、是不是…呢」。

例 文 この公園って、こんなに広かったっけ。

這座公園，以前就這麼大嗎？

比　較 **って**
聽說…、據說…

接　續 {名詞（んだ）；形容動詞詞幹な（んだ）；[形容詞・動詞]普通形（んだ）}＋って

說　明 「っけ」表確認，用在說話者印象模糊、記憶不清時進行確認，或是自言自語時；「って」表傳聞，表示消息的引用。

例 文 高田君、森村さんに告白したんだって。

聽說高田同學向森村同學告白了喔。

わけがない、わけはない
不會…、不可能…

接　續 {形容動詞詞幹な；[形容詞・動詞]普通形}＋わけがない、わけはない

意　思 【強烈主張】表示從道理上而言，強烈地主張不可能或沒有理由成立，用於全面否定某種可能性。相當於「はずがない」。中文意思是：「不會…、不可能…」。

例文 <ruby>私<rt>わたし</rt></ruby>がクリスマスの<ruby>夜<rt>よる</rt></ruby>に<ruby>暇<rt>ひま</rt></ruby>なわけがないでしょう。
耶誕夜我怎麼可能有空呢？

注意 〔口語〕口語常會說成「わけない」。

例文 これだけ<ruby>練習<rt>れんしゅう</rt></ruby>したのだから、<ruby>失敗<rt>しっぱい</rt></ruby>するわけない。
畢竟已經練習這麼久了，絕不可能失敗。

比較 **もの、もん**
因為…嘛

接續 {[名詞・形容動詞詞幹]んだ；[形容詞・動詞]普通形んだ}＋もの、もん

說明 「わけがない」表強烈主張，是說話人主觀、強烈的否定。說話人根據充分、確定的理由，得出後項沒有某種可能性的結論；「もの」也表強烈主張，表示強烈的主張。用在說話人，說明個人理由，針對自己的行為進行辯解。

例文 おしゃれをすると、<ruby>何<rt>なん</rt></ruby>だか<ruby>心<rt>こころ</rt></ruby>がウキウキする。やっぱり、<ruby>女<rt>おんな</rt></ruby>ですもの。
精心打扮時總覺得心情特別雀躍，畢竟是女人嘛。

009   Track N3-030

わけではない、わけでもない
並不是…、並非…

接續 {形容動詞詞幹な；[形容詞・動詞]普通形}＋わけではない、わけでもない

意思 【部分否定】表示不能簡單地對現在的狀況下某種結論，也有其它情況。常表示部分否定或委婉的否定。中文意思是：「並不是…、並非…」。

例文 これは<ruby>誰<rt>だれ</rt></ruby>にでもできる<ruby>仕事<rt>しごと</rt></ruby>だが、<ruby>誰<rt>だれ</rt></ruby>でもいいわけでもない。
這雖是任何人都會做的工作，但不是每一個人都能做得好。

比較 **ないこともない、ないことはない**
並不是不…、不是不…

接續 {動詞否定形}＋ないこともない、ないことはない

説明 「わけではない」表部分否定，表示依照狀況看來不能百分之百地導出前項的結果，有其他可能性或是例外，是一種委婉、部分的否定用法；「ないこともない」表消極肯定，利用雙重否定來表達有採取某種行為、發生某種事態的程度低的可能性。

例文 彼女は病気がちだが、出かけられないこともない。
她雖然多病，但並不是不能出門的。

んじゃない、んじゃないかとおもう

不…嗎、莫非是…

接續 {名詞な；形容動詞詞幹な；[形容詞・動詞] 普通形} ＋んじゃない、んじゃないかと思う

意思 【主張】是「のではないだろうか」的口語形。表示意見跟主張。中文意思是：「不…嗎、莫非是…」。

例文 本当にダイヤなの。プラスチックなんじゃない。
是真鑽嗎？我看是壓克力鑽吧？

比較 にちがいない

一定是…、准是…

接續 {名詞；形容動詞詞幹；[形容詞・動詞] 普通形} ＋に違いない

説明 「んじゃない」表主張，表示說話者個人的想法、意見；「にちがいない」表肯定推測，表示說話者憑藉著某種依據，十分確信，做出肯定的判斷，語氣強烈。

例文 あの店はいつも行列ができているから、おいしいに違いない。
那家店總是大排長龍，想必一定好吃。

様態、傾向
狀態、傾向

001

かけ (の)、かける
(1) 快…了；(2) 對…；(3) 做一半、剛…、開始…

(接 續) {動詞ます形}＋かけ (の)、かける

(意思1) 【狀態】前接「死ぬ（死亡）、入る（進入）、止まる（停止）、立つ（站起來）」等瞬間動詞時，表示面臨某事的當前狀態。中文意思是：「快…了」。

(例 文) 祖父は兵隊に行っていたとき死にかけたそうです。
聽說爺爺去當兵時差點死了。

(意思2) 【涉及對方】用「話しかける（攀談）、呼びかける（招呼）、笑いかける（面帶微笑）」等，表示向某人作某行為。中文意思是：「對…」。

(例 文) 一人でいる私に、彼女が優しく話しかけてくれたんです。
看見孤伶伶的我，她親切地過來攀談。

(意思3) 【中途】表示動作、行為已經開始，正在進行途中，但還沒有結束，相當於「〜している途中」。中文意思是：「做一半、剛…、開始…」。

(例 文) 昨夜は論文を読みかけて、そのまま眠ってしまった。
昨晚讀著論文，就這樣睡著了。

(比 較) **だす**
…起來、開始…

(接 續) {動詞ます形}＋だす

「かける」表中途，表示做某個動作做到一半；「だす」表起點，表示短時間內某動作、狀態，突然開始，或出現某事。

例　文　結婚しない人が増え出した。
不結婚的人多起來了。

002　　　　　　　　　　　　　　　　　　　　　　　　　　

だらけ
全是…、滿是…、到處是…

接　續　{名詞}＋だらけ

意　思　【狀態】表示數量過多，到處都是的樣子，不同於「まみれ」，「だらけ」前接的名詞種類較多，特別像是「泥だらけ（滿身泥巴）、傷だらけ（渾身傷）、血だらけ（渾身血）」等，相當於「がいっぱい」。中文意思是：「全是…、滿是…、到處是…」。

例　文　男の子は泥だらけの顔で、にっこりと笑った。
男孩頂著一張沾滿泥巴的臉蛋，咧嘴笑了。

注意1　〖貶意〗常伴有「不好」、「骯髒」等貶意，是說話人給予負面的評價。

例　文　この文章は間違いだらけだ。
這篇文章錯誤百出！

注意2　〖不滿〗前接的名詞也不一定有負面意涵，但通常仍表示對說話人而言有諸多不滿。

例　文　僕の部屋は女の子たちからのプレゼントだらけで、寝る場所もないよ。
我的房間塞滿了女孩送的禮物，連睡覺的地方都沒有哦！

比　較　**ばかり**
總是…、老是…

接　續　{動詞て形}＋てばかり

說　明　「だらけ」表狀態，表示數量很多、雜亂無章到處都是，多半用在負面的事物上；「ばかり」表重複，表示說話人不滿某行為、狀態，不斷重複或頻繁地進行著。

（例 文）　お父さんはお酒を飲んでばかりいます。
爸爸老是在喝酒。

003　　　　　　　　　　　　　　　　　　　　　　　　Track N3-034

み

帶有…、…感

（接 續）　{[形容詞・形容動詞] 詞幹}＋み

（意 思）　【狀態】「み」是接尾詞，前接形容詞或形容動詞詞幹，表示該形容詞
的這種狀態、性質，或在某種程度上感覺到這種狀態、性質。是形容詞
跟形容動詞轉為名詞的用法。中文意思是：「帶有…、…感」。

（例 文）　本当にやる気があるのか。君は真剣みが足りないな。
真的有心要做嗎？總覺得你不夠認真啊。

（比 較）　さ

…度、…之大

（接 續）　{[形容詞・形容動詞] 詞幹}＋さ

（說 明）　「み」和「さ」都可以接在形容詞、形容動詞語幹後面，將形容詞或形
容動詞給名詞化。兩者的差別在於「み」表狀態，表示帶有這種狀態，
和感覺、情感有關，偏向主觀。「さ」表程度，是偏向客觀的，表示帶
有這種性質，或表示程度，和事物本身的屬性有關。「重み」比「重さ」
還更有說話者對於「重い」這種感覺而感嘆的語氣。

（例 文）　北国の冬の厳しさに驚きました。
北方地帶冬季的嚴寒令我大為震撼。

004　　　　　　　　　　　　　　　　　　　　　　　　Track N3-035

っぽい

看起來好像…、感覺像…

（接 續）　{名詞；動詞ます形}＋っぽい

（意 思）　【傾向】接在名詞跟動詞連用形後面作形容詞，表示有這種感覺或有這
種傾向。與語氣具肯定評價的「らしい」相比，「っぽい」較常帶有否
定評價的意味。中文意思是：「看起來好像…、感覺像…」。

例 文 まだ中学生（ちゅうがくせい）なの。ずいぶん大人（おとな）っぽいね。

還是中學生哦？看起來挺成熟的嘛。

比 較 **むけの、むけに、むけだ**

適合於⋯

接 續 ｛名詞｝＋向けの、向けに、向けだ

說 明 「っぽい」表傾向，表示這種感覺或這種傾向很強烈；「むけの」表目標，表示某一事物的性質，適合特定的某對象或族群。

例 文 初心者（しょしんしゃ）向（む）けのパソコンは、たちまち売（う）り切（き）れてしまった。

針對電腦初學者的電腦，馬上就賣光了。

いっぽうだ

一直⋯、不斷地⋯、越來越⋯

接 續 ｛動詞辭書形｝＋一方だ

意 思 **【傾向】** 表示某狀況一直朝著一個方向不斷發展，沒有停止，後接表示變化的動詞。中文意思是：「一直⋯、不斷地⋯、越來越⋯」。

例 文 夫（おっと）の病状（びょうじょう）は悪（わる）くなる一方（いっぽう）だ。

我先生的病情日趨惡化。

比 較 **ば～ほど**

越⋯越⋯

接 續 ｛[形容詞・形容動詞・動詞]假定形｝＋ば＋｛同形容動詞詞幹な；[同形容詞・動詞]辭書形｝＋ほど

說 明 「いっぽうだ」表傾向，前接表示變化的動詞，表示某狀態、傾向一直朝著一個方向不斷進展，沒有停止。可以用在不利的事態，也可以用在好的事態；「ば～ほど」表平行，表示隨著前項程度的增強，後項的程度也會跟著增強。有某種傾向同比增強之意。

例 文 話（はな）せば話（はな）すほど、お互（たが）いを理解（りかい）できる。

雙方越聊越能理解彼此。

がちだ、がちの

經常，總是；容易…、往往會…、比較多

(接續) ｛名詞；動詞ます形｝＋がちだ、がちの

(意思) 【傾向】 表示即使是無意的，也不由自主地出現某種傾向，或是常會這樣做，一般多用在消極、負面評價的動作，相當於「～の傾向がある」。中文意思是：「（前接名詞）經常，總是；（前接動詞ます形）容易…、往往會…、比較多」。

(例文) 外食が多いので、どうしても野菜が不足がちになる。
由於經常外食，容易導致蔬菜攝取量不足。

(注意) 〔慣用表現〕 常用於「遠慮がち（客氣）」等慣用表現。

(例文) お婆さんは、若者にお礼を言うと、遠慮がちに席に座った。
老婆婆向年輕人道謝後，不太好意思地坐了下來。

比較 ぎみ

有點…、稍微…、…趨勢

(接續) ｛名詞；動詞ます形｝＋気味

(說明) 「がちだ」表傾向，表示經常出現某種負面傾向，強調發生多次；「ぎみ」也表傾向，則是用來表示說話人在身心上，感覺稍微有這樣的傾向，強調稍微有這樣的感覺。

(例文) ちょっと風邪気味で、熱がある。
有點感冒，發了燒。

ぎみ
有點…、稍微…、…趨勢

（接　續）　{名詞；動詞ます形}＋気味

（意　思）　【傾向】　表示身心、情況等有這種樣子，有這種傾向，用在主觀的判斷。一般指程度雖輕，但有點…的傾向。只強調現在的狀況。多用在消極或不好的場合相當於「～の傾向がある」。中文意思是：「有點…、稍微…、…趨勢」。

（例　文）　昨夜から風邪ぎみで、頭が痛い。
昨晚開始出現感冒徵兆，頭好痛。

（比　較）　**っぽい**
看起來好像…、感覺像…

（接　續）　{名詞；動詞ます形}＋っぽい

（說　明）　「ぎみ」表傾向，強調稍微有這樣的感覺；「っぽい」也表傾向，表示這種感覺或這種傾向很強烈。

（例　文）　あの黒っぽいスーツを着ているのが村山さんです。
穿著深色套裝的那個人是村山先生。

008

むきの、むきに、むきだ
(1) 朝…；(2) 合於…、適合…

（接　續）　{名詞}＋向きの、向きに、向きだ

（意思1）　【方向】　接在方向及前後、左右等方位名詞之後，表示正面朝著那一方向。中文意思是：「朝…」。

（例　文）　この台の上に横向きに寝てください。
請在這座診療台上側躺。

（注　意）　〖積極／消極〗「前向き／後ろ向き」原為表示方向的用法，但也常用於表示「積極／消極」、「朝符合理想的方向／朝理想反方向」之意。

例文　彼女は、負けても負けても、いつも前向きだ。
她不管失敗了多少次，仍然奮勇向前。

意思2　【適合】表示前項所提及的事物，其性質對後項而言，剛好適合。兩者一般是偶然合適，不是人為使其合適的。如果是有意圖使其合適一般用「むけ」。相當於「〜に適している」。中文意思是：「合於…、適合…」。

例文　「初心者向きのパソコンはありますか。」「こちらでしたら操作が簡単ですよ。」
「請問有適合初學者使用的電腦嗎？」「這款機型操作起來很簡單喔！」

比較　**むけの、むけに、むけだ**
適合於…

接續　{名詞}＋向けの、向けに、向けだ

說明　「むきの」表適合，表示後項對前項的人事物來說是適合的；「むけの」表目標，表示限定對象或族群。

例文　この工場では、主に輸出向けの商品を作っている。
這座工廠主要製造外銷商品。

009　

むけの、むけに、むけだ
適合於…

接續　{名詞}＋向けの、向けに、向けだ

意思　【適合】表示以前項為特定對象目標，而有意圖地做後項的事物，也就是人為使之適合於某一個方面的意思。相當於「〜を対象にして」。中文意思是：「適合於…」。

例文　こちらは輸出向けに生産された左ハンドルの車です。
這一款是專為外銷訂單製造的左駕車。

比較　**のに**
用於…、為了…

接續　{動詞辭書形}＋のに；{名詞}＋に

說明 「むけの」表適合，表示限定對象或族群，表示為了適合前項，而特別製作後項；「のに」表目的，表示為了達到目的、用途、有效性，所必須的條件。後項常接「使う、役立つ、かかる、利用する、必要だ」等詞。

例文 これはレモンを搾るのに便利です。
用這個來榨檸檬汁很方便。

MEMO

Chapter

5 程度
程度

001　　　　　　　　　　　　　　　　　　　　　　　Track **N3-041**

くらい／ぐらい～はない、ほど～はない
沒什麼是…、沒有…像…一樣、沒有…比…的了

接 續　{名詞}＋くらい／ぐらい＋{名詞}＋はない；{名詞}＋ほど＋{名詞}＋はない

意 思　**【程度－最上級】** 表示前項程度極高，別的東西都比不上，是「最…」的事物。中文意思是：「沒什麼是…、沒有…像…一樣、沒有…比…的了」。

例 文　冷たくなったラーメンくらいまずいものはない。
再沒有比放涼了的拉麵更難吃的東西了！

注 意　〖**特定個人→いない**〗 當前項主語是特定的個人時，後項不會使用「ない」，而是用「いない」。

例 文　陳さんほど真面目に勉強する学生はいません。
再也找不到比陳同學更認真學習的學生了。

比 較　## より～ほうが
…比…、比起…，更…

接 續　{名詞；[形容詞・動詞]普通形}＋より（も、は）＋{名詞の；[形容詞・動詞]普通形；形容動詞詞幹な}＋ほうが

說 明　「くらい～はない」表程度－最上級，表示程度比不上「くらい」前面的事物；「より～ほうが」表比較，表示兩者經過比較，選擇後項。

例 文　勉強より遊びのほうが楽しいです。
玩耍比讀書愉快。

ば～ほど

越…越…；如果…更…

接 續 ｛［形容詞・形容動詞・動詞］假定形｝＋ば＋｛同形容動詞詞幹な；［同形容詞・動詞］辭書形｝＋ほど

意 思 【程度】同一單詞重複使用，表示隨著前項事物的變化，後項也隨之相應地發生程度上的變化。中文意思是：「越…越…」。

例 文 考えれば考えるほど分からなくなる。

越想越不懂。

注 意 〔省略ば〕接形容動詞時，用「形容動詞＋なら（ば）～ほど」，其中「ば」可省略。中文意思是：「如果…更…」。

例 文 パスワードは複雑なら複雑なほどいいです。

密碼越複雜越安全。

比 較 **につれ（て）**

伴隨…、隨著…、越…越…

接 續 ｛名詞；動詞辭書形｝＋につれ（て）

說 明 「ば～ほど」表程度，表示前項一改變，後項程度也會跟著改變；「につれて」表平行，表示後項隨著前項一起發生變化，這個變化是自然的、長期的、持續的。

例 文 一緒に活動するにつれて、みんな仲良くなりました。

隨著共同參與活動，大家感情變得很融洽。

ほど

(1)…得、…得令人；(2)越…越…

接 續 ｛名詞；形容動詞詞幹な；［形容詞・動詞］辭書形｝＋ほど

意思1 【程度】用在比喻或舉出具體的例子，來表示動作或狀態處於某種程度，一般用在具體表達程度的時候。中文意思是：「…得、…得令人」。

（例文）今日は死ぬほど疲れた。
今天累得快死翹翹了。

（意思2）【平行】表示後項隨著前項的變化，而產生變化。中文意思是：「越…越…」。

（例文）ワインは時間が経つほどおいしくなるそうだ。
聽說紅酒放得越久越香醇。

（比較）**につれ（て）**
伴隨…、隨著…、越…越…

（接續）{名詞；動詞辭書形} ＋につれ（て）

（說明）「ほど」表平行，表示後項隨著前項程度的提高而提高；「につれて」也表平行。前後接表示變化的詞，說明隨著前項程度的變化，以這個為理由，後項的程度也隨之發生相應的變化。後項不用說話人的意志或指使他人做某事的句子。

（例文）時代の変化につれ、少人数の家族が増えてきた。
隨著時代的變化，小家庭愈來愈多了。

くらい（だ）、ぐらい（だ）
(1) 這麼一點點；(2) 幾乎…、簡直…、甚至…

（接續）{名詞；形容動詞詞幹な；[形容詞・動詞] 普通形} ＋くらい（だ）、ぐらい（だ）

（意思1）【蔑視】說話者舉出微不足道的事例，表示要達成此事易如反掌。中文意思是：「這麼一點點」。

（例文）自分の部屋ぐらい、自分で掃除しなさい。
自己的房間好歹自己打掃！

（意思2）【程度】用在為了進一步說明前句的動作或狀態的極端程度，舉出具體事例來，相當於「ほど」。中文意思是：「幾乎…、簡直…、甚至…」。

（例文）もう時間に間に合わないと分かったときは、泣きたいくらいでした。
當發現已經趕不及時，差點哭出來了。

| 比 較 | **ほど**

…得、…得令人

| 接 續 | {名詞；形容動詞詞幹な；[形容詞・動詞] 辭書形}＋ほど

| 說 明 | 「くらい（だ）」表程度，表示最低的程度。用在為了進一步說明前句的動作或狀態的程度，舉出具體事例來；「ほど」也表程度，表示最高程度。表示動作或狀態處於某種程度。

| 例 文 | お腹が死ぬほど痛い。

肚子痛到好像要死掉了。

さえ、でさえ、とさえ

(1) 連…、甚至…；(2) 就連…也…

| 接 續 | {名詞＋(助詞)}＋さえ、でさえ、とさえ；{疑問詞…}＋かさえ；{動詞意向形}＋とさえ

| 意思1 | **【舉例】** 表示舉出一個程度低的、極端的例子都不能了，其他更不必提，含有吃驚的心情，後項多為否定的內容。相當於「すら、でも、も」。中文意思是：「連…、甚至…」。

| 例 文 | そんなことは小学生でさえ知っている。

那種事連小學生都曉得。

| 意思2 | **【程度】** 表示比目前狀況更加嚴重的程度。中文意思是：「就連…也…」。

| 例 文 | 1年前は、彼女は漢字だけでなく、「あいうえお」さえ書けなかった。

她一年前不僅是漢字，就連「あいうえお」都不會寫。

| 比 較 | **まで**

甚至連…都…

| 接 續 | {名詞}＋まで

| 說 明 | 「さえ」表程度，表示比目前狀況更加嚴重的程度；「まで」也表程度，表示程度逐漸升高，而說話人對這種程度感到驚訝、錯愕。

| 例 文 | 親友のあなたまでそんなことを言うなんて、本当にショックだ。

就連最親近的你都那麼說，真是晴天霹靂。

6 状況の一致と変化
状況的一致及變化

001

とおり（に）
按照…、按照…那樣

（接　續）　{名詞の；動詞辭書形；動詞た形}＋とおり（に）

（意　思）　**【依據】** 表示按照前項的方式或要求，進行後項的行為、動作。中文意思是：「按照…、按照…那樣」。

（例　文）　どんなことも、自分で考えているとおりにはいかないものだ。
　　　　　無論什麼事，都沒辦法順心如意。

（比　較）　## によって（は）、により
根據…

（接　續）　{名詞}＋によって（は）、により

（說　明）　「とおり（に）」表依據，表示依照前項學到的、看到的、聽到的或讀到的事物，內容原封不動地用動作或語言、文字表現出來；「によって（は）」也表依據。是依據某個基準的根據。也表示依據的方法、方式、手段。

（例　文）　築年数、広さによって家賃が違う。
　　　　　房租是根據屋齡新舊及坪數大小而有所差異。

どおり (に)
按照、正如…那樣、像…那樣

（接　續）　{名詞}＋どおり (に)

（意　思）　**【依據】**「どおり」是接尾詞。表示按照前項的方式或要求，進行後項的行為、動作。中文意思是：「按照、正如…那樣、像…那樣」。

（例　文）　お金は、約束どおりに払います。
按照之前談定的，來支付費用。

|比　較|　**まま**
就這樣…、依舊

（接　續）　{名詞の；この／その／あの；形容詞普通形；形容動詞詞幹な；動詞た形；動詞否定形}＋まま

（説　明）　「どおり（に）」表依據，表示遵循前項的指令或方法，來進行後項的動作；「まま」表樣子，表示保持前項的狀態的原始樣子。也表示前項原封不動的情況下，進行了後項的動作。

（例　文）　久しぶりにおばさんに会ったが、昔と同じできれいなままだった。
好久沒見到阿姨，她還是和以前一樣美麗。

きる、きれる、きれない
(1) 充分…、堅決…；(2) 中斷…；(3) …完、完全、到極限

（接　續）　{動詞ます形}＋切る、切れる、切れない

（意思1）　**【極其】**　表示擁有充分實現某行為或動作的自信，相當於「十分に～する」。中文意思是：「充分…、堅決…」。

（例　文）　引退を決めた吉田選手は「やり切りました。」と笑顔を見せた。
決定退休的吉田運動員露出笑容說了句「功成身退」。

（意思2）　**【切斷】**　原本有切斷的意思，後來衍生為使結束，甚至使斷念的意思。中文意思是：「中斷…」。

（例 文） 彼との関係を完全に断ち切る。

完全斷絕與他的關係。

（意思3） 【完了】 表示行為、動作做到完結、徹底執行、堅持到最後，或是程度達到極限，相當於「終わりまで〜する」。中文意思是：「…完、完全、到極限」。

（例 文） レストランを借り切って、パーティーを開いた。

包下整間餐廳，舉行了派對。

（比 較） かけ (の)、かける

做一半、剛…、開始…

（接 續） {動詞ます形}＋かけ (の)、かける

（說 明） 「きる」表完了，表示徹底完成一個動作；「かける」表中途，表示做某個動作做到一半。

（例 文） 今ちょうどデータの処理をやりかけたところです。

現在正在處理資料。

004 　　　　　　　　　　　　　　　　　　　　　　　Track N3-049

にしたがって、にしたがい

(1) 伴隨…、隨著…；(2) 按照…

（接 續） {動詞辭書形}＋にしたがって、にしたがい

（意思1） 【附帶】 表示隨著前項的動作或作用的變化，後項也跟著發生相應的變化。「にしたがって」前後都使用表示變化的說法。有強調因果關係的特徵。相當於「につれて、にともなって、に応じて、とともに」等。中文意思是：「伴隨…、隨著…」。

（例 文） 頂上に近づくにしたがって、気温が下がっていった。

越接近山頂，氣溫亦逐漸下降了。

（意思2） 【基準】 也表示按照某規則、指示或命令去做的意思。中文意思是：「按照…」。

（例 文） 例にしたがって、書いてください。

請按照範例書寫。

比 較	**とともに**
	與…同時，也…

接 續	{名詞；動詞辭書形}＋とともに
說 明	「にしたがって」表基準，表示後項隨著前項，相應地發生變化。也表示動作的基準、規範；「とともに」表同時，表示前項跟後項同時發生。也表示隨著前項的變化，後項也隨著發生變化。
例 文	年を重ねるとともに、体力の衰えを感じるようになってきた。 隨著年紀增長，而感到體力的衰退。

につれ（て）

伴隨…、隨著…、越…越…

接 續	{名詞；動詞辭書形}＋につれ（て）
意 思	【平行】表示隨著前項的進展，同時後項也隨之發生相應的進展，「につれ（て）」前後都使用表示變化的說法。相當於「にしたがって」。中文意思是：「伴隨…、隨著…、越…越…」。
例 文	娘は成長するにつれて、妻にそっくりになっていった。 隨著女兒一天天長大，越來越像妻子了。

比 較	**にしたがって、にしたがい**
	伴隨…、隨著…

接 續	{動詞辭書形}＋にしたがって、にしたがい
說 明	「につれ（て）」表平行，表示後項隨著前項一起發生變化，這個變化是自然的、長期的、持續的；「にしたがって」表附帶，表示後項隨著前項，相應地發生變化。也表示按照指示、規則、人的命令等去做的意思。
例 文	おみこしが近づくにしたがって、賑やかになってきた。 隨著神轎的接近，變得熱鬧起來了。

にともなって、にともない、にともなう

伴隨著…、隨著…

（接續）　{名詞；動詞普通形}＋に伴って、に伴い、に伴う

（意思）　**【平行】** 表示隨著前項事物的變化而進展，相當於「とともに、につれて」。中文意思是：「伴隨著…、隨著…」。

（例文）　インターネットの普及に伴って、誰でも簡単に情報を得られるようになった。

隨著網路的普及，任何人都能輕鬆獲得資訊了。

（比較）　**につれ（て）**

伴隨…、隨著…、越…越…

（接續）　{名詞；動詞辭書形}＋につれ（て）

（說明）　「にともなって」表平行，表示隨著前項的進行，後項也有所進展或產生變化；「につれて」也表平行，也表示後項隨著前項一起發生變化。

（例文）　年齢が上がるにつれて、体力も低下していく。

隨著年齡增加，體力也逐漸變差。

7 立場、状況、関連
立場、狀況、關連

001

からいうと、からいえば、からいって
從…來說、從…來看、就…而言

（接続）{名詞}＋からいうと、からいえば、からいって

（意思）**【判斷立場】** 表示判斷的依據及角度，指站在某一立場上來進行判斷。後項含有推量、判斷、提意見的語感。跟「からみると」不同的是「からいうと」不能直接接人物或組織名詞。中文意思是：「從…來說、從…來看、就…而言」。

（例文）私の経験からいって、この裁判で勝つのは難しいだろう。
從我的經驗來看，要想打贏這場官司恐怕很難了。

（注意）〔**類義**〕相當於「から考えると」。

比較 **からして**
從…來看…

（接続）{名詞}＋からして

（説明）「からいうと」表判斷立場。站在前項的立場、角度來判斷的話，情況會如何。前面不能直接接人物；「からして」表根據，表示從一個因素（具體如實的特徵）去判斷整體。前面可以直接接人物。

（例文）あの態度からして、女房はもうその話を知っているようだな。
從那個態度來看，我老婆已經知道那件事了

として（は）
以…身份、作為…；如果是…的話、對…來說

（接　續）　{名詞}＋として（は）

（意　思）　**【立場】**「として」接在名詞後面，表示身份、地位、資格、立場、種類、名目、作用等。有格助詞作用。中文意思是：「以…身份、作為…；如果是…的話、對…來說」。

（例　文）　私は、研究生としてこの大学で勉強しています。
　　　　　　我目前以研究生的身分在這所大學裡讀書。

比　較　とすれば、としたら、とする
如果…、如果…的話、假如…的話

（接　續）　{名詞だ；形容動詞詞幹だ；[形容詞・動詞]普通形}＋とすれば、としたら、とする

（說　明）　「として（は）」表立場，表示判斷的立場、角度。是以某種身分、資格、地位來看，得出某個結果；「とすれば」表假定條件，表示前項如果成立，說話人就依照前項這個條件來進行判斷。

（例　文）　無人島に一つだけ何か持っていけるとする。何を持っていくか。
　　　　　　假設你只能帶一件物品去無人島，你會帶什麼東西呢？

にとって（は、も、の）
對於…來說

（接　續）　{名詞}＋にとって（は、も、の）

（意　思）　**【立場】**表示站在前面接的那個詞的立場，來進行後面的判斷或評價，表示站在前接詞（人或組織）的立場或觀點上考慮的話，會有什麼樣的感受之意。相當於「～の立場から見て」。中文意思是：「對於…來說」。

（例　文）　コンピューターは現代人にとっての宝の箱だ。
　　　　　　電腦相當於現代人的百寶箱。

比 較	において (は)、においても、における
	在…、在…時候、在…方面

（接 續） {名詞}＋において (は)、においても、における

（說 明） 「にとっては」表立場，前面通常會接人或是團體、單位，表示站在前項人物等的立場來看某事物；「において」表場面、場合，是書面用語，相當於「で」。表示事物（主要是抽象的事物或特別活動）發生的狀況、場面、地點、時間、領域等。

（例 文） 職場においても、家庭においても、完全に男女平等の国はありますか。

不論是在職場上或在家庭裡，有哪個國家已經達到男女完全平等的嗎？

っぱなしで、っぱなしだ、っぱなしの

(1)一直…、總是…；(2)…著

（接 續） {動詞ます形}＋っ放しで、っ放しだ、っ放しの

（意思1） 【持續】 表示相同的事情或狀態，一直持續著。中文意思是：「一直…、總是…」。

（例 文） 今の仕事は朝から晩まで立ちっ放しで辛い。

目前的工作得從早到晚站一整天，好難受。

（注 意） 〔っ放しのN〕 使用「っ放しの」時，後面要接名詞。

（例 文） 今日は社長に呼ばれて、叱られっ放しの1時間だった。

今天被社長叫過去，整整痛罵了一個鐘頭。

（意思2） 【放任】 「はなし」是「はなす」的名詞形。表示該做的事沒做，放任不管、置之不理。大多含有負面的評價。中文意思是：「…著」。

（例 文） 昨夜はテレビを点けっ放しで寝てしまった。

昨天晚上開著電視，就這樣睡著了。

| 比較 | **まま（に）** |

任人擺佈、唯命是從

| 接續 | {動詞辭書形；動詞被動形}＋まま（に） |

| 說明 | 「っぱなしで」表放任。接意志動詞，表示做了某事之後，就沒有再做應該做的事，而就那樣放任不管。大多含有負面的評價；「まま」表擺佈，表示處在被動的立場，沒有自己的主觀意志，任憑別人擺佈的樣子。後項大多含有消極的意思。或表示某狀態沒有變化，一直持續的樣子。 |

| 例文 | 友達に誘われるまま、スリをしてしまった。 |

在朋友的引誘之下順手牽羊。

005

において（は）、においても、における

在…、在…時候、在…方面

| 接續 | {名詞}＋において（は）、においても、における |

| 意思 | 【關連場合】 表示動作或作用的時間、地點、範圍、狀況等。也用在表示跟某一方面、領域有關的場合（主要為特別的活動或抽象的事物）。是書面語。口語一般用「で」表示。中文意思是：「在…、在…時候、在…方面」。 |

| 例文 | 会議における各人の発言は全て記録してあります。 |

所有與會人員的發言都加以記錄下來。

| 比較 | **にかんして（は）、にかんしても、にかんする** |

關於…、關於…的… |

| 接續 | {名詞}＋に関して（は）、に関しても、に関する |

| 說明 | 「において」表關連場合，表示動作或作用的時間、地點、範圍、狀況等。是書面語；「にかんして」表關連，表示針對和前項相關的事物，進行討論、思考、敘述、研究、發問、調查等動作。 |

| 例文 | 経済に関する本をたくさん読んでいます。 |

看了很多關於經濟的書。

たび（に）
每次…、每當…就…

(接續) ｛名詞の；動詞辭書形｝＋たび（に）

(意思) 【關連】 表示前項的動作、行為都伴隨後項。也用在一做某事，總會喚起以前的記憶。相當於「するときはいつも〜」。中文意思是：「每次…、每當…就…」。

(例文) この写真を見るたびに、楽しかった子供のころを思い出す。
每次看到這張照片，就會回想起歡樂的孩提時光。

(注意) 〔變化〕 表示每當進行前項動作，後項事態也朝某個方向逐漸變化。

(例文) この女優は見るたびにきれいになるなあ。
每回看到這位女演員總覺得她又變漂亮了呢。

(比較) **につき**
因…、因為…

(接續) ｛名詞｝＋につき

(說明) 「たび（に）」表關連，表示在做前項動作時都會發生後項的事情；「につき」表原因。說明事情的理由，是書面正式用語。

(例文) 台風につき、学校は休みになります。
因為颱風，學校停課。

にかんして（は）、にかんしても、にかんする
關於…、關於…的…

(接續) ｛名詞｝＋に関して（は）、に関しても、に関する

(意思) 【關連】 表示就前項有關的問題，做出「解決問題」性質的後項行為。也就是聽、說、寫、思考、調查等行為所涉及的對象。有關後項多用「言う（說）、考える（思考）、研究する（研究）、討論する（討論）」等動詞。多用於書面。中文意思是：「關於…、關於…的…」。

例文 10年前の事件に関して、警察から報告があった。

關於十年前的那起案件，警方已經做過報告了。

比較 **にたいして（は）、にたいし、にたいする**

向…、對（於）…

接續 {名詞}＋に対して（は）、に対し、に対する

說明 「にかんして」表關連，表示跟前項相關的信息。表示討論、思考、敘述、研究、發問、聽聞、撰寫、調查等動作，所涉及的對象；「にたいして」表對象，表示行為、感情所針對的對象，前接人、話題等，表示對某對象的直接發生作用、影響。

例文 皆さんに対し、お詫びを申し上げなければなりません。

我得向大家致歉。

から〜にかけて

從…到…

接續 {名詞}＋から＋{名詞}＋にかけて

意思 **【範圍】** 表示大略地指出兩個地點、時間之間，一直連續發生某事或某狀態的意思。中文意思是：「從…到…」。

例文 東京から横浜にかけて、25km（キロメートル）の渋滞です。

從東京到橫濱塞車綿延二十五公里。

比較 **から〜まで**

從…到…

接續 {名詞}＋から＋{名詞}＋まで、{名詞}＋まで＋{名詞}＋から

說明 「から〜にかけて」表範圍，涵蓋的區域較廣，只是籠統地表示跨越兩個領域的時間或空間。「から〜まで」表距離範圍，則是明確地指出範圍、動作的起點和終點。

例文 駅から郵便局まで歩きました。

從車站走到了郵局。

にわたって、にわたる、にわたり、にわたった

經歷…、各個…、一直…、持續…

（接續）　{名詞}＋にわたって、にわたる、にわたり、にわたった

（意思）　【範圍】前接時間、次數及場所的範圍等詞。表示動作、行為所涉及到的時間或空間，沒有停留在小範圍，而是擴展得很大很大。中文意思是：「經歷…、各個…、一直…、持續…」。

（例文）　私たちは８年にわたる交際を経て結婚した。
　　　　　我們經過八年的交往之後結婚了。

比較　をつうじて、をとおして

透過…、通過…

（接續）　{名詞}＋を通じて、を通して

（說明）　「にわたって」表範圍，表示大規模的時間、空間範圍；「をつうじて」表經由，表示經由前項來達到情報的傳遞。如果前面接的是和時間有關的語詞，則表示在這段期間內一直持續後項的狀態，後面應該接的是動詞句或是形容詞句。

（例文）　彼女を通じて、間接的に彼の話を聞いた。
　　　　　透過她，間接地知道關於他的事情。

素材、判斷材料、手段、媒介、代替

素材、判斷材料、手段、媒介、代替

001 をつうじて、をとおして	005 によると、によれば
002 かわりに	006 をちゅうしんに（して）、をちゅうしんとして
003 にかわって、にかわり	007 をもとに（して）
004 にもとづいて、にもとづき、にもとづく、にもとづいた	

001　　　　　　　　　　　　　　　　　　　　　Track N3-061

をつうじて、をとおして

(1) 透過…、通過…；(2) 在整個期間…、在整個範圍…

接 續　{名詞}＋を通じて、を通して

意思1　【經由】表示利用某種媒介（如人物、交易、物品等），來達到某目的（如物品、利益、事項等）。相當於「によって」。中文意思是：「透過…、通過…」。

例 文　今はインターネットを通じて、世界中の情報を得ることができる。

現在只要透過網路，就能獲取全世界的資訊。

意思2　【範圍】後接表示期間、範圍的詞，表示在整個期間或整個範圍內，相當於「のうち（いつでも／どこでも）」。中文意思是：「在整個期間…、在整個範圍…」。

例 文　私の国は一年を通して暖かいです。

我的故鄉一年到頭都很暖和。

比 較　## にわたって、にわたる、にわたり、にわたった

經歷…、各個…、一直…、持續…

接 續　{名詞}＋にわたって、にわたる、にわたり、にわたった

說 明　「をつうじて」表範圍，前接名詞，表示整個範圍內。也表示媒介、手段等。前接時間詞，表示整個期間，或整個時間範圍內；「にわたって」也表範圍，前面也接名詞，也表示整個範圍。但強調時間長、範圍廣。前面也可以接時間、地點有關語詞。

例文 この小説の作者は、60年代から70年代にわたってパリに住んでいた。

這小說的作者，從六十年代到七十年代都住在巴黎。

かわりに

(1) 代替…；(2) 作為交換；(3) 雖說…但是…

意思1 【代替】{名詞の；動詞普通形}＋かわりに。表示原為前項，但因某種原因由後項另外的人、物或動作等代替。前後兩項通常是具有同等價值、功能或作用的事物。大多用在暫時性更換的情況。相當於「～の代理／～代替として」。中文意思是：「代替…」。

例文 いたずらをした弟のかわりに、その兄が謝りに来た。

那個惡作劇的小孩的哥哥，代替弟弟來道歉了。

注意 〚Nがわり〛 也可用「名詞＋がわり」的形式，是「かわり」的接尾詞化。

例文 引っ越しの挨拶がわりに、ご近所にお菓子を配った。

分送了餅乾給左鄰右舍，做為搬家的見面禮。

意思2 【交換】表示前項為後項的交換條件，也會用「かわりに～」的形式出現，相當於「とひきかえに」。中文意思是：「作為交換」。

例文 お昼をごちそうするから、かわりにレポートを書いてくれない。

午餐我請客，你可以替我寫報告嗎？

意思3 【對比】{動詞普通形}＋かわりに。表示一件事同時具有兩個相互對立的側面，一般重點在後項，相當於「一方で」。中文意思是：「雖說…但是…」。

例文 現代人は便利な生活を得たかわりに、豊かな自然を失った。

現代人獲得便利生活的代價是失去了豐富的大自然。

| 比 較 | はんめん

另一面…、另一方面…

| 接 續 | {[形容詞・動詞]辭書形}＋反面；{[名詞・形容動詞詞幹な]である}＋反面

| 說 明 | 「かわりに」表對比，表示同一事物有好的一面，也有壞的一面，或者相反；「はんめん」也表對比，表示同一事物兩個相反的性質、傾向。

| 例 文 | 語学は得意な反面、数学は苦手だ。

語文很拿手，但是數學就不行了。

にかわって、にかわり

(1)替…、代替…、代表…；(2)取代…

| 接 續 | {名詞}＋にかわって、にかわり

| 意思1 | 【代理】 前接名詞為「人」的時候，表示應該由某人做的事，改由其他的人來做。是前後兩項的替代關係。相當於「～の代理で」。中文意思是：「替…、代替…、代表…」。

| 例 文 | 入院中の父にかわって、母が挨拶をした。

家母代替正在住院的家父前去問候了。

| 意思2 | 【對比】 前接名詞為「物」的時候，表示以前的東西，被新的東西所取代。相當於「かつての～ではなく」。中文意思是：「取代…」。

| 例 文 | 若者の間では、スキーにかわってスノーボードが人気だ。

單板滑雪已經取代雙板滑雪的地位，在年輕人之間蔚為流行。

| 比 較 | いっぽうだ

一直…、不斷地…、越來越…

| 接 續 | {動詞辭書形}＋一方だ

| 說 明 | 「にかわって」表對比。前接名詞「物」時，表示以前的東西，被新的東西所取代；「いっぽう」表傾向，表示某事件有兩個對照的側面。也可以表示兩者對比的情況。而「いっぽうだ」則表示某狀況一直朝著一個方向發展。

例 文　最近、オイル価格は上がる一方だ。

最近油價不斷地上揚。

004　　　　　　　　　　　　　　　　　　　　Track N3-064

にもとづいて、にもとづき、にもとづく、 にもとづいた

根據…、按照…、基於…

接 續　{名詞}＋に基づいて、に基づき、に基づく、に基づいた

意 思　**【依據】** 表示以某事物為根據或基礎。相當於「をもとにして」。中文意思是：「根據…、按照…、基於…」。

例 文　お客様のご希望に基づくメニューを考えています。

目前正依據顧客的建議規劃新菜單。

比 較　**にしたがって、にしたがい**

伴隨…、隨著…

接 續　{動詞辭書形}＋にしたがって、にしたがい

說 明　「にもとづいて」表依據，表示以前項為依據或基礎，進行後項的動作；「にしたがって」表附帶，表示後項隨著前項的變化而變化。也表示按照前接的指示、規則、人的命令等去做的意思。

例 文　山を登るにしたがって、寒くなってきた。

隨著山愈爬愈高，變得愈來愈冷。

005　　　　　　　　　　　　　　　　　　　　Track N3-065

によると、によれば

據…、據…說、根據…報導…

接 續　{名詞}＋によると、によれば

意 思　**【信息來源】** 表示消息、信息的來源，或推測的依據。後面經常跟著表示傳聞的「そうだ、ということだ」之類詞。中文意思是：「據…、據…說、根據…報導…」。

例 文	ニュースによると、全国でインフルエンザが流行し始めたらしい。

根據新聞報導，全國各地似乎開始出現流感大流行。

比 較	**にもとづいて、にもとづき、にもとづく、にもとづいた**

根據…、按照…、基於…

接 續	{名詞}＋に基づいて、に基づき、に基づく、に基づいた
說 明	「によると」表信息來源，表示消息的來源，句末大多使用表示傳聞的說法，常和「そうだ、ということだ」呼應使用；「にもとづいて」表依據，表示以前項為依據或基礎，進行後項的動作。
例 文	専門家の意見に基づいた計画です。

根據專家意見訂的計畫。

---

006   Track N3-066

をちゅうしんに（して）、をちゅうしんとして

以…為重點、以…為中心、圍繞著…

接 續	{名詞}＋を中心に（して）、を中心として
意 思	**【基準】** 表示前項是後項行為、狀態的中心。中文意思是：「以…為重點、以…為中心、圍繞著…」。
例 文	地球は太陽を中心としてまわっている。

地球是繞著太陽旋轉的。

比 較	**をもとに、をもとにして**

以…為根據、以…為參考、在…基礎上

接 續	{名詞}＋をもとに、をもとにして
說 明	「をちゅうしんに（して）」表基準，表示前項是某事物、狀態、現象、行為範圍的中心點；「をもとに（して）」表根據，表示以前項為參考、材料、基礎等，來進行後項的行為。
例 文	「江戸川乱歩」という筆名は、「エドガー・アラン・ポー」をもとにしている。

「江戸川亂步」這個筆名的發想來自於「埃德加・愛倫・坡」。

をもとに（して）
以…為根據、以…為參考、在…基礎上

接續 ｛名詞｝＋をもとに（して）

意思 【根據】 表示將某事物做為啟示、根據、材料、基礎等。後項的行為、動作是根據或參考前項來進行的。相當於「に基づいて、を根拠にして」。中文意思是：「以…為根據、以…為參考、在…基礎上」。

例文 この映画は実際にあった事件をもとにして作られた。
這部電影是根據真實事件拍攝而成的。

比較 にもとづいて、にもとづき、にもとづく、にもとづいた
根據…、按照…、基於…

接續 ｛名詞｝＋に基づいて、に基づき、に基づく、に基づいた

說明 「をもとにして」表根據，前接名詞。表示以前項為參考、材料、基礎等，來進行後項的改編或變形；「にもとづいて」也表根據，前面接抽象名詞。表示以前項為依據或基礎，在不偏離前項的基準下，進行後項的動作。

例文 その健康食品は、科学的根拠に基づかずに「がんに効く」と宣伝していた。
那種健康食品毫無科學依據就不斷宣稱「能夠有效治療癌症」。

9 希望、願望、意志、決定、感情表現

希望、願望、意志、決定、感情表現

001　　　　　　　　　　　　　　　　　　　　　　　　　　　Track N3-068

たらいい (のに) なあ、といい (のに) なあ

…就好了

（接　續）　{名詞；形容動詞詞幹} ＋だといい (のに) なあ；{名詞；形容動詞詞幹} ＋だったらいい (のに) なあ；{[動詞・形容詞] 普通形現在形} ＋といい (のに) なあ；{動詞た形} ＋たらいい (のに) なあ；{形容詞た形} ＋かったらいい (のに) なあ；{名詞；形容動詞詞幹} ＋だったらいい (のに) なあ

（意　思）　**【願望】** 表示非常希望能夠成為那樣，前項是難以實現或是與事實相反的情況。含有說話者遺憾、不滿、感嘆的心情。中文意思是：「…就好了」。

（例　文）　この窓がもう少し大きかったらいいのになあ。
那扇窗如果能再大一點，該有多好呀。

（注　意）　〔**單純希望**〕「たらいいなあ、といいなあ」單純表示說話者所希望的，並沒有在現實中是難以實現的，與現實相反的語意。

（例　文）　今日の晩ご飯、カレーだといいなあ。
真希望今天的晚飯吃的是咖哩呀。

（比　較）　**ばよかった**
…就好了

（接　續）　{動詞假定形} ＋ばよかった；{動詞否定形 (去い)} ＋なければよかった

説 明　「たらいい（のに）なあ」表願望，表示前項是難以實現或是與事實相反的情況，表現說話者遺憾、不滿、感嘆的心情。常伴隨在句尾的「なあ」表示詠歎；「ばよかった」表反事實條件，表示說話人對自己沒有做前項的事，而感到十分惋惜。說話人覺得要是做了就好了，帶有後悔的心情。

例 文　雨だ、傘を持ってくればよかった。
　　　　下雨了！早知道就帶傘來了。

て／でほしい、てもらいたい
(1) 想請你…；(2) 希望能…、希望能（幫我）…

意思1　【願望】{動詞て形}＋てほしい。表示對他人的某種要求或希望。中文意思是：「想請你…」。

例 文　母には元気で長生きしてほしい。
　　　　希望媽媽長命百歲。

注 意　〖否定說法〗否定的說法有「ないでほしい」跟「てほしくない」兩種。

例 文　そんなにスピードを出さないでほしい。
　　　　希望車子不要開得那麼快。

意思2　【請求】{動詞て形}＋てもらいたい。表示想請他人為自己做某事，或從他人那裡得到好處。中文意思是：「希望能…、希望能（幫我）…」。

例 文　たくさんの人にこの商品を知ってもらいたいです。
　　　　衷心盼望把這項產品介紹給廣大的顧客。

比 較　**てもらう**
　　　　（我）請（某人為我做）…

接 續　{動詞て形}＋もらう

説 明　「てもらいたい」表請求，表示說話者的希望或要求；「てもらう」表行為受益－同輩、晚輩，表示要別人替自己做某件事情。

例 文　田中さんに日本人の友達を紹介してもらった。
　　　　我請田中小姐為我介紹日本人朋友。

$\mathcal{N}_3$

ように

(1) 為了…而… ; (2) 請… ; (3) 如同… ; (4) 希望…

意思1 【目的】{動詞辭書形；動詞否定形}＋ように。表示為了實現前項而做後項，是行為主體的目的。中文意思是：「為了…而…」。

例文 後ろの席まで聞こえるように、大きな声で話した。
提高了音量，讓坐在後方座位的人也能聽得見。

意思2 【勸告】用在句末時，表示願望、希望、勸告或輕微的命令等。中文意思是：「請…」。

例文 まだ寒いから、風邪を引かないようにね。
現在天氣還很冷，請留意別感冒了喔！

意思3 【例示】{名詞の；動詞辭書形；動詞否定形}＋ように。表示以具體的人事物為例，來陳述某件事物的性質或內容等。中文意思是：「如同…」。

例文 私が発音するように、後について言ってみてください。
請模仿我的發音，跟著說一遍。

意思4 【期盼】{動詞ます形}＋ますように。表示祈求。中文意思是：「希望…」。

例文 おばあちゃんの病気が早くよくなりますように。
希望奶奶早日康復。

比較 **ため (に)**

以…為目的，做…、為了…

接續 {名詞の；動詞辭書形}＋ため (に)

說明 「ように」表期盼，表示目的。期待能夠實現前項這一目標，而做後項。前後句主詞不一定要一致；「ために」表目的。為了某種目標積極地去採取行動。前後句主詞必須一致。

例文 私は、彼女のためなら何でもできます。
只要是為了她，我什麼都辦得到。

てみせる
(1) 做給…看；(2) 一定要…

接續 ｛動詞て形｝＋てみせる

意思1 【示範】 表示為了讓別人能瞭解，做出實際的動作示範給別人看。中文
意思是：「做給…看」。

例文 一人暮らしを始める息子に、まずゴミの出し方からやってみせた。
為了即將獨立生活的兒子，首先示範了倒垃圾的方式。

意思2 【意志】 表示說話人強烈的意志跟決心，含有顯示自己的力量、能力的
語氣。中文意思是：「一定要…」。

例文 今年はだめだったけど、来年は絶対に合格してみせる。
雖然今年沒被錄取，但明年一定會考上給大家看。

比較 **てみる**
試著（做）…

接續 ｛動詞て形｝＋みる

說明 「てみせる」表意志，表示說話者做某件事的強烈意志；「てみる」表嘗
試，表示不知道、沒試過，所以嘗試著去做某個行為。

例文 このおでんを食べてみてください。
請嚐看看這個關東煮。

ことか
多麼…啊

接續 ｛疑問詞｝＋｛形容動詞詞幹な；[形容詞・動詞]普通形｝＋ことか

意思 【感慨】 表示該事態的程度如此之大，大到沒辦法特定，含有非常感慨
的心情，常用於書面。相當於「非常に～だ」，前面常接疑問詞「どんな
に（多麼）、どれだけ（多麼）、どれほど（多少）」等。中文意思是：「多
麼…啊」。

(例文) 新薬ができた。この日をどれだけ待っていたことか。

新藥研發成功了！這一天不知道已經盼了多久！

(注意) 〖口語〗另外，用「ことだろうか、ことでしょうか」也可表示感歎，常用於口語。

(例文) 君の元気な顔を見たら、彼女がどんなに喜ぶことだろうか。

若是讓她看到你神采奕奕的模樣，真不知道她會有多高興呢！

(比較) **ものか**

哪能…、怎麼會…呢、決不…、才不…呢

(接續) {形容動詞詞幹な；[形容詞・動詞] 辭書形}＋ものか

(說明) 「ことか」表感慨，表示說話人強烈地表達自己的感情；「ものか」表強調否定，表示說話人絕對不做某事的強烈抗拒的意志。「ことか」跟「ものか」接續相同。

(例文) あんな銀行に、お金を預けるものか。

我才不把錢存在那種銀行裡呢！

006

て／でたまらない

非常…、…得受不了

(接續) {[形容詞・動詞] て形}＋てたまらない；{形容動詞詞幹}＋でたまらない

(意思) 【感情】指說話人處於難以抑制，不能忍受的狀態，前接表達感覺、感情的詞，表示說話人強烈的感情、感覺、慾望等，相當於「てしかたがない、非常に」。中文意思是：「非常…、…得受不了」。

(例文) 暑いなあ。今日は喉が渇いてたまらないよ。

好熱啊！今天都快渴死了啦！

(注意) 〖重複〗可重複前項以強調語氣。

(例文) 甘いものが食べたくて食べたくてたまらないんです。

真的、真的超想吃甜食！

比 較	て／でしかたがない、て／でしょうがない、

て／でしょうがない、
て／でしようがない

…得不得了

接 續	{形容動詞詞幹;形容詞て形;動詞て形}＋て／でしかたがない、て／でしょうがない、て／でしようがない

說 明	「てたまらない」表感情，表示某種強烈的情緒、感覺、慾望，或身體感到無法抑制，含有已經到無法忍受的地步之意；「てしょうがない」表強調心情，表示某種強烈的感情、感覺，或身體感到無法抑制。含有毫無辦法的意思。兩者常跟心情、感覺相關的詞一起使用。

例 文	彼女のことが好きで好きでしょうがない。

我喜歡她，喜歡到不行。

て／でならない

…得受不了、非常…

接 續	{[形容詞・動詞]て形}＋てならない；{名詞；形容動詞詞幹}＋でならない

意 思	【感情】表示因某種感受十分強烈，達到沒辦法控制的程度，相當於「てしょうがない」等。中文意思是：「…得受不了、非常…」。

例 文	子供のころは、運動会が嫌でならなかった。

小時候最痛恨運動會了。

注 意	〔接自發性動詞〕不同於「てたまらない」，「てならない」前面可以接「思える（看來）、泣ける（忍不住哭出來）、になる（在意）」等非意志控制的自發性動詞。

例 文	老後のことを考えると心配でならない。

一想到年老以後的生活就擔心得不得了。

比 較	て／でたまらない

非常…、…得受不了

接 續	{[形容詞・動詞]て形}＋たまらない；{形容動詞詞幹}＋でたまらない

說 明 「てならない」表感情，表示某種情感非常強烈，或身體無法抑制，使自己情不自禁地去做某事，可以跟自發意義的詞，如「思える」一起使用；「てたまらない」也表感情，表示某種情緒、感覺、慾望，已經到了難以忍受的地步。常跟心情、感覺相關的詞一起使用。

例 文 最新のコンピューターが欲しくてたまらない。
想要新型的電腦，想要得不得了。

008　　　　　　　　　　　　　　　　　　　Track N3-075

ものだ
過去…經常、以前…常常

接 續 {形容動詞詞幹な；形容詞辭書形；動詞普通形}＋ものだ

意 思 【感慨】表示說話者對於過去常做某件事情的感慨、回憶或吃驚。如果是敘述人物的行為或狀態時，有時會搭配表示欽佩的副詞「よく」；有時也會搭配表示受夠了的副詞「よく（も）」一起使用。中文意思是：「過去…經常、以前…常常」。

例 文 昔は弟と喧嘩ばかりして、母に叱られたものだ。
以前一天到晚和弟弟吵架，老是挨媽媽罵呢！

比 較 **ことか**
多麼…啊

接 續 {疑問詞}＋{形容動詞詞幹な；[形容詞・動詞] 普通形}＋ことか

說 明 「ものだ」表感慨。跟過去時間的說法，前後呼應，表示說話人敘述過去常做某件事情，對此事強烈地感慨、感動或吃驚；「ことか」也表感慨，表示程度又大又深，達到無法想像的地步。含有非常強烈的感慨心情。

例 文 あなたが子供の頃は、どんなに可愛かったことか。
你小時候多可愛啊！

句子＋わ
…啊、…呢、…呀

（接　續） {句子}＋わ

（意　思） 【主張】表示自己的主張、決心、判斷等語氣。女性用語。在句尾可使語氣柔和。中文意思是：「…啊、…呢、…呀」。

（例　文） やっとできたわ。
終於做完囉！

（比　較） **だい**
…呢、…呀

（接　續） {句子}＋だい

（説　明）「句子＋わ」表主張，語氣助詞。讀升調，表示自己的主張、決心、判斷。語氣委婉、柔和。主要為女性用語；「だい」表疑問，也是語氣助詞。讀升調，表示疑問。主要為成年男性用語。

（例　文） 田舎のお母さんの調子はどうだい。
鄉下母親的狀況怎麼樣？

をこめて
集中…、傾注…

（接　續） {名詞}＋を込めて

（意　思） 【附帶感情】表示對某事傾注思念或愛等的感情。中文意思是：「集中…、傾注…」。

（例　文） 家族の為に心をこめておいしいごはんを作ります。
為了家人而全心全意烹調美味的飯菜。

（注　意）〔慣用法〕常用「心を込めて（誠心誠意）、力を込めて（使盡全力）、愛を込めて（充滿愛）、感謝を込めて（充滿感謝）」等用法。

例文 先生、2年間の感謝をこめて、みんなでこのアルバムを作りました。

老師，全班同學感謝您這兩年來的付出，一起做了這本相簿。

比較 をつうじて、をとおして

透過…、通過…

接續 {名詞}＋を通じて、を通して

説明 「をこめて」表附帶感情，前面通常接「願い、愛、心、思い」等和心情相關的字詞，表示抱持著愛、願望等心情，灌注於後項的事物之中；「をつうじて」表經由，表示經由前項，來達到情報的傳遞。

例文 マネージャーを通して、取材を申し込んだ。

透過經紀人申請了採訪。

MEMO

10 義務、不必要
義務、不必要

001 Track N3-078

ないと、なくちゃ
不…不行

（接　續）{動詞否定形}＋ないと、なくちゃ

（意　思）**【條件】** 表示受限於某個條件、規定，必須要做某件事情，如果不做，會有不好的結果發生。中文意思是：「不…不行」。

（例　文）明日朝早いから、もう寝ないと。
明天一早就得起床，不去睡不行了。

（注　意）**〖口語－なくちゃ〗**「なくちゃ」是口語說法，語氣較為隨便。

（例　文）マヨネーズが切れたから買わなくちゃ。
美奶滋用光了，得去買一瓶回來嘍。

（比　較）**なければならない**
必須…、應該…

（接　續）{動詞否定形}＋なければならない

（說　明）「ないと」表條件，表示不具備前項的某個條件、規定，後項就會有不好的結果發生或不可能實現；「なければならない」表義務，表示依據社會常識、法規、習慣、道德等規範，必須是那樣的，或有義務要那樣做。是客觀的敘述。在口語中「なければ」常縮略為「なきゃ」。

（例　文）医者になるためには、国家試験に合格しなければならない。
想當醫生，就必須通過國家考試。

ないわけにはいかない
不能不…、必須…

（接　續）　{動詞否定形}＋ないわけにはいかない

（意　思）　【義務】　表示根據社會的理念、情理、一般常識或自己過去的經驗，不能不做某事，有做某事的義務。中文意思是：「不能不…、必須…」。

（例　文）　生きていくために、働かないわけにはいかないのだ。
為了活下去，就非得工作不可。

（比　較）　**（さ）せる**
讓…、叫…、令…

（接　續）　{[一段動詞・カ變動詞] 使役形；サ變動詞詞幹}＋させる；{五段動詞使役形}＋せる

（說　明）　「ないわけにはいかない」表義務，表示基於常識或受限於某種規範，不這樣做不行；「させる」表強制。是地位高的人強制或勸誘地位低的人做某行為。

（例　文）　娘がお腹を壊したので薬を飲ませた。
由於女兒鬧肚子了，所以讓她吃了藥。

から（に）は
(1) 既然…，就…；(2) 既然…

（接　續）　{動詞普通形}＋から（に）は

（意思1）　【理由】　表示既然因為到了這種情況，所以後面就理所當然要「貫徹到底」的說法，因此後句常是說話人的判斷、決心及命令等，含有說話人個人強烈的情感及幹勁。一般用於書面上，相當於「のなら、以上は」。中文意思是：「既然…，就…」。

（例　文）　約束したからには、必ず最後までやります。
既然答應了，就一定會做完。

【義務】 表示以前項為前提，後項事態也就理所當然的變成責任或義務。中文意思是：「既然…」。如例：

例 文 会社に入ったからには、会社の利益の為に働かなければならない。
既然進了公司，就非得為公司的收益而努力工作才行。

比 較 **とすれば、としたら、とする**
如果…、如果…的話、假如…的話

接 續 {名詞だ；形容動詞詞幹だ；[形容詞・動詞]普通形}＋とすれば、としたら、とする

說 明 「から（に）は」表義務，表示既然到了這種情況，就要順應這件事情，去進行後項的責任或義務。含有抱持某種決心或意志；「とする」表假定條件，是假定用法，表示前項如果成立，說話者就依照前項這個條件來進行判斷。

例 文 5億円が当たったとします。あなたはどうしますか。
假如你中了五億日圓，你會怎麼花？

ほか（は）ない
只有…、只好…、只得…

接 續 {動詞辭書形}＋ほか（は）ない

意 思 【讓步】 表示雖然心裡不願意，但又沒有其他方法，只有這唯一的選擇，別無它法。含有無奈的情緒。相當於「以外にない、より仕方がない」等。中文意思是：「只有…、只好…、只得…」。

例 文 仕事はきついが、この会社で頑張るほかはない。
雖然工作很辛苦，但也只能在這家公司繼續熬下去。

比 較 **ようがない、ようもない**
沒辦法、無法…；不可能…

接 續 {動詞ます形}＋ようがない、ようもない

| 說　明 | 「ほかない」表讓步,表示沒有其他的辦法,只能硬著頭皮去做某件事情;「ようがない」表不可能,表示束手無策,一點辦法也沒有,即想做但不知道怎麼做,所以不能做。 |

| 例　文 | 道に人があふれているので、通り抜けようがない。
路上到處都是人,沒辦法通行。 |

005

より (ほか) ない、ほか (しかたが) ない
只有…、除了…之外沒有…

| 意　思 | 【讓步】{名詞;動詞辭書形}+より(ほか)ない;{動詞辭書形}+ほか(しかたが)ない。後面伴隨著否定,表示這是唯一解決問題的辦法,相當於「ほかない、ほかはない」,另外還有「よりほかにない、よりほかはない」的說法。中文意思是:「只有…、除了…之外沒有…」。 |

| 例　文 | 電車が動いていないのだから、タクシーで行くよりほかない。
因為電車無法運行,只能搭計程車去了。 |

| 注　意 | 〖人物＋いない〗{名詞;動詞辭書形}+よりほかに～ない。是「それ以外にない」的強調說法,前接的名詞為人物時,後面要接「いない」。 |

| 例　文 | あなたよりほかに頼める人がいないんです。
除了你以外,沒有其他人可以拜託了。 |

| 比　較 | **ないわけにはいかない**
不能不…、必須… |

| 接　續 | {動詞否定形}+ないわけにはいかない |

| 說　明 | 「より(ほか)ない」表讓步,表示沒有其他的辦法了,只能採取前項行為;「ないわけにはいかない」表義務,表示受限於某種社會上、常識上的規範、義務,必須採取前項行為。 |

| 例　文 | 明日試験があるので、今夜は勉強しないわけにはいかない。
由於明天要考試,今晚不得不用功念書。 |

わけにはいかない、わけにもいかない

不能…、不可…

接 續 {動詞辭書形；動詞ている}＋わけにはいかない、わけにもいかない

意 思 【不能】表示由於一般常識、社會道德、過去經驗，或是出於對周圍的顧忌、出於自尊等約束，那樣做是行不通的，相當於「することはできない」。中文意思是：「不能…、不可…」。

例 文 いくら聞かれても、彼女の個人情報を教えるわけにはいきません。

無論詢問多少次，我絕不能告知她的個資。

比 較 ## わけではない、わけでもない

並不是…、並非…

接 續 {形容動詞詞幹な；[形容詞・動詞]普通形}＋わけではない、わけでもない

說 明 「わけにはいかない」表不能，表示受限於常識或規範，不可以做前項這個行為；「わけではない」表部分否定，表示依照狀況看來，不能百分之百地導出前項的結果，也有其他可能性或是例外。是一種委婉、部分的否定用法。

例 文 食事をたっぷり食べても、必ず太るというわけではない。

吃得多不一定會胖。

11 条件、仮定

條件、假定

さえ～ば、さえ～たら

只要…（就…）

接　續　{名詞}＋さえ＋{[形容詞・形容動詞・動詞]假定形}＋ば、たら

意　思　【條件】表示只要某事能夠實現就足夠了，強調只需要某個最低限度或唯一的條件，後項即可成立，相當於「その条件だけあれば」。中文意思是：「只要…（就…）」。

例　文　サッカーさえできれば、息子は満足なんです。

兒子只要能踢足球，就覺得很幸福了。

注　意　〔惋惜〕表達說話人後悔、惋惜等心情的語氣。

例　文　あの時の私に少しの勇気さえあれば、彼女に結婚を申し込んでいたのに。

那個時候假如我能提起一點點勇氣，就會向女友求婚了。

比　較　こそ

正是…、才（是）…

接　續　{名詞}＋こそ

說　明　「さえ～ば」表條件，表示滿足條件的最低限度，前項一成立，就能得到後項的結果；「こそ」表強調。用來特別強調前項，表示「不是別的，就是這個」。一般用在強調正面的、好的意義上。

例　文　「ありがとう。」「私こそ、ありがとう。」

「謝謝。」「我才該向你道謝。」

002

たとえ～ても

即使…也…、無論…也…

接 續	たとえ＋{動詞て形・形容詞く形}＋ても；たとえ＋{名詞；形容動詞詞幹}＋でも

意 思	**【逆接條件】**是逆接條件。表示讓步關係，即使是在前項極端的條件下，後項結果仍然成立。相當於「もし～だとしても」。中文意思是：「即使…也…、無論…也…」。

例 文	たとえ便利でも、環境に悪いものは買わないようにしている。 就算使用方便，只要是會汙染環境的東西我一律拒絕購買。

比 較	**としても**

即使…，也…、就算…，也…

接 續	{名詞だ；形容動詞詞幹だ；[形容詞・動詞]普通形}＋としても

說 明	「たとえ～ても」表逆接條件，表示即使前項發生屬實，後項還是會成立。是一種讓步條件。表示說話者的肯定語氣或是決心；「としても」也表逆接條件，表示前項成立，說話人的立場、想法及情況也不會改變。後項多為消極否定的內容。

例 文	みんなで力を合わせたとしても、彼に勝つことはできない。 就算大家聯手，也沒辦法贏他。

（た）ところ

…，結果…

接 續	{動詞た形}＋ところ

意 思	**【順接】**這是一種順接的用法，表示因某種目的去作某一動作，但在偶然的契機下得到後項的結果。前後出現的事情，沒有直接的因果關係，後項經常是出乎意料之外的客觀事實。相當於「～した結果」。中文意思是：「…，結果…」。

例 文	A社に注文したところ、すぐに商品が届いた。 向A公司下訂單後，商品立刻送達了。

比較 **たら**

要是…、如果要是…了、…了的話

接續 {[名詞・形容詞・形容動詞・動詞]た形}＋(た)ら

說明 「(た)ところ」表順接，表示做了前項動作後，但在偶然的契機下發生了後項的事情；「たら」表條件，表示如果在前項成立的條件下，後項也就會成立。也表示說話人完成前項動作後，有了後項的新發現，或以此為契機，發生了後項的新事物。

例文 いい天気だったら、富士山が見えます。

要是天氣好，就可以看到富士山。

004

てからでないと、てからでなければ

不…就不能…、不…之後，不能…、…之前，不…

接續 {動詞て形}＋てからでないと、てからでなければ

意思 【條件】表示如果不先做前項，就不能做後項，表示實現某事必需具備的條件。後項大多為困難、不可能等意思的句子。相當於「～した後でなければ」。中文意思是：「不…就不能…、不…之後，不能…、…之前，不…」。

例文 「一緒に帰りませんか。」「この仕事が終わってからでないと帰れないんです。」

「要不要一起回去？」「我得忙完這件工作才能回去。」

比較 **から(に)は**

既然…、既然…，就…

接續 {動詞普通形}＋から(に)は

說明 「てからでないと」表條件，表示必須先做前項動作，才能接著做後項動作；「からには」表理由，表示事情演變至此，就要順應這件事情。含有抱持做某事，堅持到最後的決心或意志。

例文 教師になったからには、生徒一人一人をしっかり育てたい。

既然當了老師，當然就想要把學生一個個都確實教好。

ようなら、ようだったら

如果…、要是…

接續	{名詞の；形容動詞な；[動詞・形容詞] 辭書形}＋ようなら、ようだったら

意思 【條件】 表示在某個假設的情況下，說話者要採取某個行動，或是請對方採取某個行動。中文意思是：「如果…、要是…」。

例文 明日、雨のようならお祭りは中止です。
あす あめ まつ ちゅうし

明天如果下雨，祭典就取消舉行。

比較 ## ようでは

如果…的話…

接續	{動詞辭書形；動詞否定形}＋ようでは

說明 「ようなら」表條件，表示在某個假設的情況下，說話者要採取某個行動，或是請對方採取某個行動；「ようでは」表假設。後項一般是伴隨著跟期望相反的事物，或負面評價的說法。一般用在譴責或批評他人，希望對方能改正。

例文 こんな質問をするようでは、まだまだ修行が足りない。
しつもん しゅぎょう た

如果提出這種問題的話，表示你學習還不夠。

006

たら、だったら、かったら

要是…、如果…

接續	{動詞た形}＋たら；{名詞・形容詞詞幹}＋だったら；{形容詞た形}＋かったら

意思 【假定條件】 前項是不可能實現，或是與事實、現況相反的事物，後面接上說話者的情感表現，有感嘆、惋惜的意思。中文意思是：「要是…、如果…」。

例文 もっと若かったら、田舎で農業をやってみたい。
わか いなか のうぎょう

如果我更年輕一點，真想嘗試在鄉下務農。

比 較 と

要…就好了…

接 續 {動詞普通形}＋と

說 明 「たら」表假定條件，表示假如前項有成立，就以它為一個契機去做後項的行為；「と」表反事實假設，表示前項提出一個跟事實相反假設，後項再敘述對無法實現那一假設感到遺憾。句尾大多是「のに、けれど」等表現方式。

例 文 君は、もっと意見を言えるといいのに。

你如果能再多說一些想法就好了。

007

とすれば、としたら、とする

如果…、如果…的話、假如…的話

接 續 {名詞だ；形容動詞詞幹だ；[形容詞・動詞]普通形}＋とすれば、としたら、とする

意 思 【假定條件】 在認清現況或得來的信息的前提條件下，據此條件進行判斷，後項大多為推測、判斷或疑問的內容。一般為主觀性的評價或判斷。相當於「～と仮定したら」。中文意思是：「如果…、如果…的話、假如…的話」。

例 文 明日うちに来るとしたら、何時ごろになりますか。

如果您預定明天來寒舍，請問大約幾點光臨呢？

比 較 たら

要是…、如果要是…了、…了的話

接 續 {[名詞・形容詞・形容動詞・動詞]た形}＋ら

說 明 「としたら」表假定條件。是假定用法，表示前項如果成立，說話者就依照前項這個條件來進行判斷；「たら」表條件，表示如果前項成真，後項也會跟著實現。

例 文 一億円あったら、マンションを買います。

要是有一億日圓的話，我就買一間公寓房子。

ばよかった
…就好了；沒（不）…就好了

（接　續）{動詞假定形}＋ばよかった；{動詞否定形（去い）}＋なければよかった

（意　思）**【反事實條件】** 表示說話者為自己沒有做前項的事而感到後悔，覺得
要是做了就好了，含有對於過去事物的惋惜、感慨，並帶有後悔的心
情。中文意思是：「…就好了」。

（例　文）もっと早くやればよかった。
要是早點做就好了。

（注　意）〚否定－後悔〛以「なければよかった」的形式，表示對已做的事感
到後悔，覺得不應該。中文意思是：「沒（不）…就好了」。

（例　文）あんなこと言わなければよかった。
真後悔不該說那句話的。

（比　較）**なら**
如果…就…

（接　續）{名詞；形容動詞詞幹；[動詞・形容詞]辭書形}＋なら

（說　明）「ばよかった」表反事實條件，表示說話人因沒有做前項的事而感到後
悔。說話人覺得要是做了就好了，帶有後悔的心情；「なら」表條件。
承接對方的話題或說過的話，在後項把有關的談話，以建議、意見、意
志的方式進行下去。

（例　文）悪かったと思うなら、謝りなさい。
假如覺得自己做錯了，那就道歉！

12 規定、慣例、慣習、方法

規定、慣例、習慣、方法

001 Track N3-092

ことになっている、こととなっている

按規定…、預定…、將…

接續 {動詞辭書形；動詞否定形}＋ことになっている、こととなっている

意思 【約定】表示結果或定論等的存續。表示客觀做出某種安排，像是約定或約束人們生活行為的各種規定、法律以及一些慣例。也就是「ことになる」所表示的結果、結論的持續存在。中文意思是：「按規定…、預定…、將…」。

例文 入社の際には、健康診断を受けていただくことになっています。
進入本公司上班時，必須接受健康檢查。

比較 ことにしている

都…、向來…

接續 {動詞普通形}＋ことにしている

說明 「ことになっている」表約定，用來表示是某個團體或組織做出決定，跟自己主觀意志沒有關係；「ことにしている」表習慣，表示說話者根據自己的意志，刻意地去養成某種習慣、規矩。

例文 自分は毎日 12 時間、働くことにしている。
我每天都會工作十二個小時。

ことにしている
都…、向來…

接續　{動詞普通形}＋ことにしている

意思　【習慣等變化】表示個人根據某種決心，而形成的某種習慣、方針或規矩。也就是從「ことにする」的決心、決定，最後所形成的一種習慣。翻譯上可以比較靈活。中文意思是：「都…、向來…」。

例文　一年に一度は田舎に帰ることにしている。
我每年都會回鄉下一趟。

比較　ことになる
（被）決定…

接續　{動詞辭書形；動詞否定形}＋ことになる

說明　「ことにしている」表習慣等變化，表示說話者刻意地去養成某種習慣、規矩；「ことになる」表決定，表示一個安排或決定，而這件事一般來說不是說話者負責、主導的。

例文　駅にエスカレーターをつけることになりました。
車站決定設置自動手扶梯。

ようになっている
(1) 就會…；(2) 會…

意思1　【功能】{動詞辭書形}＋ようになっている。表示機器、電腦等，因為程式或設定等而具備的功能。中文意思是：「就會…」。

例文　このトイレは手を出すと水が出るようになっています。
這間廁所的設備是只要伸出手，水龍頭就會自動給水。

意思2　【習慣等變化】{動詞辭書形；動詞可能形}＋ようになっている。是表示能力、狀態、行為等變化的「ようになる」，與表示動作持續的「ている」結合而成。中文意思是：「會…」。

例文 去年の夏に生まれた甥は、いつの間にか歩けるようになっている。
去年夏天出生的外甥，不知道什麼時候已經會走路了。

注意 〖變化的結果〗{名詞の；動詞辭書形}＋ようになっている。表示變化的結果。是表示比喻的「ようだ」，再加上表示動作持續的「ている」的應用。

例文 先生の家はいつも学生が泊っていて、食事付きのホテルのようになっている。
老師家總有學生住在裡面，儼然成為供餐的旅館。

比較 **ようにする**
爭取做到…

接續 {動詞辭書形；動詞否定形}＋ようにする

說明 「ようになっている」表習慣等變化，表示某習慣以前沒有但現在有了，或能力的變化，以前不能，但現在有能力了。也表示未來的某行為是可能的；「ようにする」表意志，表示努力地把某行為變成習慣，這時用「ようにしている」的形式。

例文 今日から毎日30分、ランニングをするようにします。
今天開始每天要跑步三十分鐘。

004　　　　　　　　　　　　　　　Track N3-095

ようがない、ようもない
沒辦法、無法…；不可能…

接續 {動詞ます形}＋ようがない、ようもない

意思 【沒辦法】表示不管用什麼方法都不可能，已經沒有辦法了，相當於「ことができない」。「よう」是接尾詞，表示方法。中文意思是：「沒辦法、無法…」。

例文 この時間の渋滞は避けようがない。
這個時段塞車是無法避免的。

〖漢字＋（の）＋しようがない〗表示說話人確信某事態理應不可能發生，相當於「はずがない」。通常前面接的サ行變格動詞為雙漢字時，中間加不加「の」都可以。中文意思是：「不可能…」。

例 文 こんな簡単_{かんたん}な操作_{そうさ}、失敗_{しっぱい}（の）しようがない。

這麼簡單的操作，總不可能出錯吧。

比 較 より（ほか）ない、ほか（しかたが）ない

只有…、除了…之外沒有…

接 續 {名詞；動詞辭書形}＋より（ほか）ない；{動詞辭書形}＋ほか（しかたが）ない

說 明 「ようがない」表沒辦法，表示束手無策，一點辦法也沒有；「よりしかたがない」表讓步，表示沒有其他的辦法了，只能採取前項行為。

例 文 停電_{ていでん}か。テレビも見_みられないし、寝_ねるよりほかしかたがないな。

停電了哦。既然連電視也沒得看，剩下能做的也只有睡覺了。

MEMO

001	とともに	005	はもちろん、はもとより
002	ついでに	006	ような
003	にくわえ（て）	007	をはじめ（とする、として）
004	ばかりか、ばかりでなく		

001　　　　　　　　　　　　　　　　　　　　　　　　Track N3-096

とともに

(1) 與…同時，也…；(2) 和…一起；(3) 隨著…

接　續　{名詞；動詞辭書形}＋とともに

意思1　【同時】 表示後項的動作或變化，跟著前項同時進行或發生，相當於「と一緒に、と同時に」。中文意思是：「與…同時，也…」。

例　文　食事に気をつけるとともに、軽い運動をすることも大切です。

不僅要注意飲食內容，做些輕度運動也同樣重要。

意思2　【並列】 表示與某人等一起進行某行為，相當於「と一緒に」。中文意思是：「和…一起」。

例　文　これからの人生をあなたと共に歩いて行きたい。

我想和你共度餘生。

意思3　【相關關係】 表示後項變化隨著前項一同變化。中文意思是：「隨著…」。

例　文　国の発展と共に、国民の生活も豊かになった。

隨著國家的發展，國民的生活也變得富足了。

比　較　**にともなって、にともない、にともなう**

伴隨著…、隨著…

接　續　{名詞；動詞普通形}＋に伴って、に伴い、に伴う

說明 「とともに」表相關關係，表示後項變化隨著前項一同變化；「にともなって」表平行，表示隨著前項的進行，後項也有所進展或產生變化。

例文 牧畜業が盛んになるに伴って、村は豊かになった。
伴隨著畜牧業的興盛，村子也繁榮起來了。

ついでに
順便…、順手…、就便…

接續 {名詞の；動詞普通形}＋ついでに

意思 【附加】表示做某一主要的事情的同時，再追加順便做其他件事情，後者通常是附加行為，輕而易舉的小事，相當於「～の機会を利用して～をする」。中文意思是：「順便…、順手…、就便…」。

例文 大阪へ出張したついでに、京都の紅葉を見てきた。
到大阪出差時，順路去了京都賞楓。

比較 ## にくわえて、にくわえ
而且…、加上…、添加…

接續 {名詞}＋に加えて、に加え

說明 「ついでに」表附加，表示在做某件事的同時，因為天時地利人和，剛好做了其他事情；「にくわえて」也表附加，表示不只是前面的事物，再加上後面的事物。

例文 書道に加えて、華道も習っている。
學習書法以外，也學習插花。

にくわえ（て）
而且…、加上…、添加…

接續 {名詞}＋に加え（て）

| 意 思 | 【附加】表示在現有前項的事物上，再加上後項類似的別的事物。有時是補充某種性質，有時是強調某種狀態和性質。後項常接「も」。相當於「だけでなく〜も」。中文意思是：「而且…、加上…、添加…」。 |

例 文 毎日(まいにち)の仕事(しごと)に加(くわ)えて、来月(らいげつ)の会議(かいぎ)の準備(じゅんび)もしなければならない。
除了每天的工作項目，還得準備下個月的會議才行。

| 比 較 | **にくらべて、にくらべ** |

與…相比、跟…比較起來、比較…

| 接 續 | {名詞}＋に比べて、に比べ |

| 說 明 | 「にくわえて」表附加，表示某事態到此並沒有結束，除了前項，要再添加上後項；「にくらべて」表基準，表示比較兩個事物，前項是比較的基準。 |

例 文 今年(ことし)は去年(きょねん)に比(くら)べて雨(あめ)の量(りょう)が多(おお)い。
今年比去年雨量豐沛。

004　　　　　　　　　　　　　　　

ばかりか、ばかりでなく

(1) 不要…最好…；(2) 豈止…，連…也…、不僅…而且…

| 接 續 | {名詞；形容動詞詞幹な；[形容詞・動詞] 普通形}＋ばかりか、ばかりでなく |

| 意思1 | 【建議】「ばかりでなく」也用在忠告、建議、委託的表現上。中文意思是：「不要…最好…」。 |

例 文 肉(にく)ばかりでなく、野菜(やさい)もたくさん食(た)べるようにしてください。
不要光吃肉，最好也多吃些蔬菜。

| 意思2 | 【附加】表示除了前項的情況之外，還有後項的情況，褒意貶意都可以用。「ばかりか」含有說話人吃驚或感嘆等心情。語意跟「だけでなく〜も〜」相同，後項也常會出現「も、さえ」等詞。中文意思是：「豈止…，連…也…、不僅…而且…」。 |

例 文 この靴(くつ)はおしゃれなばかりでなく、軽(かる)くて歩(ある)き易(やす)い。
這雙鞋不但好看，而且又輕，走起來健步如飛。

どころか

不但…反而…

接 續　{名詞；形容動詞詞幹な；[形容詞・動詞] 普通形}＋どころか

説 明　「ばかりか」表附加，表示不光是前項，連後項也是，而後項的程度比
前項來得高；「どころか」表反預料，表示後項內容跟預期相反。先否
定了前項，並提出程度更深的後項。

例 文　「頑張れ」と言われて、嬉しいどころかストレスになった。
聽到這句「加油」，別說高興，根本成了壓力。

005

はもちろん、はもとより

不僅…而且…、…不用說，…也…

接 續　{名詞}＋はもちろん、はもとより

意 思　【附加】表示一般程度的前項自然不用說，就連程度較高的後項也不
例外，後項是強調不僅如此的新信息。相當於「〜は言うまでもなく〜
（も）」。中文意思是：「不僅…而且…、…不用說，…也…」。

例 文　子育てはもちろん、料理も掃除も、妻と協力してやっています。
不單是帶孩子，還包括煮飯和打掃，我都和太太一起做。

注 意　〖禮貌體〗「はもとより」是種較生硬的表現。另外，「もとより」也
有「本來、從一開始」的意思。

例 文　私が成功できたのは両親はもとより、これまでお世話になった
方々のおかげです。
我能夠成功不僅必須歸功於父母，也要感謝在各方面照顧過我的各位。

にくわえて、にくわえ

而且…、加上…、添加…

接 續　{名詞}＋に加えて、に加え

説 明　「はもちろん」表附加，表示例舉前項是一般程度的，後項程度略高，不
管是前項還是後項通通包含在內；「にくわえて」也表附加，表示除了前
項，再加上後項，兩項的地位相等。

例 文 電気代に加え、ガス代までもが値上がりした。

電費之外，就連瓦斯費也上漲了。

ような

(1) 像…之類的；(2) 宛如…一樣的…；(3) 感覺像…

意思1 【列舉】{名詞の}＋ような。表示列舉，為了說明後項的名詞，而在前項具體的舉出例子。中文意思是：「像…之類的」。

例 文 このマンションでは鳥や魚のような小さなペットなら飼うことができます。

如果是鳥或魚之類的小寵物，可以在這棟大廈裡飼養。

意思2 【比喻】{名詞の；動詞辭書形；動詞ている}＋ような。表示比喻。中文意思是：「宛如…一樣的…」。

例 文 高熱が何日も下がらず、死ぬような思いをした。

高燒好幾天都退不下來，還以為要死掉了。

意思3 【判斷】{名詞の；形容動詞詞幹な；[形容詞・動詞]辭書形}＋ような気がする。表示說話人的感覺或主觀的判斷。中文意思是：「感覺像…」。

例 文 何か悪いことが起こるような気がする。

總覺得要發生不祥之事了。

比 較 らしい

像…樣子、有…風度

接 續 {名詞；形容動詞詞幹；[形容詞・動詞]普通形}＋らしい

說 明 「ような」表判斷，表示說話人的感覺或主觀的判斷；「らしい」表樣子，表示充分具有該事物應有的性質或樣貌，或是說話者根據眼前的事物進行客觀的推測。

例 文 大石さんは、とても男らしい人です。

大石先生給人感覺很有男人味。

をはじめ（とする、として）
以…為首、…以及…、…等等

（接續）　{名詞}＋をはじめ（とする、として）

（意思）　【例示】表示由核心的人或物擴展到很廣的範圍。「を」前面是最具代表性的、核心的人或物。作用類似「などの、と」等。中文意思是：「以…為首、…以及…、…等等」。

（例文）　札幌をはじめ、北海道には外国人観光客に人気の街がたくさんある。
包括札幌在內，北海道有許許多多廣受外國觀光客喜愛的城市。

［比較］ をちゅうしんに（して）、をちゅうしんとして
以…為重點、以…為中心、圍繞著…

（接續）　{名詞}＋を中心に（して）、を中心として

（說明）　「をはじめ」表例示，先舉出一個最具代表性的事物，後項再列舉出範圍更廣的同類事物。後項常出現表示「多數」之意的詞；「をちゅうしんに」表基準，表示前項是某事物、狀態、現象、行為範圍的中心位置，而這中心位置，具有重要的作用。

（例文）　点Aを中心に、円を描いてください。
請以A點為中心，畫一個圓圈。

14 比較、対比、逆接

比較、對比、逆接

001 くらいなら、ぐらいなら	007 にはんし（て）、にはんする、にはんした
002 というより	008 はんめん
003 にくらべ（て）	009 としても
004 わりに（は）	010 にしても
005 にしては	011 くせに
006 にたいして（は）、にたいし、にたいする	012 といっても

---

001   Track N3-103

くらいなら、ぐらいなら

與其…不如…、要是…還不如…

（接續） {動詞普通形}＋くらいなら、ぐらいなら

（意思） 【比較】表示與其選前者，不如選後者，是一種對前者表示否定、厭惡
的說法。常跟「ましだ」相呼應，「ましだ」表示兩方都不理想，但比
較起來，還是某一方好一點。中文意思是：「與其…不如…、要是…還
不如…」。

（例文） あいつに<ruby>謝<rt>あやま</rt></ruby>るくらいなら、<ruby>死<rt>し</rt></ruby>んだほうがましだ。
要我向那傢伙道歉，倒不如叫我死了算了！

（比較） **から（に）は**

既然…、既然…，就…

（接續） {動詞普通形}＋から（に）は

（說明） 「くらいなら」表比較，表示說話者寧可選擇後項也不要前項，表現出厭
惡的感覺；「から（に）は」表理由，表示事情演變至此，就要順應這件
事情，去進行後項的責任或義務。含有抱持某種決心或意志。

（例文） オリンピックに<ruby>出<rt>で</rt></ruby>るからには、<ruby>金<rt>きん</rt></ruby>メダルを<ruby>目指<rt>めざ</rt></ruby>す。
既然參加奧運，目標就是奪得金牌。

というより
與其說…，還不如說…

接　續　{名詞；形容動詞詞幹；[名詞・形容詞・形容動詞・動詞] 普通形}＋というより

意　思　【比較】表示在相比較的情況下，後項的說法比前項更恰當，後項是對前項的修正、補充或否定，比直接、毫不留情加以否定的「ではなく」，說法還要婉轉。中文意思是：「與其說…，還不如說…」。

例　文　この音楽は、気持ちが落ち着くというより、眠くなる。
這種音樂與其說使人心情平靜，更接近讓人昏昏欲睡。

比　較　## くらい／ぐらい〜はない、ほど〜はない
沒什麼是…、沒有…像一樣、沒有…比…的了

接　續　{名詞}＋くらい／ぐらい＋{名詞}＋はない；{名詞}＋ほど＋{名詞}＋はない

說　明　「というより」表比較，表示在相比較的情況下，與其說是前項，不如說後項更為合適；「ほど〜はない」表最上級，表示程度比不上「ほど」前面的事物。強調說話人主觀地認為「ほど」前面的事物是最如何如何的。

例　文　富士山ぐらい美しい山はない。
再沒有比富士山更美麗的山岳了！

にくらべ（て）
與…相比、跟…比較起來、比較…

接　續　{名詞}＋に比べ（て）

意　思　【比較基準】表示比較、對照兩個事物，以後項為基準，指出前項的程度如何的不同。也可以用「にくらべると」的形式。相當於「に比較して」。中文意思是：「與…相比、跟…比較起來、比較…」。

例　文　女性は男性に比べて我慢強いと言われている。
一般而言，女性的忍耐力比男性強。

比較 ## にたいして（は）、にたいし、にたいする

向…、對（於）…

接續 {名詞}＋に対して（は）、に対し、に対する

說明 「にくらべ（て）」表比較基準。前項是比較的基準。「にたいして」表對象。後項多是針對這個對象而有的態度、行為或作用等，帶給這個對象一些影響。

例文 この問題に対して、意見を述べてください。
請針對這問題提出意見。

004

Track N3-106

わりに（は）

（比較起來）雖然…但是…、但是相對之下還算…、可是…

接續 {名詞の；形容動詞詞幹な；[形容詞・動詞] 普通形}＋わりに（は）

意思 【比較】表示結果跟前項條件不成比例、有出入或不相稱，結果劣於或好於應有程度，相當於「のに、にしては」。中文意思是：「（比較起來）雖然…但是…、但是相對之下還算…、可是…」。

例文 3年も留学していたわりには喋れないね。
都已經留學三年了，卻還是沒辦法開口交談哦？

比較 ## として、としては

以…身份、作為…；如果是…的話、對…來說

接續 {名詞}＋として、としては

說明 「わりに（は）」表比較，表示某事物不如前項這個一般基準一般好或壞；「として」表立場，表示以某種身分、資格、地位來做後項的動作。

例文 専門家として、一言意見を述べたいと思います。
我想以專家的身份，說一下我的意見。

にしては

照…來說…、就…而言算是…、從…這一點來說，算是…的、作為…，相對來說…

接 續 {名詞；形容動詞詞幹；動詞普通形}＋にしては

意 思 【與預料不同】 表示現實的情況，跟前項提的標準相差很大，後項結果跟前項預想的相反或出入很大。含有疑問、諷刺、責難、讚賞的語氣。相當於「割には」。中文意思是：「照…來說…、就…而言算是…、從…這一點來說，算是…的、作為…，相對來說…」。

例 文 一生懸命やったにしては、結果がよくない。

相較於竭盡全力的過程，結果並不理想。

比 較 わりに（は）

（比較起來）雖然…但是…、但是相對之下還算…、可是…

接 續 {名詞の；形容動詞詞幹な；[形容詞・動詞] 普通形}＋わりに（は）

說 明 「にしては」表與預料不同，表示評價的標準。表示後項的現實狀況，與前項敘述不符；「わりに（は）」表比較，表示比較的基準。按照常識來比較，後項跟前項不成比例、不協調、有出入。

例 文 この国は、熱帯のわりには過ごしやすい。

這個國家雖處熱帶，但住起來算是舒適的。

にたいして（は）、にたいし、にたいする

(1) 和…相比；(2) 向…、對（於）…

接 續 {名詞}＋に対して（は）、に対し、に対する

意思1 【對比】 用於表示對立，指出相較於某個事態，有另一種不同的情況，也就是對比某一事物的兩種對立的情況。中文意思是：「和…相比」。

例 文 息子が本が好きなのに対し、娘は運動が得意だ。

不同於兒子喜歡閱讀，女兒擅長的是運動。

意思2 【對象】 表示動作、感情施予的對象，接在人、話題或主題等詞後面，表明對某對象產生直接作用。後接名詞時以「にたいするN」的形式表現。有時候可以置換成「に」。中文意思是：「向…、對（於）…」。

例文 この事件の陰には、若者の社会に対する不満がある。
這起事件的背後，透露出年輕人對社會的不滿。

比較 について（は）、につき、についても、についての
有關…、就…、關於…

接續 {名詞}＋について（は）、につき、についても、についての

說明 「にたいして（は）」表對象，表示動作針對的對象。也表示前項的內容跟後項的內容是相反的兩個方面；「について（は）」也表對象，表示以前接名詞為主題，進行書寫、討論、發表、提問、說明等動作。

例文 あの会社のサービスは、使用料金についても明確なので、安心して利用できます。
那家公司的服務使用費標示也很明確，因此可以放心使用。

---

007 Track N3-109

にはんし（て）、にはんする、にはんした
與…相反…

接續 {名詞}＋に反し（て）、に反する、に反した

意思 【對比】 接「期待（期待）、予想（預測）」等詞後面，表示後項的結果，跟前項所預料的相反，形成對比的關係。相當於「て～とは反対に、に背いて」。中文意思是：「與…相反…」。

例文 新製品の売り上げは、予測に反する結果となった。
新產品的銷售狀況截然不同於預期。

比較 にひきかえ～は
與…相反、和…比起來、相較起…、反而…

接續 {名詞（な）；形容動詞詞幹な；[形容詞・動詞]普通形}＋（の）にひきかえ

説 明 「にはんして」常接「予想、期待、予測、意思、命令、願い」等詞，表對比，表示和前項所預料是相反的；「にひきかえ～は」也表對比，比較前後兩個對照性的人或事，表示後項敘述的事物跟前項的狀態、情況，完全不同。

例 文 彼の動揺振りにひきかえ、彼女は冷静そのものだ。
和慌張的他比起來，她就相當冷靜。

はんめん
另一面…、另一方面…

接 續 {[形容詞・動詞]辭書形}＋反面；{[名詞・形容動詞詞幹な]である}＋反面

意 思 【對比】 表示同一種事物，同時兼具兩種不同性格的兩個方面。除了前項的一個事項外，還有後項的相反的一個事項。前項一般為醒目或表面的事情，後項一般指出其難以注意或內在的事情。相當於「である一方」。中文意思是：「另一面…、另一方面…」。

例 文 父は厳しい親である反面、私の最大の理解者でもあった。
爸爸雖然很嚴格，但從另一個角度來說，也是最了解我的人。

比 較 いっぽう（で）
一方面…而另一方面卻…

接 續 {動詞辭書形}＋一方（で）

説 明 「はんめん」表對比，表示在同一個人事物中，有前項和後項這兩種相反的情況、性格、方面；「いっぽう（で）」也表對比。可以表示同一主語有兩個對比的情況，也表示同一主語有不同的方面。

例 文 今の若者は、親を軽視している一方で、親に頼っている。
現在的年輕人，瞧不起父母的同時，但卻又很依賴父母。

としても

即使…，也…、就算…，也…

（接　續）{名詞だ；形容動詞詞幹だ；[形容詞・動詞] 普通形}＋としても

（意　思）【逆接假定條件】表示假設前項是事實或成立，後項也不會起有效的作用，或者後項的結果，與前項的預期相反。後項大多為否定、消極的內容。一般用在說話人的主張跟意見上。相當於「その場合でも」。中文意思是：「即使…，也…、就算…，也…」。

（例　文）君の言ったことは、冗談だとしても、許されないよ。
你說出來的話，就算是開玩笑也不可原諒！

比　較　とすれば、としたら、とする

如果…、如果…的話、假如…的話

（接　續）{名詞だ；形容動詞詞幹だ；[形容詞・動詞] 普通形}＋とすれば、としたら、とする

（說　明）「としても」表逆接假定條件，表示就算前項成立，也不能替後項帶來什麼影響；「としたら」表順接假定條件。表示單純地進行跟事實相反的假定。

（例　文）川田大学でも難しいとしたら、山本大学なんて当然無理だ。
既然川田大學都不太有機會考上了，那麼山本大學當然更不可能了。

にしても

就算…，也…、即使…，也…

（接　續）{名詞；[形容詞・動詞] 普通形}＋にしても

（意　思）【逆接讓步】表示讓步關係，退一步承認前項條件，並在後項中敘述跟前項矛盾的內容。前接人物名詞的時候，表示站在別人的立場推測別人的想法。相當於「も、としても」。中文意思是：「就算…，也…、即使…，也…」。

（例　文）おいしくないにしても、体のために食べたほうがいい。
即使難吃，為了健康著想，還是吃下去比較好。

比較 **としても**

即使…，也…、就算…，也…

接續 {名詞だ；形容動詞詞幹だ；[形容詞・動詞] 普通形}＋としても

說明 「にしても」表逆接讓步，表示假設退一步承認前項的事態，其內容也是不能理解、允許的；「としても」表逆接條件，表示雖說前項是事實，但也不能因此去做後項的動作。

例文 体が丈夫だとしても、インフルエンザには注意しなければならない。
就算身體硬朗，也應該要提防流行性感冒。

くせに

雖然…，可是…、…，卻…

接續 {名詞の；形容動詞詞幹な；[形容詞・動詞] 普通形}＋くせに

意思 **【逆接讓步】** 表示逆態接續。用來表示根據前項的條件，出現後項讓人覺得可笑的、不相稱的情況。全句帶有譴責、抱怨、反駁、不滿、輕蔑的語氣。批評的語氣比「のに」更重，較為口語。中文意思是：「雖然…，可是…、…，卻…」。

例文 自分では何もしないくせに、文句ばかり言うな。
既然自己什麼都不做，就別滿嘴抱怨！

比較 **のに**

雖然…、可是…

接續 {[名詞・形容動詞] な；[動詞・形容詞] 普通形}＋のに

說明 「くせに」表逆接讓步，表示後項結果和前項的條件不符，帶有說話人不屑、不滿、責備等負面語氣；「のに」表逆接，表示後項的結果和預想的相背，帶有說話人不滿、責備、遺憾、意外、疑問的心情。

例文 眠いのに、羊を 100 匹まで数えても眠れない。
明明很睏，但是數羊都數到一百隻了，還是睡不著。

といっても

雖說…，但…、雖說…，也並不是很…

（接 續） ｛名詞；形容動詞詞幹；[名詞・形容詞・形容動詞・動詞]普通形｝＋といっても

（意 思） 【逆接】表示承認前項的說法，但同時在後項做部分的修正，或限制的內容，說明實際上程度沒有那麼嚴重。後項多是說話者的判斷。中文意思是：「雖說…，但…、雖說…，也並不是很…」。

（例 文） 留学といっても3か月だけです。
說好聽的是留學，其實也只去了三個月。

（注 意） 〔複雜〕表示簡單地歸納了前項，在後項說明實際上程度更複雜。

（例 文） この機械は安全です。安全といっても、使い方を守ることが必要ですが。
這台機器很安全。不過雖說安全，仍然必須遵守正確的使用方式。

（比 較） **にしても**

就算…，也…、即使…，也…

（接 續） ｛名詞；[形容詞・動詞]普通形｝＋にしても

（說 明） 「といっても」表逆接，說明實際上後項程度沒有那麼嚴重，或實際上後項比前項歸納的要複雜；「にしても」表讓步，表示即使假設承認前項的事態，並在後項中敘述的事情與預料的不同。

（例 文） テストの直前にしても、全然休まないのは体に悪いと思います。
就算是考試當前，完全不休息對身體是不好的。

15 限定、強調
限定、強調

001 （っ）きり	007 などと（いう）、なんて（いう）、などと（おもう）、
002 しかない	なんて（おもう）
003 だけしか	008 なんか、なんて
004 だけ（で）	009 ものか
005 こそ	
006 など	

---

001 Track N3-115

（っ）きり
(1) 只有…；全心全意地…；(2) 自從…就一直…

意思1 【限定】{名詞}＋（っ）きり。接在名詞後面，表示限定，也就是只有這些的範圍，除此之外沒有其它，相當於「だけ、しか～ない」。中文意思是：「只有…」。

例文 ちょっと二人きりで話したいことがあります。
有件事想找你單獨談一下。

注意 〖一直〗{動詞ます形}＋（っ）きり。表示不做別的事，全心全意做某一件事。中文意思是：「全心全意地…」。

例文 手術の後は、妻に付きっきりで世話をしました。
動完手術後，就全心全意地待在妻子身旁照顧她了。

意思2 【不變化】{動詞た形；これ、それ、あれ}＋（っ）きり。表示自此以後，便未發生某事態，後面常接否定。中文意思是：「自從…就一直…」。

例文 彼女とは３年前に別れて、それきり一度も会っていません。
自從和她在三年前分手後，連一次面都沒見過。

比較 **っぱなしで、っぱなしだ、っぱなしの**
一直…、總是…

接續 {動詞ます形}＋っ放しで、っ放しだ、っ放しの

「（っ）きり」表不變化，表示從此以後，就沒有發生某事態，後面常接否定形；「っぱなしで」表持續，表示一直持續著相同的行為或狀態，後面不接否定形。

例 文 私の仕事は、1日中ほとんどずっと立ちっ放しです。

我的工作幾乎一整天都是站著的。

002

しかない

只能…、只好…、只有…

接 續 ｛動詞辭書形｝＋しかない

意 思 【限定】表示只有這唯一可行的，沒有別的選擇，或沒有其它的可能性，用法比「ほかない」還要廣，相當於「だけだ」。中文意思是：「只能…、只好…、只有…」。

例 文 飛行機が飛ばないなら、旅行は諦めるしかない。

既然飛機停飛，只好放棄旅行了。

比 較 **ないわけにはいかない**

不能不…、必須…

接 續 ｛動詞否定形｝＋ないわけにはいかない

説 明 「しかない」表限定，表示只剩下這個方法而已，只能採取這個行動；「ないわけにはいかない」表義務，表示基於常識或受限於某種社會的理念，不這樣做不行。

例 文 どんなに嫌でも、税金を納めないわけにはいかない。

任憑百般不願，也非得繳納稅金不可。

だけしか
只…、…而已、僅僅…

（接　續）{名詞}＋だけしか

（意　思）【限定】限定用法。下面接否定表現，表示除此之外就沒別的了。比起單獨用「だけ」或「しか」，兩者合用更多了強調的意味。中文意思是：「只…、…而已、僅僅…」。

（例　文）テストは時間が足りなくて、半分だけしかできなかった。
考試時間不夠用，只答了一半而已。

（比　較）**だけ**
只、僅僅

（接　續）{名詞（＋助詞）}＋だけ；{名詞；形容動詞詞幹な}＋だけ；{[形容詞・動詞]普通形}＋だけ

（說　明）「だけしか」表限定。下面接否定表現，表示除此之外就沒別的了，強調的意味濃厚；「だけ」也表限定，表示某個範圍內就只有這樣而已。用在對人、事、物等加以限制或限定。

（例　文）お弁当は一つだけ買います。
只買一個便當。

だけ（で）
光…就…；只是…、只不過…；只要…就…

（接　續）{名詞；形容動詞詞幹な；[形容詞・動詞]普通形}＋だけ（で）

（意　思）【限定】接在「考える（思考）、聞く（聽聞）、想像する（想像）」等詞後面時，表示不管有沒有實際體驗，都可以感受到。中文意思是：「光…就…」。

（例　文）雑誌で写真を見ただけで、この町が大好きになった。
單是在雜誌上看到照片，就愛上這座城鎮了。

注意1 〔限定範圍〕 表示除此之外，別無其它。中文意思是：「只是…、只不過…」。

例文 この店の料理は、見た目がきれいなだけでおいしくない。
這家店的料理，只中看而不中吃。

注意2 〔程度低〕 表示不需要其他辦法，只要最低程度的方法、人物等，就可以達成後項。「で」表示狀態。中文意思是：「只要…就…」。

例文 こんな高価なものは頂けません。お気持ちだけ頂戴します。
如此貴重的禮物我不能收，您的好意我心領了。

比較 **しか～ない**
只、僅僅

接續 {名詞（＋助詞）}＋しか～ない

說明 「だけ（で）」表限定，表示只需要最低程度的方法、地點、人物等，不需要其他辦法，就可以把事情辦好；「しか～ない」也表限定，是用來表示在某個範圍只有這樣而已，但通常帶有懊惱、可惜，還有強調數量少、程度輕等語氣，後面一定要接否定形。

例文 お弁当は一つしか売っていませんでした。
便當賣到只剩一個了。

---

005   Track N3-119

こそ
正是…、才（是）…；唯有…才…

意思 【強調】{名詞}＋こそ。表示特別強調某事物。中文意思是：「正是…、才（是）…」。

例文 「よろしくお願いします。」「こちらこそ、よろしく。」
「請多指教。」「我才該請您指教。」

注意 〔結果得來不易〕 {動詞て形}＋てこそ。表示只有當具備前項條件時，後面的事態才會成立。表示這樣做才能得到好的結果，才會有意義。後項一般是接續褒意，是得來不易的好結果。中文意思是：「唯有…才…」。

| 例　文 | 苦しいときに助け合ってこそ、本当の友達ではないか。 |

在艱難的時刻互助合作，這才稱得上是真正的朋友，不是嗎？

| 比　較 | **だけ** |

只、僅僅

| 接　續 | {名詞（＋助詞）}＋だけ；{名詞；形容動詞詞幹な}＋だけ；{[形容詞・動詞] 普通形}＋だけ |

| 說　明 | 「こそ」表強調，用來特別強調前項；「だけ」表限定，用來限定前項。對前項的人物、物品、事情、數量、程度等加以限制，表示在某個範圍內僅僅如此而已。 |

| 例　文 | 野菜は嫌いなので肉だけ食べます。 |

不喜歡吃蔬菜，所以光只吃肉。

006

など

怎麼會…、才（不）…、並（不）；竟是…

| 接　續 | {名詞（＋格助詞）；動詞て形；形容詞く形}＋など |

| 意　思 | **【輕重的強調】** 表示加強否定的語氣。通過「など」對提示的事物，表示厭惡、輕視、不值得一提、無聊、不屑等輕視的心情。口語是的說法是「なんて」。中文意思是：「怎麼會…、才（不）…、並（不）」。 |

| 例　文 | ずっと一人ですが、寂しくなどありません。 |

雖然獨居多年，但我並不覺得寂寞。

| 注　意 | 〔意外〕 也表示意外、懷疑的心情，語含難以想像、荒唐之意。中文意思是：「竟是…」。 |

| 例　文 | これが離婚のきっかけになるなんて考えてもみなかった。 |

這竟是造成離婚的原因，真的連想都沒想到。

| 比　較 | **くらい（だ）、ぐらい（だ）** |

幾乎…、簡直…、甚至…；這麼一點點

| 接　續 | {名詞；形容動詞詞幹な；[形容詞・動詞] 普通形}＋くらい（だ）、ぐらい（だ） |

說 明 「など」表輕重的強調，表示加強否定的語氣。通過「など」對提示的事物，表示不值得一提、無聊、不屑等輕視的心情；「くらい」表程度，表示最低程度。前接讓人看輕，或沒什麼大不了的事物。

例 文 この作業は、誰にでもできるくらい簡単です。
這項作業簡單到不管是誰都會做。

007   Track N3-121

などと（いう）、なんて（いう）、などと（おもう）、なんて（おもう）

(1)（說、想）什麼的；(2) 多麼…呀、居然…

接 續 {[名詞・形容詞・形容動詞・動詞] 普通形}＋などと（言う）、なんて（言う）、などと（思う）、なんて（思う）

意思1 【輕重的強調】後面接與「言う、思う、考える」等相關動詞，說話人用輕視或意外的語氣，提出發言或思考的內容。中文意思是：「（說、想）什麼的」。

例 文 お母さんに向かってババアなんて言ったら許さないよ。
要是膽敢當面喊媽媽是老太婆，絕饒不了你喔！

意思2 【驚訝】表示前面的事，好得讓人感到驚訝，對預料之外的情況表示吃驚。含有讚嘆的語氣。中文意思是：「多麼…呀、居然…」。

例 文 10か国語もできるなんて、語学が得意なんだと思う。
居然通曉十國語言，我想可能在語言方面頗具長才吧。

比 較 **なんか、なんて**
…什麼的

接 續 {[名詞・形容詞・形容動詞・動詞] 普通形}＋なんか、なんて

說 明 「などと」表驚訝，前接發言或思考的內容，後接否定的表現，表示輕視、意外的語氣；「なんか」表輕視，用於對所舉的例子，表示否定或輕蔑視。「などと」後面不可以接助詞，而「なんか」後面可以接助詞。「なんて」後面可以接名詞，而「なんか」後面不可以接名詞。

例 文 アイドルに騒ぐなんて、全然理解できません。

看大家瘋迷偶像的舉動，我完全無法理解。

なんか、なんて

(1) 連…都不…；(2) …之類的；(3) …什麼的

意思1 【強調否定】用「なんか～ない」的形式，表示對所舉的事物進行否定。有輕視、謙虛或意外的語氣。中文意思是：「連…都不…」。

例 文 仕事が忙しくて、旅行なんか行けない。

工作太忙，根本沒空旅行。

意思2 【舉例】{名詞}＋なんか。表示從各種事物中例舉其一，語氣緩和，是一種避免斷言、委婉的說法。是比「など」還隨便的說法。中文意思是：「…之類的」。

例 文 ノートなんかは近所のスーパーでも買えますよ。

筆記本之類的在附近超市也買得到喔。

意思3 【輕視】{[名詞・形容詞・形容動詞・動詞]普通形}＋なんて。表示對所提到的事物，認為是輕而易舉、無聊愚蠢的事，帶有輕視的態度。中文意思是：「…什麼的」。

例 文 朝自分で起きられないなんて、君はいったい何歳だ。

什麼早上沒辦法自己起床？你到底幾歲了啊？

比 較 ことか

多麼…啊

接 續 {疑問詞}＋{形容動詞詞幹な；[形容詞・動詞]普通形}＋ことか

說 明 「なんか」表輕視，可以含有說話人對評價的對象，進行強調，含有輕視的語氣。也表示舉例；「ことか」表感慨，表示強調。表示程度深到無法想像的地步，是說話人強烈的感情表現方式。

例 文 あの人の妻になれたら、どれほど幸せなことか。

如果能夠成為那個人的妻子，不知道該是多麼幸福呢。

ものか

哪能…、怎麼會…呢、決不…、才不…呢

(接續) {形容動詞詞幹な；[形容詞・動詞] 辭書形}＋ものか

(意思) 【強調否定】 句尾聲調下降。表示強烈的否定情緒，指說話人強烈否定對方或周圍的意見，或是絕不做某事的決心。中文意思是：「哪能…、怎麼會…呢、決不…、才不…呢」。

(例文) あの海が美しいものか。ごみだらけだ。
那片海一點都不美，上面漂著一大堆垃圾呀！

(注意1) 〔禮貌體〕 一般而言「ものか」為男性使用，女性通常用禮貌體的「ものですか」。

(例文) あんな部長の下で働けるものですか。
我怎可能在那種部長的底下工作呢！

(注意2) 〔口語〕 比較隨便的說法是「もんか」。

(例文) こんな店、二度と来るもんか。
這種爛店，誰要光顧第二次！

比較 もの、もん

因為…嘛

(接續) {[名詞・形容動詞詞幹] んだ；[形容詞・動詞] 普通形んだ}＋もの、もん

(說明) 「ものか」表強調否定，表示強烈的否定，帶有輕視或意志堅定的語感；「もの」表說明理由，帶有撒嬌、任性、不滿的語氣，多為女性或小孩使用，用在說話者針對理由進行辯解。

(例文) 運動はできません。だって退院したばかりだもの。
人家不能運動，因為剛出院嘛！

16 許可、勧告、使役、敬語、伝聞

許可、勧告、使役、敬語、傳聞

001 （さ）せてください、（さ）せてもらえますか、（さ）せてもらえませんか	008 って
	009 とか
002 ことだ	010 ということだ
003 ことはない	011 んだって
004 べき（だ）	012 って（いう）、とは、という（のは）（主題・名字）
005 たらどうですか、たらどうでしょう（か）	013 ように（いう）
006 てごらん	014 命令形＋と
007 使役形＋もらう、くれる、いただく	015 てくれ

001

（さ）せてください、（さ）せてもらえますか、（さ）せてもらえませんか

請讓…、能否允許…、可以讓…嗎？

接続 {動詞否定形（去ない）；サ變動詞詞幹}＋（さ）せてください、（さ）せてもらえますか、（さ）せてもらえませんか

意思 【許可】「（さ）せてください」用在想做某件事情前，先請求對方的許可。「（さ）せてもらえますか、（さ）せてもらえませんか」表示徵詢對方的同意來做某件事情。以上三個句型的語氣都是客氣的。中文意思是：「請讓…、能否允許…、可以讓…嗎？」。

例文 部長、その仕事は私にやらせてください。
部長，那件工作請交給我來做。

比較 てくださいませんか

能不能請您…

接続 {動詞て形}＋くださいませんか

説明 「（さ）せてください」表許可，用在請求對方許可自己做某事；「てくださいませんか」表客氣請求。「動詞＋てくださいませんか」比「てください」是更有禮貌的請求、指示的說法。

例文 お名前を教えてくださいませんか。
能不能告訴我您的尊姓大名？

ことだ
(1) 非常…、太…；(2) 就得…、應當…、最好…

意思1 【各種感情】｛形容詞辭書形；形容動詞詞幹な｝＋ことだ。表示說話人
對於某事態有種感動、驚訝等的語氣，可以接的形容詞很有限。中文意
思是：「非常…、太…」。

例文 隣の奥さんが、ときどき手作りの料理をくれる。有難いことです。
鄰居太太有時會親手做些料理送我們吃，真是太感謝了！

意思2 【忠告】｛動詞辭書形；動詞否定形｝＋ことだ。說話人忠告對方，某行
為是正確的或應當的，或某情況下將更加理想，口語中多用在上司、長
輩對部屬、晚輩，相當於「～したほうがよい」。中文意思是：「就得…、
應當…、最好…」。

例文 失敗したくなければ、きちんと準備することです。
假如不想失敗，最好的辦法就是做足準備。

比較 べき、べきだ
必須…、應當…

接續 ｛動詞辭書形｝＋べき、べきだ

說明 「ことだ」表忠告，表示地位高的人向地位低的人提出忠告、提醒，說
某行為是正確的或應當的，或這樣做更加理想；「べき」表勸告。是說
話人提出看法、意見，表示那樣做是應該的、正確的。常用在勸告、禁
止及命令的場合。

例文 学生は、勉強していろいろなことを吸収するべきだ。
學生應該好好學習，以吸收各種知識。

ことはない
(1) 不是…、並非…；(2) 沒…過、不曾…；(3) 用不著…、不用…

意思1 【不必要】是對過度的行動或反應表示否定。從「沒必要」轉變而來，
也表示責備的意思。用於否定的強調。中文意思是：「不是…、並非…」。

例文 どんなに部屋が汚くても、それで死ぬことはないさ。
就算房間又髒又亂，也不會因為這樣就死翹翹啦！

意思2 【經驗】{[形容詞・形容動詞・動詞]た形}＋ことはない。表示以往沒有過的經驗，或從未有的狀態。中文意思是：「沒…過、不曾…」。

例文 台湾に行ったことはないが、台湾料理は大好きだ。
雖然沒去過台灣，但我最愛吃台灣菜了！

意思3 【勸告】{動詞辭書形}＋ことはない。表示鼓勵或勸告別人，沒有做某行為的必要，相當於「する必要はない」。口語中可將「ことはない」的「は」省略。中文意思是：「用不著…、不用…」。

例文 そんなに心配することないよ。手術をすればよくなるんだから。
不用那麼擔心啦，只要動個手術就會康復了。

比較 ほかない、ほかはない
只有…、只好…、只得…

接續 {動詞辭書形}＋ほかない、ほかはない

說明 「ことはない」表勸告，表示沒有必要做某件事情；「ほかはない」表讓步，表示沒有其他的辦法，只能硬著頭皮去做某件事情。

例文 書類は一部しかないので、コピーするほかない。
因為資料只有一份，只好去影印了。

004   Track N3-127

べき（だ）

必須…、應當…

接續 {動詞辭書形}＋べき（だ）

意思 【勸告】表示那樣做是應該的、正確的。常用在勸告、禁止及命令的場合。一般是從道德、常識或社會上一般的理念出發。是一種比較客觀或原則的判斷，書面跟口語雙方都可以用，相當於「〜するのが当然だ」。中文意思是：「必須…、應當…」。

例文 あんな最低の男とは、さっさと別れるべきだ。
那種差勁的男人，應該早早和他分手！

（注意）〖するべき、すべき〗「べき」前面接サ行變格動詞時，「する」以外也常會使用「す」。「す」為文言的サ行變格動詞終止形。

（例文）政府は国民にきちんと説明すべきだ。
政府應當對國民提供詳盡的報告。

（比較）**はずだ**

（按理說）應該…

（接續）{名詞の；形容動詞詞幹な；[形容詞・動詞] 普通形}＋はずだ

（説明）「べき（だ）」表勸告，表示那樣做是應該的、正確的。常用在描述身為人類的義務和理想時，勸告、禁止或命令對方怎麼做；「はずだ」表推斷，表示說話人憑據事實或知識，進行主觀的推斷，有「理應如此」的感覺。

（例文）高橋さんは必ず来ると言っていたから、来るはずだ。
高橋先生說他會來，就應該會來。

005

たらどうですか、たらどうでしょう（か）

…如何、…吧

（接續）{動詞た形}＋たらどうですか、たらどうでしょう（か）

（意思）【提議】用來委婉地提出建議、邀請，或是對他人進行勸說。儘管兩者皆為表示提案的句型，但「たらどうですか」說法較直接，「たらどうでしょう（か）」較委婉。中文意思是：「…如何、…吧」。

（例文）A社がだめなら、B社にしたらどうでしょうか。
如果A公司不行，那麼換成B公司如何？

（注意1）〖接連用形〗常用「動詞連用形＋てみたらどうですか、どうでしょう（か）」的形式。

（例文）そんなに心配なら、奥さんに直接聞いてみたらどうですか。
既然那麼擔心，不如直接問問他太太吧？

（注意2）〖省略形〗當對象是親密的人時，常省略成「たらどう、たら」的形式。

遅刻が多いけど、あと 10 分早く起きたらどう。

三天兩頭遲到，我看你還是早個十分鐘起床吧？

注意3 〔禮貌說法〕 較恭敬的說法可將「どう」換成「いかが」。

例 文 お疲れでしょう。たまにはゆっくりお休みになったらいかがですか。

想必您十分辛苦。不妨考慮偶爾放鬆一下好好休息，您覺得如何呢？

比 較 **ほうがいい**

我建議最好…、我建議還是…為好

接 續 {名詞の；形容詞辭書形；形容動詞詞幹な；動詞た形}＋ほうがいい

說 明 「たらどうですか」表提議，用在委婉地提出建議、邀請對方去做某個行動，或是對他人進行勸說的時候；「ほうがいい」表勸告，用在向對方提出建議、忠告（有時會有強加於人的印象），或陳述自己的意見、喜好的時候。

例 文 もう寝た方がいいですよ。

這時間該睡了喔！

てごらん
…吧、試著…

接 續 {動詞て形}＋てごらん

意 思 **【提議嘗試】** 用來請對方試著做某件事情。說法比「てみなさい」客氣，但還是不適合對長輩使用。中文意思是：「…吧、試著…」。

例 文 じゃ、今度は一人でやってごらん。

好，接下來試著自己做做看！

注 意 〔漢字〕「てごらん」為「てご覧なさい」的簡略形式，有時候也會用不是簡略的原形。這時通常會用漢字「覧」來表記，而簡略形式常用假名來表記。「てご覧なさい」用法，如例：

例 文 この本、読んでご覧なさい。すごく勉強になるから。

這本書你拿去讀一讀，可以學到很多東西。

比　較	**てみる**

試著（做）…

接　續	{動詞て形}＋みる

說　明	「てごらん」表提議嘗試，表示請對方試著做某件事情，通常會用漢字「覧」；「てみる」表嘗試，表示不知道、沒試過，為了弄清楚，所以嘗試著去做某個行為。「てみる」不用漢字。「てごらん」是「てみる」的命令形式。

例　文	仕事で困ったことが起こり、高崎さんに相談してみた。

工作上發生了麻煩事，找了高崎先生商量。

使役形＋もらう、くれる、いただく
請允許我…、請讓我…

接　續	{動詞使役形}＋もらう、くれる、いただく

意　思	【許可】使役形跟表示請求的「もらえませんか、いただけませんか、いただけますか、ください」等搭配起來，表示請求允許的意思。中文意思是：「請允許我…、請讓我…」。

例　文	きれいなお庭ですね。写真を撮らせてもらえませんか。

好美的庭院喔！請問我可以拍照嗎？

注　意	〔恩惠〕如果使役形跟「もらう、いただく、くれる」等搭配，就表示由於對方的允許，讓自己得到恩惠的意思。

例　文	母は一生懸命働いて、私を大学へ行かせてくれました。

媽媽拚命工作，供我上了大學。

比　較	**（さ）せる**

讓…、叫…、令…；把…給；讓…、隨…、請允許…

接　續	{[一段動詞・カ變動詞]使役形；サ變動詞詞幹}＋させる；{五段動詞使役形}＋せる

| 説明 | 「使役形＋もらう」表許可，表示請求對方的允許；「（さ）せる」表強制，表示使役，使役形的用法有：1、某人強迫他人做某事，由於具有強迫性，只適用於長輩對晚輩或同輩之間。2、某人用言行促使他人自然地做某種動作。3、允許或放任不管。 |

| 例文 | 親が子供に部屋を掃除させた。
父母叫小孩整理房間。 |

って

(1) 聽說…、據說…；(2) 他說…、人家說…

| 接續 | {名詞（んだ）；形容動詞詞幹な（んだ）；[形容詞・動詞]普通形（んだ）}＋って |

| 意思1 | **【傳聞】** 也可以跟表說明的「んだ」搭配成「んだって」，表示從別人那裡聽說了某信息。中文意思是：「聽說…、據說…」。 |

| 例文 | お隣の健ちゃん、この春もう大学卒業なんだって。
住隔壁的小健，聽說今年春天已經從大學畢業嘍。 |

| 意思2 | **【引用】** 表示引用自己聽到的話，相當於表示引用句的「と」，重點在引用。中文意思是：「他說…、人家說…」。 |

| 例文 | 留学生の林さん、みんなの前で話すのは恥ずかしいって。
留學生的林小姐說她在大家面前講話會很害羞。 |

| 比較 | **そうだ**
聽說…、據說… |

| 接續 | {[名詞・形容詞・形容動詞・動詞]普通形}＋そうだ |

| 説明 | 「って」和「そうだ」的意思都是「聽說…」，表傳聞，表示從他人等得到的消息的引用。兩者不同的地方在於前者是口語說法，語氣較輕鬆隨便，而後者相較之下較為正式。「って」也表引用。前接自己聽到的話，表示引用自己聽到的話；「そうだ」前接自己聽到或讀到的信息。表示該信息不是自己直接獲得的，而是間接聽說或讀到的。不用否定或過去形式。 |

例 文　友達の話によると、もう一つ飛行場ができるそうだ。

聽朋友說，要蓋另一座機場。

009　　　　　　　　　　　　　　　　　　　　　　　　　　　Track N3-132

とか

好像…、聽說…

接　續　{名詞；形容動詞詞幹；[名詞・形容詞・形容動詞・動詞] 普通形}＋とか

意　思　**【傳聞】** 用在句尾，接在名詞或引用句後，表示不確切的傳聞，引用信息。比表示傳聞的「そうだ、ということだ」更加不確定，或是迴避明確說出，一般用在由於對消息沒有太大的把握，因此採用模稜兩可，含混的說法。相當於「～と聞いている」。中文意思是：「好像…、聽說…」。

例　文　営業部の中田さん、沖縄の出身だとか。

業務部的中田先生好像是沖繩人。

比　較　**っけ**

是不是…來著、是不是…呢

接　續　{名詞だ（った）；形容動詞詞幹だ（った）；[動詞・形容詞] た形}＋っけ

說　明　「とか」表傳聞，說話者的語氣不是很肯定；「っけ」表確認，用在說話者印象模糊、記憶不清時進行確認，或是自言自語時。

例　文　さて、寝るか。あれ、もう歯磨きはしたんだっけ。

好了，睡覺吧。刷過牙了嗎？

010　　　　　　　　　　　　　　　　　　　　　　　　　　　Track N3-133

ということだ

(1) …也就是說…、就表示…；(2) 聽說…、據說…

接　續　{簡體句}＋ということだ

意思1　**【結論】** 明確地表示自己的意見、想法之意，也就是對前面的內容加以解釋，或根據前項得到的某種結論。中文意思是：「…也就是說…、就表示…」。

成功した人は、それだけ努力したということだ。

成功的人，也就代表他付出了相對的努力。

意思2 【傳聞】表示傳聞，從某特定的人或外界獲取的傳聞。比起「そうだ」來，有很強的直接引用某特定人物的話之語感。中文意思是：「聽說…、據說…」。

例 文 営業部の吉田さんは、今月いっぱいで仕事を辞めるということだ。

聽說業務部的吉田小姐將於本月底離職。

比 較　**わけだ**

當然…、難怪…

接 續 {形容動詞詞幹な；[形容詞・動詞]普通形}＋わけだ

說 明 「ということだ」表傳聞，用在說話者根據前面事項導出結論；「わけだ」表結論，表示依照前面的事項，勢必會導出後項的結果。

例 文 ３年間留学していたのか。道理で英語がペラペラなわけだ。

到國外留學了三年啊！難怪英文那麼流利。

011　　　　　　　　　　　　　　　　　　　　　　　　　Track N3-134

んだって

聽說…呢

接 續 {[名詞・形容動詞詞幹]な}＋んだって；{[動詞・形容詞]普通形}＋んだって

意 思 【傳聞】表示說話者聽說了某件事，並轉述給聽話者。語氣比較輕鬆隨便，是表示傳聞的口語用法。是「んだ（のだ）」跟表示傳聞的「って」結合而成的。中文意思是：「聽說…呢」。

例 文 楽しみだな。頂上からの景色、最高なんだって。

好期待喔。據說站在山頂上放眼望去的風景，再壯觀不過了呢。

注 意 〖女性－んですって〗女性會用「んですって」的說法。

例 文 お隣の奥さん、元女優さんなんですって。

聽說鄰居太太以前是女星呢。

比 較	とか
好像…、聽說…

接 續 　{名詞；形容動詞詞幹；[名詞・形容詞・形容動詞・動詞] 普通形}＋とか

說 明 　「んだって」表傳聞，表示傳聞的口語用法。是說話者聽說了某信息，並轉述給聽話者的表達方式；「とか」也表傳聞。是說話者的語氣不是很肯定，或避免明確說明的表現方式。

例 文 　当時はまだ新幹線がなかったとか。
聽說當時還沒有新幹線。

012　　　　　　　　　　　　　　　　　　　　　　　　　Track N3-135

って (いう)、とは、という (のは) (主題・名字)
所謂的…、…指的是；叫…的、是…、這個…

意 思 　【話題】{名詞}＋って、とは、というのは。表示主題，前項為接下來話題的主題內容，後面常接疑問、評價、解釋等表現，「って」為隨便的口語表現，「とは、というのは」則是較正式的說法。中文意思是:「所謂的…、…指的是」。

例 文 　アフターサービスとは、どういうことですか。
所謂的售後服務，包含哪些項目呢？

注 意 　〖短縮〗{名詞}＋って (いう)、という＋{名詞}。表示提示事物的名稱。中文意思是:「叫…的、是…、這個…」。

例 文 　「ワンピース」っていう漫画、知ってる。
你聽過一部叫做《海賊王》的漫畫嗎？

比 較	と
說…、寫著…

接 續 　{句子}＋と

說 明 　「って」表話題，是口語的用法。用在介紹名稱，說明不太熟悉的人、物地點的名稱的時候。有時說成「っていう」，書面語是「という」;「と」表引用內容，表示間接引用。

子供が「遊びたい」と言っています。

小孩說：「好想出去玩」。

ように（いう）
告訴…

接 續　{動詞辭書形；動詞否定形}＋ように（言う）

意 思　【間接引用】表示間接轉述指令、請求、忠告等內容，由於原本是用在傳達命令，所以對長輩或上級最好不要原封不動地使用。中文意思是：「告訴…」。

例 文　監督は選手たちに、試合前日はしっかり休むように言った。

教練告訴了選手們比賽前一天要有充足的休息。

注 意　〖**後接說話動詞**〗後面也常接「お願いする（拜託）、頼む（拜託）、伝える（傳達）」等跟說話相關的動詞。

例 文　子供が寝ていますから、大きな声を出さないように、お願いします。

小孩在睡覺，所以麻煩不要發出太大的聲音。

比 較　**なさい**
要…、請…

接 續　{動詞ます形}＋なさい

說 明　「ように（いう）」表間接引用，表示間接轉述指示、請求、忠告等內容；「なさい」表命令，表示命令或指示。跟直接使用「命令形」相比，語氣更要婉轉、有禮貌。

例 文　しっかり勉強しなさいよ。

要好好用功讀書喔！

命令形＋と

接　續　{動詞命令形}＋と

意思1　【直接引用】前面接動詞命令形、「な」、「てくれ」等，表示引用命令的內容，下面通常會接「怒る（生氣）、叱る（罵）、言う（說）」等相關動詞。

例　文　毎晩父は、「子供は早く寝ろ」と部屋の電気を消しに来る。
爸爸每晚都會來我的房間關燈，並說一句：「小孩子要早點睡！」

意思2　【間接引用】除了直接引用說話的內容以外，也表示間接的引用。

例　文　課長に、今日は残業してくれと頼まれた。
科長拜託我今天留下來加班。

比　較　**命令形**
給我…、不要…

接　續　（句子）＋{動詞命令形}＋（句子）

說　明　「命令形＋と」表間接引用，表示引用命令的內容；「命令形」表命令，表示命令對方要怎麼做，也可能用在遇到緊急狀況、吵架或交通號誌等的時候。

例　文　うるさいなあ。静かにしろ。
很吵耶，安靜一點！

てくれ
做…、給我…

接　續　{動詞て形}＋てくれ

意　思　【引用命令】後面常接「言う（說）、頼む（拜託）」等動詞，表示引用某人下的強烈命令，或是要別人替自己做事的內容。使用時，這個某人的地位必須要比聽話者還高，或是輩分相等，才能用語氣這麼不客氣的命令形。中文意思是：「做…、給我…」。

（例文）A社の課長さんに、君に用はない、帰ってくれと言われてしまった。

A公司的科長向我大吼說：再也不想見到你，給我出去！

（比較）**てもらえないか**

能（為我）做…嗎

（接續）{動詞て形}＋てもらえないか

（說明）「てくれ」表引用命令，表示地位高的人向地位低的人下達強烈的命令，命令某人為說話人（或說話人一方的人）做某事；「てもらえないか」表行為受益－同輩、晚輩，表示願望。用「もらう」的可能形，表示說話人（或說話人一方的人）請求別人做某行為。也可以用在提醒他人的場合。

（例文）ちょっと、助けてもらいないか。

請幫我一個忙。

MEMO

INDEX 索引

あ

お

い

か

う

な

に

ら

を

れ

ん

わ

日檢大全43

新制日檢！絕對合格

N3・N4・N5

必背 比較文法大全 ［25K ＋MP3］

自學考上就靠這一本！

■ 發行人／**林德勝**

■ 著者／**吉松由美、田中陽子、西村惠子、千田晴夫、
大山和佳子、山田社日檢題庫小組**

■ 出版發行／**山田社文化事業有限公司**
　地址　臺北市大安區安和路一段112巷17號7樓
　電話　02-2755-7622
　傳真　02-2700-1887

■ 郵政劃撥／**19867160號　大原文化事業有限公司**

■ 總經銷／**聯合發行股份有限公司**
　地址　新北市新店區寶橋路235巷6弄6號2樓
　電話　02-2917-8022
　傳真　02-2915-6275

■ 印刷／**上鎰數位科技印刷有限公司**

■ 法律顧問／**林長振法律事務所　林長振律師**

■ 書＋MP3／**定價　新台幣449元**

■ 初版／**2020年10月**

ISBN：978-986-246-589-9
© 2020, Shan Tian She Culture Co., Ltd.

STS

山田社

STS

山田社

STS

山田社